소담한 생각 밥상

박규호의
울림이 있는
생각 에세이

박규호 지음

소담한 생각 밥상

매일경제신문사

저자 박규호의《소담한 생각 밥상》을 참 재미있게 읽었다. 책의 의제도 독특하거니와 내용과 문장에 해학과 비유가 넘쳐흐른다. 어쩌면 무심코 지나칠 수 있는 일상에서 색다른 이야깃거리를 찾아 엮는 저자의 솜씨가 놀랍다. 공기업 중에서도 역사가 가장 오래되고 보수적인 한국전력공사에서 잔뼈가 굵어 자칫 딱딱한 의제에 익숙하리라는 선입견을 일거에 날린 의외성도 한몫을 한 탓일까.

우선 책 제목과 차례부터 파격이고 신선하다. 글의 분류를 요리에 비유하여 애피타이저, 한국요리, 일본요리, 중국요리, 디저트 등으로 표현한 것도 재미있다. 이 책 역시 요리에 비유하면 참 맛있는 메뉴다.

음식이 맛있기 위해서는 좋은 재료에 요리사의 솜씨와 양념이 적절해야 하는 것처럼 이 책의 내용도 저자의 한국, 중국, 일본에서의 다양한 체험과 신문, 강의, 독서와 사색에서 얻어진 해박한 지식을 종횡으로 엮어 독자로 하여금 눈을 뗄 수 없게 한다.

 신문의 기사나 칼럼, 강의 내용 등을 그대로 인용하여 글의 주제를 강조하고 공감대를 넓히는 독특한 문장 기법도 흥미롭다. 정부나 공공 기관의 용역 만능주의를 비판하고 한자 교육의 효용성을 설득력 있게 주장하는 대목도 거부감 없이 받아들이게 된다. 또한 타의로 근무지를 지방으로 옮기게 된 공공 기관의 임원으로서 불편과 고통보다는 현실을 긍정하고 즐기는 지혜도 저자답다.

 저자의 평소 대인 관계와 독서 역량, 외국어 구사 능력과 통찰력을 아는 처지임에도 이 책을 읽고 나서 저자의 삶과 일에 대한 깊이와 넓이를 새롭게 느끼게 된다. 특히 일본과 중국의 역사와 문화, 일상의 사회현상이나 관습을 재미있게 비교한 요리는 무릎을 칠 만큼 흥미진진하다. 단기간에 오늘의 중국을 있게 한 지도자들에 관한 이야기도 지도자에 관한 아쉬움이 많은 우리를 숙연하게 한다.

 이 책의 후속으로 제2, 제3의 저작을 기대하면서 아예 이참에 저자인 박규호가 저술가로 전업하면 어떨까(?) 싶다. 저자의 건필을 빈다.

前 건설교통부 장관
강동석

갑오년에서 을미년으로 바뀌는 섣달이다. 12월은 누구나 바쁘기 때문에 심지어 체면을 차려야 하는 스승조차 분주하게 뛰어다닌다고 해서 일본에서도 '시와스ㄴわす, 師走'라고 부른다.

시쳇말로 '적자適者'가 아닌 '적는 자writer'가 생존生存한다는 말이 있다. 1990년 초부터 5년여 동안 일본 도쿄에서 지내면서 기록을 중시하는 문화를 처음 접하게 되었다. 이후 중국 송나라의 정치가 겸 문인 구양수歐陽脩, 1007~1072가 글을 잘 짓는 비결로 소개하였던 "많이 읽고, 많이 쓰고, 많이 생각하다"라는 다독多讀, 다작多作, 다상량多商量의 생활을 나름대로 실천해 왔다.

이처럼 나 자신이 기록하고 보존하는 것을 좋아하지만, 삶의 흔적을 남기기로 마음먹고 도전하기까지 꽤 오랜 시간이 흘렀다. '감히 내가'라는 저어함과 망설임이 나를 고민하게 만들었다. 무엇보다 책이 가지는 의미의 무게를 알기 때문에 더욱 그러하였다.

그럼에도 언젠가는 36년간 직장인으로서 느꼈던 고민, 비록 버블이 꺼지기 시작했으나 여전히 자부심으로 충만했던 도쿄와 하늘 높은 줄 모르고 세계의 중심으로 부상하던 베이징에서의 주재원 생활 등을 정리해 보고 싶었다. 도올 선생의 EBS 방송 강좌, 스티븐 코비와 데일 카네기의 리더십과정, 고려대 MBA과정, 외교안보연구원의 글로벌 리더십과정, 서울대 AFP_{Ad Fontes Program, 최고 지도자 인문학}과정, 연세대 기술정책협동과정 등을 통해 오랫동안 마음의 밭을 일구었던 경험과 인상 깊게 남았던 학문적 자극도 함께 담고 싶었다.

이를 위해 그동안 작성해 두었던 많은 분량의 독서 카드와 고이 보관해 두었던 신문 스크랩 박스, 강의 노트도 함께 정리하였다.

자신이 없어 망설이던 작업에 과감히 도전하게 된 것은, 무엇보다 지방 근무에 따른 독거_{獨居} 생활을 활용해 오랫동안 고민하고 생각해 왔던 여러 주제를 한번 신나게 요리해 보고 싶은 욕구 때문이었다. 아무튼 《소담한 생각 밥상》의 첫발을 내디뎌 본다.

헌책과 오래된 물건을 선뜻 버리지 못하는 버릇처럼 내려놓기가 채우기보다 쉽지 않았다. 그동안 모은 자료들을 추려 약 60여 개의 테마를 정하고 그중에서도 어떤 자료를 활용할 것인지를 고민했다. 아쉽지만 대상에서 빼는 것이 생각보다 어려웠다.

경주 남산의 수많은 불상을 만든 무명의 석수처럼 '돌에서 불필요한 부분만을 쪼아 내어 부처님을 찾아내는 경지'가 진정한 달인의 모습일 텐데, 나는 아직 채우려는 욕심이 앞서 내려놓아야 할 것이 무엇인지 잘 모르는 하수下手이다. 더 내려놓고 겸손해져 잘 익은 벼가 고개를 더 깊이 숙이는 '자연의 법칙'을 체화하는 지속적인 노력이 더 필요하다는 생각이 든다.

초등학교만 산골 집에서 다니고 중학생 때부터 친척 집을 전전하며 성장한 나의 삶은 그 자체가 항상 타인에게 신세를 지는 삶이었다. 이 기록도 나를 위해 함께 고민해 주고 물심양면으로 도움을 준 형제, 친지, 친구, 직장 동료 그리고 때에 맞춰 따뜻하고 부드러운 격려와 채찍으로 엄하게 지도 편달해 주셨던, 마음속으로 존경해 온 상사와 직간접적으로 조우한 여러 인생 스승들의 가르침이 있었기에 가능하였다. 그분들에게 부끄럽지 않은 기록이길 바라며, 출판의 기쁨을 함께하고 싶다.

여기서 꼭 양해를 구해야 할 것이 있다.

나의 기록은 한 분야를 오래 연구한 전문가적 고찰의 결과라기보다, 만나는 사안을 일기일회一期一會의 간절한 심정으로 본 관찰자, 즉 아마추어로서의 기술記述이라는 것이다. 기록의 객관성을 유지하고 책의 완성도를 높인다는 명목으로, 또 동시대인으로서의 고민의 흔적을 찾기 위해 불가피하다는 핑계로 상의 없이 소중한 글을 인용하거나 신문에 실린 내용을 일부 전재轉載하고, 귀한 존함을 문자화하였다. 일부 양해의 말씀을 드리거나 동의를 구하는 노력을 하였으나 출판 일정상 충분치 않았다고 본다. 그분들 모두 내가 사숙私淑해 온 마음속 스승이라고 할 수 있다. 그분들의 혜량惠諒과 아낌없는 편달鞭撻, 질정叱正을 부탁드린다.

마지막으로 작년 92세를 일기로 많은 분들의 축복과 애도 속에 고인이 된 아버님 영전에 이 글을 올린다. 빈한한 살림 때문에 당신이 배우지 못한 설움과 한을 자식을 통해서라도 이루시길 마음속으로 바라셨다. 기쁨과 슬픔을 언제나 내색하지 않고, 늘 자만하지 않게 채찍질해 주신 덕택에 나름대로 열심히 달려 여기까지 왔다. 임종을 며칠 앞두고 당신이 태어나고 자란, 평생을 보낸 고향 집 안방 병석에서 처음이자 마지막으로 "너도 참 고생 많이 했다"고 칭찬 아닌 칭찬을 해 주셨다.

어려운 집안의 궂은일을 도맡으며 여섯 남매를 꿋꿋이 키워 낸, 언제나 활력과 정이 넘치는 어머니의 건강도 함께 빈다.

30년을 한결같이 함께해 준 아내 이선희의 배려와 지원이 있었기에 이 글과 나의 오늘이 있었음은 굳이 말할 필요도 없다. 자녀 가르치는 방법을 제대로 배우지 못해 바쁘다는 핑계로 적절한 타이밍에 바른 지도를 해 주지 못했음에도 어엿한 숙녀로 커 준 아들 같은 큰딸 소이, 마음먹은 것은 꼭 해내고 마는 둘째 딸 민지에게도 사랑과 고마움을 전한다. 더 좋은 남편, 아빠로 거듭날 것을 다짐해 본다.

출판의 기획부터 실행에 이르기까지 고민과 여행을 함께해 준 정한백 부장과 지승훈 차장을 비롯하여 나의 생각 산책에 동참하며 귀한 아이디어를 더해 준 회사 동료들에게 고마움을 전한다. 또 언제나 좋은 글과 정보로 앞서 가는 매경의 서양원 부국장, 출판의 전호림 대표와 더 나은 책이 되도록 고민해 주신 고원상 차장과 최진희 님 등 편집진에도 한없는 감사의 마음을 전한다.

오늘의 나를 있게 한 현실에 대해 감사의 마음을 담은 책을 만들어 보겠다는 오랜 염원, 그 큰 짐을 내려놓으니, 부족한 경험과 글솜씨지만 책의 미래에 대한 불안감보다는 후련함이 앞선다. 모두에게 감사드린다.

2015년
光州 光山 寓居에서
박규호

인생의 목표,
그리고 새로운 시작

2017년 8월 25일, 내 인생의 목표였던 박사학위를 수여받았다. 법과대학에 입학하며 당시 법대생이면 누구나 꿈꾸었던 사법시험 합격 또는 박사학위 취득이라는 목표를 세웠지만, 거리가 먼 에너지 분야에서 오랜 기간 종사하였다. 한국전력공사에서 36년을 근무하고 부사장 퇴임 후 국내 최초 민간 전기차 충전서비스 기업인 한국전기차충전서비스㈜ 초대 사장으로 기반을 닦는 등 40여 년의 긴 시간을 나름대로 성공적으로 마무리했지만, 목에 걸린 가시처럼 대학 입학 당시의 목표가 내 머리를 눌러 왔었다.

분주히 노력하여 이제나마 이루게 되어 개인적으로 한숨을 돌릴 수 있었다. 법과대학을 마치고 석사는 경영학MBA, 박사는 공학으로 각기 다른 대학(성대, 고대, 연대)에서 마무리하면서 감회가 남다른 게 사실이다. 서울대와의 인연은 공대 객원교수, 공기업 경영자 과정, 최고지도자 인문학 과정 수학으로 위안을 삼지만, 결과적으로 성대를 포함한 세칭 SKY의 정식동문이 되었다.

상이한 학위 과정을 통해 체득한 학습결과를 통섭과 융합의 시대에 맞춰 다양한 시각으로 국내 최대 공기업을 거쳐 민간 신생기업까지 접목하며 나름 의미 있는 경영공부를 할 수 있었다. 논문은 "정부 전기자동차 충전요금정책의 변화가 민간충전사업자에게 미치는 경제적 영향에 관한 연구"이다. 결론적으로 향후 충전사업을 이끌어갈 민간충전사업자의 지속가능경영을 고려한 요금정책의 필요성에 대해 한국전기차충전서비스㈜ 통계의 사례분석을 통해 제시하였다.

전기차는 해마다 두 배씩 증가하여 금년에는 10만 대를 넘어설 것으로 전망되지만 아직 보급 초기단계인 우리나라에서 전기차 관련 논문은 몇 편 있으나 충전사업 나아가 그 경제성 분석은 첫 논문이라는 자부심을 느낀다.

미세먼지 공습으로 삼한사온三寒四溫이 아니라 삼한사미三寒四微, 사흘은 춥고 나흘은 미세먼지로 나쁜 날이 계속됨라는 말처럼 최근의 미세먼지 공습은 온 국민에게 환경보전의 심각성을 일깨우고, 지구온난화와 기상이변이 더 이상 먼 이웃의 일이 아니라 우리의 당면과제임을 인식시켜 주었다.

최근 우리를 힘들게 했던 때이른 기록적인 폭염처럼 지구촌 곳곳에서 기상이변이 발생하는 상황에서 문득 작년 연말 태국을 여행했을 때 현지 가이드가 한 말이 생각난다. 건기인데 비가 많이 내리고 기온이 낮아 저체온증으로 인한 사망사고까지 종종 발생하고 있으며, 10년 뒤에는 치앙마이에 눈이 오지 않을까라는 심각한 이야기였다.

전기차 선도국인 노르웨이와 네덜란드가 2025년부터 내연기관차의 판매를 금지하겠다는 개혁안을 발표한 뒤 유럽 각국이 유사한 정책을 발표하는 등, 전 세계 온실가스 배출의 27%를 자동차 등 운송수단이 차지한다는 점에서 화석연료를 대체할 수 있는 전기차는 이제 거스를 수 없는 시대적 대세가 되고 있다.

에너지를 만드는 것보다 중요한 것은 소중한 자원을 효율적으로 관리하고 사용하는 것이다. 전기차는 에너지를 소비하며 이동하는 수단에서 필요에 따라서는 잔여 에너지를 새로운 사용처와 공유하는 V2X_{Vehicle To X} 산업의 중간 연결체로도 활용할 수 있다.

우리나라의 미래가 친환경 스마트 에너지기술과 ICT 융·복합을 통한 고부가가치 창출 미래형 신산업에 달려 있다고 볼 때, 전기차 연관산업이 바로 여기에 해당한다.

그간 1세대 전기차는 주행거리가 150㎞정도 였지만, 2세대로 진화한 전기차는 주행거리가 300㎞급으로 개선되었다. 2018년에 코나나 니로, 볼트 등 사실상 500㎞ 전후를 주행하는 3세대 전기차가 출시되었고, 곧 대형차도 보급될 경우 그동안 보급에 걸림돌이었던 주행거리 불안증_{Range Anxiety}은 해소될 전망이다. 또한, 배터리 가격의 지속적 하락으로 차량가격도 조

만간 내연기관 차량과 비슷하게 될 것으로 전망된다. 충전 인프라 문제 등 확산 장애요인도 해소될 경우 퀀텀 점프Quantum Jump 즉, 대약진이 예상된다.

이러한 가운데 새로운 도전은 계속되고 있다. 한전이라는 국내 최대 공기업에서의 경험과 한국전기차충전서비스㈜라는 민간 신설회사의 대표를 거쳐, 전기차 및 부품업체, 충전사업자와 충전기 제작사를 회원으로 하는 ㈔한국전기차산업협회를 창립하고 초대 협회장을 맡게 되었다. 유사명칭과 목적의 기존 법인이 있어 법인신설에 어려움을 겪다가 기존 ㈔한국전기자동차산업협회를 흡수 통합하여 새로 발족하는 형태이다. 그동안 단일 업종만의 협회는 있었지만, ㈔한국전기차산업협회처럼 전기차 산업의 전 분야에 걸친 연관 업체들이 모두 함께하는 경우는 처음이라고 생각한다.

비록 시작은 작지만 앞으로 전기차 생태계 조성과 인프라 확충을 위한 발걸음에 강호제현의 많은 지도와 충언을 부탁드린다.

2019년 4월
서울 잠실에서
박규호

contents

Part 1 **애피타이저**

Part 2 **경영요리**

Part 3 회사요리

Part 4 한국요리

Part 5 일본요리

Part 6 중국요리

Part 7 디저트

Part 1

애피타이저

책

글, 즉 문자가 가지는 의미는 무엇일까?

스페인의 알타미라 동굴벽화나 보존 방법에 대한 논란으로 주목을 받고 있는 우리나라 울산 반구대의 암각화, 요르단 와디 럼 사막의 바위와 동굴에 새겨진 기원전 4세기의 그림과 글을 보아도, 인류의 조상들은 자신들의 경험과 생각을 기록으로 남기려는 '표현의 욕구'가 강했다는 것을 알 수 있다.

고대 중국 후한의 환관宦官 채윤蔡倫, 미상~121이 종이를 발명하기 이전에는 거북 등껍질甲이나 소의 뼈骨, 코끼리의 어금니象牙 등에 문자를 새겼다. 이를 통해 신의 뜻神託을 묻는 점을 쳐 전쟁의 승패나 길흉 등과 같은 미래를 예측하기도 했다.

2013년 7월 10일 주요 신문의 보도 내용에 의하면 현존하는 가장 오래된 문자인 갑골문자甲骨文字보다 훨씬 이전에 사용된 것으로 추정되는 문자가 발견되었다고 한다. 중국 남부 지방인 저장浙江성 핑후平湖시의 장차오庄橋 고분 유적지를 조사하는 과정에서 출토된 돌도끼에 6개의 부호가 새겨져 있었으며, 이 가운데 2개는 현재 우리가 사용하는 '사람인人' 자와 동일한 모양이었다고 한다.

중국의 고고학자들은 이 돌도끼 문자가 3,600년 전의 것으로 알려진 갑골문자보다 1,400년이나 앞선 것으로 추정하였다. 그 결과 무려 5,000년 전에 새겨진 글자로서 현존하는 가장 오래된 문자라는 결론을 내렸다. 우리가 한자의 기원으로 알고 있는 갑골문자보다 훨씬 앞선 신석기 시대부터 인류의 조상들이 문자를 사용하였다는 점에서 학계의 공인 여부를 떠나 주목할 만한 발견임에는 틀림없다.

대만 최고의 문화비평가인 탕누어唐諾, 1956~의 저서《한자의 탄생》을 보면 짐승 뼈에서 한자의 기원을 발견하게 된 계기를 상세히 설명한다.

청나라 광서제光緒帝, 1871~1908, 재위 1875~1908, 제11대 황제 25년인 1899년 국자감 좨주祭酒*였던 왕의영王懿榮, 1845~1900은 말라리아에 걸린 친척의 치료약을 제조하기 위해 용의 뼈가 필요했다. 그러나 용은 상상 속의 동물이었기 때문에 실제로 용의 뼈는 존재하지 않았다. 그는 땅속에서 꺼낸 동물의 오래된 뼈를 대신 사용하였다. 뼈를 달이면서 그는 날카로운 칼로 새긴 듯한 기호들을

* 국자학의 교장(校長). '좨주'란 옛날에 회동(會同)하여 향연을 베풀 때 존장(尊長)이 먼저 술을 땅에 따라 신에게 제사 지낸 데서 나온 말이다.

우연히 발견하였다. 훗날 이 기호들은 거북의 등껍질이나 짐승의 뼈에 기록을 새긴 사료로서 한자의 초기 형태에 해당하는 효시嚆矢로 밝혀졌다.

중국에서 상형문자인 한자가 만들어지고, 신神 중심에서 인간 중심으로 넘어가는 인본주의人本主義 시기는 공자를 비롯한 제자백가諸子百家 사상이 등장하는 등 기록에 대한 갈망이 어느 때보다 컸던 때였다. 사람들은 대나무 등을 얇게 깎아 다듬은 판 위에 시詩나 삶의 경구警句를 적었다. 우리가 사용하는 '册책'이라는 상형문자도 죽간竹簡의 원형을 따라 만들어졌다는 것을 쉽게 알 수 있다. 지식과 지혜를 후세에 남기려던 의도였을 것이다. 이것이 오늘날 책의 원형이라고 볼 수 있다.

5,000년 역사를 자랑하는 나일 강 유역 사람들도 강가에 흔했던 갈대, 즉 파피루스papyrus의 섬유질을 이용하여 기록을 남겼다. 이처럼 문자와 기록에 대한 욕구를 가진 인류의 조상들은 비옥한 토지를 가진 큰 강 유역을 중심으로 4대 문명 발상의 원류를 이루었다.

책에 대해 중국은 '서書'로 일본은 '본本, ほん'으로 쓴다. 이를 보면 우리의 표현이 가장 원형에 가까운 것 같아 왠지 자부심이 느껴지기도 한다.

세종대왕은 한문을 쉽게 접하는 양반 지식인층만이 지식과 정보를 독점하는 폐해를 막기 위해 문명사의 위대한 발명품인 한글을 창제하였다. 양반이 아닌 평민들까지 쉽게 글을 읽고

지식을 쌓을 수 있는 길을 연 업적은 아무리 높이 평가해도 지나치지 않을 것이다.

이러한 필요는 세계 최고最古의 금속활자본인 직지심체요절直指心體要節이나 이보다 앞선다는 연구 결과가 등장하는 등 6년째 진위 논란이 일고 있는 증도가자證道歌字 등 금속활자의 발명으로 이어졌다.

서양에서는 1445년 독일의 구텐베르크Johannes Gutenberg, 1397~1468가 금속활자 인쇄술을 발명하면서 필사가 아닌 인쇄를 통해 다량의 책을 만들어 보급할 수 있었다. 책이 널리 보급됨에 따라 귀족이 아닌 일반인들도 지식과 정보를 공유할 수 있었다. 이것은 문화의 확산으로 이어져 결국 지식을 독점하던 특권계급이 약화되고 문예부흥과 종교개혁이라는 큰 흐름을 유발하여 근대가 탄생하였음은 잘 알려진 사실이다.

세계 최초로 금속활자를 발명하고 한글을 창제하였음에도, 우리는 성리학을 보급할 필요에 의해 국가 주도로 책이 제작되었고 그나마도 소량에 그쳤다. 반면 구텐베르크가 발명한 서양의 인쇄술은 상업적 동기에 의해 민간 영역에서 시작되었다는 점에서 차이가 있다. 책이 지배계급의 유교 이데올로기를 전파하는 도구였던 조선에서는 지식의 대중화와 상품화가 이뤄지기 힘들었다. 서점 설치도 기존 관료들의 반대로 무산될 정도였다. 무엇보다 책값이 너무 비쌌다. 부산대 한문학과 강명관 교수의 저서《조선시대 책과 지식의 역사》에 의하면 분량이 많지 않은 《대학》과 《중용》을 사기 위하여 쌀 21~28말, 즉 논 2~3 마지기에서 생산되는 쌀의 양이 필요했다고 한다.

이와 관련하여 《중종실록》에는 책값을 언급한 구체적인 표현이 있다. 강명관 교수에 따르면 조선 중기에 어득강魚得江, 1470~1550이라는 문신이 있었다. 그는 "외방의 유생 중에는 비록 학문에 뜻이 있지만 서책이 없어 독서를 하지 못하는 사람도 많이 있습니다. 궁핍한 사람은 책값이 없어 책을 사지 못하고, 혹 값을 마련할 수 있다고 해도 《대학》이나 《중용》 같은 책은 상면포常綿布 3~4필은 주어야 살 수 있습니다. 값이 이처럼 비싸므로 살 수가 없는 형편입니다"라고 말했다고 한다. 지금과는 비교할 수 없이 고가여서, 이에 책이 아주 귀했던 것이다.

2013년 봄에 서울대학교 인문학 연수를 받으면서 안동문화권을 탐방할 수 있는 기회가 있었다. 당시 우리에게 장판각藏板閣을 안내한 한국국학진흥원의 권진호 실장으로부터 "당시 사족士族은 저술, 즉 얼마나 많은 책을 발간했는가로 문파의 성쇠를 따졌다. 자작나무로 만든 목판木版 30장 정도의 문집文集 가격이 요즘 돈으로 1억 원이 들 정도로 비싼데, 통상 50질帙을 기본으로 간행하였다"는 설명을 들으면서 책이 아무나 쉽게 범접하기 어려웠을 정도로 비싼 값이었음을 실감했다.

세종대왕과 같은 열린 지도자의 노력이 있었음에도 양반 등 당시 권력층의 생각과 고달픈 삶을 살던 백성들의 현실 사이에는 상당한 괴리감이 존재하였음을 알 수 있다. 백성을 불쌍히 여겨 한글을 창제한 그 숭고한 뜻의 상의하달上意下達이 제대로 이루어지지 못한 것은 큰 아쉬움으로 남는다.

이처럼 책이란 귀한 것이었고, 귀한 만큼이나 의미 있는 내용을 담는 중요한 수단이었다. 독서백편讀書百遍이면 의자현義自見이라 하지 않던가? 선인先人들은 죽간을 두고 읽고 또 읽어 진리를 얻고 실천하였다. 책을 묶은 가죽끈이 3번이나 닳아 끊어질 정도로 공자가 《주역》을 읽었다는 위편삼절韋編三絕이라는 말까지 있지 않은가?

이러한 책도 한 번 읽으면 버리게 되거나 또는 어디 두었는지 모르고 잊히는 부류와 늘 옆에서 삶의 나침반 역할을 하고 스스로 독자층을 만들어 가는 생명력을 가진 부류로 구분할 수 있다. 결국 후자가 책으로서의 본연의 역할을 다하며 시간이 흐름에 따라 많은 독자들이 축적되면서 고전의 반열에 올라 명작으로 남게 된다.

그렇다면 책이란, 한 인생의 고민을 담은 기록이나 거듭된 학문적 성과, 연구 업적을 남기는 온축된 인간의 향기를 가진 내용이어야 하지 않겠는가 반문해 본다. 시중에는 정말 종이 값도 못 하면서 대형 서점의 한 모퉁이를 장식하는 기획·홍보성 출판물과 1년 동안에 일어났던 일이나 통계자료를 요약한 연감 등이 많다. 이런 부류는 영속성을 지니지 못하고 두 번 다시 거들떠보지 않는 무용지물이 되기 쉽다. 나름대로 목적과 의도를 가지고 만들겠지만, 책은 그 이름에 부끄럽지 않아야 한다는 것이 나의 지론이다.

한편, 책은 읽는 것으로 끝나는 게 아니라 얼마나 자기의 것으로 만드느냐, 즉 소화해서 활용하느냐에 그 가치가 있다. 물론 그 방법에는 차이가 있으나 책을 소모품으로 생각하고 중요한 부분에 특정한 기호를 표시하거나 밑줄을 그음으로써 나중에 읽을 때 먼저 읽었을 때의 감동과 생각을 되살릴 수 있어 훨씬 효과적인 독서를 할 수 있다. 나아가 독서 카드에 요점을 기록해 두면 가장 확실하게 자기 것으로 소화할 수 있다. 시간이 많이 지나도 볼 때마다 기록 당시의 느낌을 떠올려 강의 등에 생생하게 활용할 수 있으니 일거양득이다.

세계 최고의 갑부이며 기부왕인 빌 게이츠Bill Gates, 1955~ 마이크로소프트 전 회장도 현재의 자신을 만든 원동력으로 독서를 꼽고 있다. 그는 "오늘의 나를 있게 한 것은 어머니도 조국도 아닌 고향 마을의 도서관이었다"고 말하며 독서의 중요성을 강조했다. "하버드대 졸업장보다 책 읽는 습관이 더 소중하다"고 말하는 그는 매일 1시간씩 책을 읽고 출장 때마다 책을 꼭 챙긴다.

빌 게이츠뿐만 아니라 많은 지성인들이 성공의 사다리를 더 높이 오르는 단순하지만, 실천하기 결코 쉽지 않은 비결로 독서를 꼽는다.

중국 북송北宋 시대의 대가인 왕안석王安石, 1021~1086의 권학문勸學文 중에 있는 "빈자인서부貧者因書富 부자인서귀富者因書貴"라는 표현이 문득 생각난다. 가난한 사람은 독서를 통해서 부유해지고, 부유한 사람은 독서를 통해 귀하게 된다는 뜻이다. 동서양을 막론하고 시대를 초월하여 책의 가치와 독서의 중요성이 강조되었다는 점에서 건방지지만 나름의 값어치를 하길 기대하며 '책'을 내 졸저의 첫 장으로 삼았다.

말

  말은 그 사람의 인격을 나타낸다. '남아일언중천금男兒一言重千金' 이나 '말 한마디로 천 냥 빚을 갚는다'와 같이 말의 중요성을 강조한 경구들을 쉽게 접할 수 있다. 이는 역설적으로 말을 잘 못 하는, 아니 함부로 하는 사람이 많다는 반증일 것이다.

  많은 이들이 말로 인한 실수, 즉 설화舌禍로 곤욕을 치르거나 톡톡히 대가를 치른 사례를 무수히 보았다. 지금도 다반사로 일상에서 접하고 있다.

  서양의 교양인들이 그 상황에 맞는 가장 적절한 표현을 하는 데 비해 우리는 함부로 말을 내뱉는다. 결과에 대한 책임 문제가 따르면 잘 기억나지 않는다고 하거나 그런 말을 하지 않았다는, 쉽게 탄로 날 거짓말로 지면紙面을 어지럽게 하는 것을 자주 본다.

  서울대 경영대학 조동성 명예교수는 주어진 상황에 맞는 적절한 표현을 구사하는 대표적인 사람으로 거스 히딩크 전 국가 대표 축구 감독을 든다. 2002년 월드컵 당시 4강이라는 놀라운 성적을 거두면서 상종가를 치던 히딩크 감독의 언행은 화제의 대상이었다. 특히 그는 인터뷰마다 그날 경기 내용에 정확히 맞는 표현을 사용하였다. 그의 한마디 말이 다음 날 신문 기사의 제목으로 그대로 나온 것을 보고 놀랐던 기억이 생생하다. 히딩크 감독은 이후 호주 및 러시아 대표 팀, 세계 최고 클럽이라고 일컬어지는 영국 프리미어리그 프로 팀인 첼시의 감독까지 맡는 등 축구 분야에서 성공을 이룬 스포츠인이기도 하지만, 그 어떤 분야의 명망가보다 언어를 잘 구사한 달인이다.

조동성 교수는 일본 경제 주간지 〈닛케이비즈니스日經ビジネス〉와의 인터뷰에서도 히딩크 감독의 사례를 들고 있다. 조 교수에 따르면 히딩크 감독은 교양과 품격이 있고 균형 감각이 탁월하며 자기표현의 가감加減을 정말로 잘 컨트롤하는 인간 유형이다. 우리가 흔히 말하는 '선진국형' 국민이라고 할 수 있다. 그는 대화 중에 유머를 섞어 가면서 자유롭게 이야기하지만 반드시 전달해야 할 테마에서 벗어나지 않는다고 한다. 또한 말을 구사할 때는 마치 한 점의 예술 작품을 방불케 하는 힘까지 보인다고 한다.

이것은 개인적으로 탁월한 커뮤니케이션 능력뿐 아니라 그 배경에 선진국 국민으로서의 높은 수준의 교양과 깊이가 있기 때문이라고 조 교수는 지적한다. 개인의 역량에 국한된 문제가 아니라 그가 속한 문화의 토양에 기인한다는 것이다. 수프, 메

인요리, 후식으로 이어지는 요리를 몇 시간에 걸쳐 즐기며 대화를 하는 그들의 밥상머리 교육을 다시 생각하게 한다. 그렇기 때문에 대화가 한결 부드럽고 말이 자연스럽게 나오는 것이다.

스포츠 외적으로 히딩크 감독을 이처럼 잘 분석한 표현이 있을까? 또한 끊임없이 말을 해야 하는 인간으로서 언어를 잘 구사하는 달인이라는 표현보다 더한 칭찬이 과연 있을까? 새삼 조동성 교수의 날카로운 분석과 정곡을 찌르는 적확한 표현에 저절로 고개가 숙여진다. 그런 이유에서인지는 몰라도 2002년 월드컵이 끝난 지 10년 이상의 시간이 흘렀지만 히딩크 감독은 여전히 우리 국민들의 사랑과 존경을 받고 있다.

히딩크 감독이야말로 말에 관해서는 우리가 흔히 말하는 선진국 국민들의 모습과 자질을 갖췄다고 할 수 있다. 그러나 아쉽게도 우리는 이렇게 균형 감각이 몸에 밴 사람을 만나기가 쉽지 않다. 우리의 경우 각 분야의 지도자나 리더들의 실언失言이나 책임 없는 말의 홍수 때문에 예나 지금이나 스트레스를 받곤 한다. 먹을 것도 궁했던 시절에 밥상머리에서 말 많으면 복 나간다고 대화는 고사하고 후다닥 밥 한 사발에 국 한 그릇을 뚝딱 비우고 일어서는 우리의 문화 탓인지는 모르겠지만, 순간만 모면하기 위한 말, 남을 조금도 배려하지 않는 말, 경우에 따라서는 조사와 재판을 염두에 둔 새빨간 거짓말을 너무 쉽게 한다. 또 이러한 말을 잘 잊고 쉽게 용서하는 것이 우리의 정서다.

일본 생활 초기에 '메이와쿠めい-わく, 迷惑', 즉 남에게 폐를 끼치지 않는 것이 일본 사회의 기본이라는 사실을 알고 적잖은 충격을 받았다. 두 딸이 다니는 유치원에서 처음 가르치는 것도 그것이었다. 그 본질은 자신의 말과 행동, 옷차림 때문에 남의 기분을 나쁘게 하지 않는 것이었다. 다른 사람이 조금이라도 신경을 덜 쓰도록 배려하는 것이었다.

〈조선일보〉 신정록 논설위원이 2015년 1월 27일에 기고한 〈만물상〉 칼럼에 의하면 2011년 3월 11일 후쿠시마 대지진 때 일본인들이 몇 백 미터씩 일렬로 줄 서서 구호물자를 배급받았던 모습이나 이슬람 무장 단체인 ISIslam State의 인질로 처형된 아들의 아버지가 정부의 책임을 묻기는커녕 오히려 "국민들에게 폐를 끼쳐 죄송하다"라고 말하는 모습에서 일본인의 국민성을 엿볼 수 있었다고 한다. 상갓집을 가면 유족들이 통곡하는 것조차 남에게 폐를 끼치는 것으로 여기고 슬픔을 안으로 삭이는 모습을 볼 수 있을 정도다. 미국의 문화인류학자 루스 베네딕트Ruth Benedict, 1887~1948는 이런 문화가 일본을 독특한 집단주의 사회로 만들었다고 분석했다. 또한 최근에는 '미혹迷惑 않기에 집착하는 문화'가 오히려 일본의 경쟁력을 떨어뜨린다는 지적도 없지는 않다.

하지만 사건만 터지면 잘잘못을 불문하고 고함과 삿대질부터 하는 모습에 익숙한 우리에게 남 탓을 하지 않고 먼저 폐를 끼쳐 죄송하다며 머리를 숙이는 일본인들의 모습이 여전히 놀랍다.

우리는 오랫동안 다른 사람의 감정을 상하게 하는 거친 말을 써 왔고, 길거리에서 상대방과 어깨를 부딪치고도 흘낏 쳐다보고 지나가곤 한다. 장소에 맞지 않는 옷차림으로 남의 눈살을 찌푸리게 하는 것에 별로 신경 쓰지 않고 살아왔는데, 그들의 생각을 접하면서 순간 그동안의 삶이 너무나 부끄러워졌다. 나중에 내 또래 일본 친구들에게 물어보니 그들도 유치원에서 이미 배웠다고 하여 놀랐다.

아이가 유치원에 입학하면 일본인들은 숫자나 히라가나도 가르치지 않은 채 가장 먼저 예절 교육과 함께 친구끼리 사이 좋게 지내는 방법을 가르친다. 그것이 그들 교육의 첫 시작이다. 처음에는 불만을 느꼈지만 '이것이 진정한 교육이구나!'라고 깨닫는 데는 불과 몇 달 걸리지 않았다.

개혁가이자 실사구시實事求是를 실천한 실학자인 다산茶山 정약용丁若鏞, 1762~1836 선생은 전라남도 강진 첫 유배지에서 사의재四宜齋라는 당호를 짓고 생각, 용모, 언어, 동작 등 4가지 품성을 바르게 하고자 했다. 오늘날 생각해 보면 우리의 선비 사상에도 같은 내용이 있고 이를 실천하는 것이 선비의 주요 덕목이었다. 물질 만능의 경쟁 사회가 우리의 좋은 전통을 계승하지 못하게 한 것은 아닌지 아쉬움이 남는다. 우리가 자주 쓰는 '민폐 좀 끼치지 마라'라는 표현도 동일한 의미라고 여겨진다.

멀리는 《논어》에 나오는 "기소불욕己所不欲 물시어인勿施於人", 즉 자기가 하고 싶지 않은 일은 남에게 하게 하지 말라는 격언을 삶의 근본으로 삼았던 선현까지 들먹일 필요도 없다.

나는 한국에 돌아와서 두 딸이 초등학교에 다닐 때 학교에서 가르치지도 않은 컴퓨터나 영어 경진 대회를 해서 아이들 기를 죽이는 선생님에게 항의하던 아빠였다. 또한 프랑스에서는 초등학교까지는 창의력 개발에 방해가 된다고 컴퓨터를 가르치지 않는다며, 초등학생 자녀에게 컴퓨터를 사 줄 필요가 없다고 고지식하게 주장하다가 집사람의 샌드백이 된 경험도 있다.

식당에 가면 "주어진 반찬으로도 충분한데, 맛있는 것만 골라 먹고 추가로 반찬을 시킨다"며 핀잔을 주곤 하였다. 아내는 나에게 "사내대장부가 지나칠 정도로 남을 의식하고 산다"며 지적하지만 나는 나름대로 정도正道를 지키며 남을 배려하는 삶을 살려고 노력했다. 어찌 되었든 나를 아는 동료들은 내 앞에서 반찬이 다 떨어지기 전에 추가 반찬은 시키지 않는다. 왜 꼭 더 시킨 후 결국 남겨 음식물 쓰레기를 만들고 자원을 낭비해야 하는지. 한 번만 다시 생각해 보면 충분히 바꿀 수 있는데 말이다.

남자가 잗달다는 핀잔을 듣더라도 조그만 것부터 바꾸려 한다. 술과 말에 대해 지나치게 관대한 것이 결코 옳은 것은 아님을 뼈저리게 느꼈다. 노블레스 오블리주noblesse oblige를 실천해야 할 지도층에게 엄정한 책임을 묻는 풍토가 더욱 강화되어야 한다. 특히 말에 대해서는 더욱 그러하다.

신문

    일본 경제의 버블이 서서히 꺼지기 시작하던 1990년경 일본어로는 간단한 인사밖에 못 하면서 문자 그대로 무데뽀むてっぽ, 無鐵砲*로 주재원 생활을 시작했다. 일본어를 잘 모르지만 '조금 노력한다면 3년이라는 시간 동안 이웃 나라인 일본 말과 일본 문화를 어느 정도 알 수 있지 않겠나' 하는 심정에서 시작한 도전이었다. "자네는 일본어를 잘 못하니 아무 종류나 일본 책을 100권만 읽으면 물미가 트일 것이다"라는 안병화 사장님의 격려를 의지하고 시작한 생활이었다. 녹록지 않았지만 인근 '아사히 문화센터朝日 Culture Center'에서 일본어를 공부하며 낯선 문화에 적극적으로 뛰어들었다. 하루가 다르게 변하는 일본어 실력으로 일본인 친구들도 생겼고, 그에 비례하여 일본에 대한 나의 이해도도 높아졌다.

---

* 칼을 들고 총포(銃砲)에 덤빈다는 의미다.

그렇게 6개월 뒤, 일상적인 회화를 무리 없이 한다고 생각하고 좀 설쳤는데 1년이 지나고 나서야 내가 일본어에 유난히 많은 존칭어와 겸양어를 엉망으로 사용하고 있었음을 깨달았다. 예를 들면, 당시 벤치마킹 대상이었던 도쿄전력 임원에게 '식사하셨습니까?'가 아닌 '당신 밥 먹었어?' 하는 식으로 일본어를 사용한 것이다. 너무 당황스럽고 부끄러웠다. 그 뒤로 입이 잘 떨어지지 않았다. 석 달이 지난 후에야 말의 높낮이가 자유로워졌다. 일본인 친구들도 나의 노력을 높게 평가해 주었고 지금까지 좋은 관계를 유지하고 있다.

일본어가 쉽다고 하지만 깊이 들어갈수록 어렵다는 것은 잘 알려진 사실이다. 일본에서 오래 생활한 스웨덴 선교사가 쓴 책에서 "서양인에게 일본어는 아주 어려운데, 일본어 하나가 스칸디나비아 3개 국어를 하는 것과 같다"라는 구절을 본 적이 있다. 최근 스웨덴을 방문해 알게 된 사실이지만 원래 하나의 나라였던 스웨덴, 핀란드, 노르웨이 간에는 서로 다른 나라에 가서도 물건을 쉽게 살 수 있는 등 의사소통을 하는 데 별 지장이 없었다. 사실 미묘한 차이가 있겠지만 일본어로 보면 경어와 겸양어를 구분하는 정도라는 얘기였다.

그리스어를 어원으로 하는 국가 간에는 언어의 유사성이 많다. '여러 나라 말을 가장 잘하는 직업이 EU 각국을 운행하는 버스 운전기사'라는 얘기를 유럽 여행 중에 들었다. 역시 말이란 필요에 의해 익히고 사용하게 되는 것이다.

나를 아끼던 도쿄전력의 한 임원이 "지하철에서 신문 보는 친구도 임원 되기는 글렀다"고 하신 말씀은 나에게 큰 충격이었다. '원 포인트 레슨'이었지만 평생 신문 공부를 실천하는 계기가 되었다.

일본의 경영자들은 집에서 업무 관련 기사를 모두 읽은 후 지하철로 출퇴근하는 것이 보통이다. 높은 주거 비용에 따른 상당한 출퇴근 거리와 심각한 주차난 때문이다. 그리하여 출근길 지하철 안에서 그날 할 일들을 구상하고 사무실에 도착하면 바로 업무를 시작한다. 그리고 오후에 시간이 나면 경제 신문을 구석구석 읽는 것이 일상화되어 있다는 얘기였다.

그 후로 나는 25년여 동안 〈니혼게이자이신문〉을 포함해 여러 신문을 교과서로 삼아 읽어 왔다. 신문을 읽으면서 필요하다고 생각되는 부분은 오려 두었고, 일정 기간이 지나면 버리고 새로 정리하는 과정을 거쳤다. 지금까지 나만의 지혜 창고인 양 보관하고 있고 지금도 매일 그 작업을 반복하고 있다.

과거에는 정보를 소수의 힘 있는 사람이 독점하고 행사했지만, 지금은 고급에서 저급 수준의 정보가 신문과 잡지, TV 그리고 책의 형태로 도처에 널려 있다. 누가 먼저 보고 구슬을 잘 꿰느냐가 더 중요한 시대가 되었다. 아직도 과거의 방식을 고집하는 사람이 없지 않으나, 정보를 입수하기 위해 쓸데없이 밥과 술을 사 주던 시대는 지나갔다. 직접 만나 얻을 수 있는 고급 정보가 과연 얼마나 될지 의문이다.

몇 해 전까지만 해도 무가지無價紙가 지하철을 휩쓸었다. 하지만 이제는 남녀노소 불문하고 모두 휴대폰 화면 보기에 바쁘다. 이는 세계적으로도 유례가 없는 모습이다. 건강상으로 눈에 좋지 않을 뿐만 아니라 요즘 문제가 되는 '일자一字 목'을 만드는 원인인데 뭐 그렇게 숨이 넘어갈 일인 것처럼 휴대폰과 씨름하는지 이해하기 힘들다.

지하철에서 신문 보는 사람을 더 이상 찾기 어려워졌다. 모 교수님에 의하면 심지어 신문방송학과 학생도 신문을 읽지 않는다고 한다. 정말 아연啞然하지 않을 수 없다. 물론 TV나 인터넷, SNS만으로도 필요한 정보는 바로 얻을 수 있다. 하지만 아무리 시대가 바뀌더라도 종이 매체를 통한 지혜 습득의 매력을 느끼지 못한다면 삶의 한 방편을 포기하거나 읽는 즐거움을 상실하는 것이라고 생각한다. 책과 신문 등 종이로 읽어야 반듯한 인성이 길러진다는 어느 출판사 사장의 이야기가 사자후獅子吼처럼 들려온다.

세계에서 가장 많이 읽히는 신문이 중국의 〈인민일보人民日報〉라고 한다. 그 다음이 일본의 〈요미우리신문讀賣新聞〉으로 약 1,000만 부, 그리고 〈아사히신문朝日新聞〉이 800만 부를 유지한다. 반면, 한국ABC협회에 따르면 우리나라는 1개 신문이 겨우 100만 부를 돌파한 것으로 나타났다. 이 결과는 차치한다 하더라도 1996년 69.3%에서 2012년 24.7%로 점차 낮아지는 신문 구독률을 어떻게 받아들여야 할지….

"온라인 매체 때문에 신문이나 책은 점점 멀어지고 있지만 그 어떤 것도 신문이나 책을 대신할 수는 없다"는 국내 한 제지 회사의 광고 카피처럼 좀 더 활자에 대한 사랑을 가진, 사안에 즉각 반응하는 대응적 자세에서 벗어나 생각하고 행동하는 주도적인 지성인의 많은 등장을 기대해 본다.

IT와 SNS에서만큼은 우리가 남에게 뒤지지 않는다고 자만하기보다는 단순하고 공격적인 디지털 문화에 내재하는 문제는 없는지 휘슬을 크게 불어 알려 주어야 한다. 이를 시정하기 위한 노력이 무엇보다 우선해야 할 정책 과제가 아닌지 생각해 본다.

몇몇 선도 기업을 위한 산업 보호 우선 정책으로 언제까지 국민이 시험 대상이 되어야 할까? '수출로 먹고사는 나라에서 불가피하지 않느냐'는 논리로 얼리어답터early adopter를 운운하며 우리나라를 새로운 기기機器의 경연장으로 만들고 있다. 새로운 버전이 나올 때마다 신모델을 사고 싶어 하는 아이들과 소모적인 실랑이를 벌이는 일은 더 이상 하고 싶지 않다.

가족 간에 오랜만에 갖는 외식 자리에서 저마다 휴대폰만 쳐다보고 있는 모습을 자주 본다. 식구食口는 원래 '함께 먹는 입'이라는 뜻이다. 식사 자리에서만큼은 그동안 못다 한 대화를 나누고 먹는 즐거움을 함께해야 하는데 그저 요리가 나오면 씹어 삼키기에 바쁘다. 대화는 뒷전이고 모두 마음은 SNS에, 한 손은 휴대폰 자판에 있다.

온 국민의 메마른 정서를 부추기는 SNS 매너를 바로잡아야 할 때다. 지금은 어떤지 모르지만 일본 지하철에서는 휴대폰이나 인터넷 사용을 자제하는 모습을 많이 보아 왔다. 타인을 위한 배려 때문이다. 지하철 안이 전자파로 가득 차게 되면 남에게 폐를 끼친다는 것이다. 깊이 생각해 볼 문제다. '보여 주기식 문화'에 조금은 둔감해지고, 숫자와 통계에 너무 현혹당하지 말아야 한다. 우리도 이제 그 정도의 여유는 생긴 것 아닌가.

다산초당

이름 그대로 '평화로운 나루'인 전남 강진康津은 사찰과 유배 문화, 청자의 고장으로 유명하다. 지금도 매년 8월 청자 축제를 여는 등 가는 곳마다 청자 고을임을 자랑하고 있다. 통일신라부터 고려 말까지 약 500년간 강진의 숯가마 불은 꺼지지 않았다고 한다. 국보로 정해진 청자의 70~80%가 강진산産이라는 청자박물관 학예사의 설명을 들으니 그럴 만도 하다.

강진은 대단한 유적이나 유물은 없지만 지고지순하게 아름다운 향토적 서정과 역사의 체취가 살아 있다. 이에 명지대 유홍준 석좌교수의 《나의 문화유산답사기-1 남도답사 일번지》에 올라 유명세를 꽤나 톡톡히 치렀다.

올 들어 유난히 자주 흩날리는 세찬 눈보라를 맞으며 새해 첫날 아침에 다산초당을 찾았다. 지난 1998년 유명세를 탈 당시 중앙공무원교육원 교육 과정에 있으면서 답사를 한 뒤 세 번째 방문이었다. 백련사白蓮寺와 초당 사이 800미터 길은 유배 생활 동안 벗이자 스승이요 제자였던 혜장선사와 다산을 이어 주는 산길 통로였다. 동백나무 숲과 자생하는 차밭은 눈 속에서 그 푸름을 더 뽐냈다. 아니 눈이 있어 더 아름답다.

남양주 생가에 대해 여유당與猶堂이라는 당호를 붙이고 조심스럽게 세상을 살아 간 다산茶山 정약용丁若鏞, 1762~1836 선생은 조선의 르네상스를 꿈꾸며 18년에 걸친 유배 생활의 시련 속에서도 실학實學을 집대성하였다. 선생은 19세기 초 조선 사회가 나아가야 할 방향을 제시했던 당대의 거목이었다.

선생은 22세에 광암曠庵 이벽李蘗, 1754~1785 선생을 만나 천주교 신앙과 서양 과학을 접하면서 성리학적 세계관의 벽을 뛰어넘어 새로운 세상을 꿈꾸었다. 27세에 벼슬길에 오르면서 정조正祖, 1752~1800, 재위 1776~1800의 각별한 신임 속에 수원 화성華城을 설계하고 거중기를 발명하는 등 축성을 통해 과학의 꿈을 실현하고 개혁 군주 정조와 함께 새 시대를 꿈꾸었다.

그 꿈도 잠시 정조의 갑작스러운 승하와 함께 선생의 시련은 시작되었다. 39세였던 1801년부터 유배에 올라 18년을 보낸 곳이 바로 강진이었다. 〈문화일보〉 이호준 님의 〈나를 치유하는 여행〉이라는 칼럼을 보면 선생의 유배 초기 생활이 잘 나타나 있다.

선생은 중범죄자인 천주교도를 도왔다는 죄목으로 유배 길에 올랐기 때문에 대역 죄인인 선생을 도우려는 마을 사람은 없었다고 한다. 이에 선생이 처음 자리를 잡은 곳은 동문 밖 주막이었다. 마을 사람들과 달리 선생에게 거처와 식사를 제공했던 주모는 유배 초기 선생이 심신을 추스르는 데 큰 역할을 했다고 한다. 유배의 충격으로 우두커니 앉아만 있는 선생에게 아이들에게 글을 가르쳐 보라며 소일거리를 제공했고, 엄격한 남존여비 시대에 남녀 관계에 대한 일갈—喝로 선생에게 깨우침을 주었으며, 종국에는 선생의 공경을 받기까지 한다. 선생이 둘째 형 정약전丁若銓, 1758~1816에게 보낸 편지에서 주모와의 일화가 잘 드러나 있다.

하루는 주모가 선생에게 부모의 은혜는 동일한데 아버지의 성을 따르고 친족도 아버지의 일가를 이루게 하는 등 아버지만 소중히 여기고 어머니는 가볍게 여기는 이유에 대해 물었다고 한다. 이에 선생은, 아버지는 나를 낳아 준 시초로서 만물을 내리는 하늘과 같은 은혜를 가졌기 때문에 더 소중하게 여긴다고 답변하였다. 이에 대해 자연의 이치에 비유하여 선생의 의견을 반박하는 주모의 논리가 탁월하다. "풀과 나무에 비교하면 아버지는 종자이며 어머니는 토양이라고 할 수 있다. 종자를 땅에 뿌리면 지극히 보잘것없지만 토양이 길러 내는 그 공은 매우 크다"고 말했다고 한다.

주모의 이야기를 들은 선생은 순간 이치를 크게 깨닫고 어머니까지 공경하는 마음이 들었다고 한다. 주막에서 술과 밥을 팔던 주모가 자연을 아우르는 천지간의 정밀하고 미묘한 의미를 통찰하고 있는 것에 대해 크게 놀랐다고 한다.

선생은 이런 사연이 서린 주막 바깥채에 사의재四宜齋라는 당호를 짓고 '생각은 맑게, 용모는 단정하게, 말은 과묵하게, 행동은 중후하게'라는 삶의 원칙을 정하고 실천하였다. 모질고 힘든 삶이었음에도 마음을 다잡고 반듯한 삶을 추구하였음을 알 수 있어 저절로 옷깃이 여며진다.

또한 선생은 11년을 지낸 초당 뒤편 바위에 아무런 수식도 없이 자신의 성씨에 해당하는 정丁 자만 넣어 '정석丁石'이라고 새겼다. 단순함의 극치라고 할 수 있다. 차를 달이던 부뚜막 다조, 연못 가운데 돌을 쌓아 만든 인공 산인 석가산, 1,500여 권의 책을 쌓아 놓고 치열하게 읽고 생각하며 부지런히 집필에 몰두했던 다산동암茶山東庵에서도 그윽한 다산의 향기를 맡을 수 있었다.

그리고 열흘 넘게 걸려 도착한 나주의 주막에서 기약 없이 헤어진 둘째 형 정약전과 주군인 정조를 그리며 마음대로 나는 기러기를 보고 "부럽구나, 저 기러기"라고 노래하던 자리에는 '하늘과 만나는 집'이라는 의미의 천일각天一閣이 세워졌다.

이곳에는 특이하게도 또 하나의 현판이 있다. 다름 아닌 24세 연하지만 동시대의 아픔을 함께 나눈 추사秋史 김정희金正喜, 1786~1856 선생의 작품인 보정산방寶丁山房이다. '정약용을 보배롭게 여긴다'는 뜻으로, 동병상련의 마음과 경외심을 엿볼 수 있다.

굴곡 많은 삶이었지만 비극과도 같았던 유배 시절에 선생은 오히려 치열한 삶을 살며 스스로를 완성할 수 있었다. 애민愛民과 비판으로 늘 역사와 백성을 생각한 집필에 전념할 수 있었던 정신의 바탕은 무엇일까.

선생은 다양한 독서와 학문적 성찰을 통해 깊은 사상적 일가一家를 이루었고, 본인의 귀양으로 벼슬길이 막힌 큰 아들에게 쓴 편지에서는 "폐족일수록 책을 많이 읽어야 한다. 머릿속에 책이 5,000권 이상 들어 있어야 세상을 제대로 볼 수 있다"며 추상 같이 충고하고 있다.

신간 안내를 통해 선생이 역사와 시에 대해 쓴 짧은 글들을 모은 《혼돈록眃沌錄》 전문이 국역國譯되었다는 반가운 소식을 접했다. 선생이 쓰다가 버린 원고를 모아 한 권의 책으로 묶었다는 것이다. 책의 제목인 '혼돈'은 '여러 가지 재료를 혼합해 빚은 만두'라는 뜻이라고 한다. 아마도 선생이 생각나는 대로 적어 정리되지 않은 글이라는 의미를 부여한 것으로 추정된다. 당시에는 시대적 여건상 빛을 보지 못했겠지만 당파에 얽매이지 않고 역사를 비판하는 내용이 관심을 끌기에 충분해 보인다.

세상이 복잡하고 어지러울수록 다산 선생의 목민과 원칙을 중시한 올곧은 삶이 선생의 굴곡진 인생만큼이나 시리고 크게 다가온다.

스위스 IR

다보스포럼에 참석한 매일경제 서양원 부국장이 보낸 코발트블루빛 풍경 사진과 소식이 신문에 앞서 날아든다. 반갑고 고맙다.

스위스는 독일, 프랑스, 이탈리아라는 강대국 사이에 끼여 있는 등 지정학적 상황이 중국과 일본 사이에 위치한 우리나라와 비슷하다. 누구나 가 보고 싶어 하고, 가장 살고 싶은 10대 도시에는 항상 취리히Zürich, 제네바Geneva, 베른Bern이 포함된다. 스위스는 사람 이외에는 자원이 거의 없어 젊은이들이 유럽 각국의 용병으로 일하면서 겨우 생계를 유지하던 가난한 나라였다. 스위스 역사에는 "생존을 위해 피를 수출했다"라고 기록되어 있다. 우리가 경제 발전의 원천인 달러를 벌어들이기 위해 독일로 광부와 간호사를 보내고 베트남에 국군 장병을 파병한 것을 연상시킨다.

생존을 위한 필요라고 하지만 스위스 용병의 용맹함과 책임

감은 누구보다 뛰어났다. 1527년 5월 6일 신성로마제국군이 로마교황청을 약탈하려고 했을 때 교황을 보위하던 다른 나라 용병들은 모두 도망쳤지만 목숨을 걸고 끝까지 호위했던 병력이 스위스 용병들이었다. 1792년 8월 10일 파리 튈르리궁전에 혁명 군중이 들이닥쳤을 때도 마찬가지였다. 그래서 지금도 로마교황청은 군복으로는 좀 우스꽝스러운 복장의 스위스 근위병들이 지키고 있다.

2014년 1월 27일 자 〈문화일보〉 이용식 논설실장의 칼럼 〈시론時論〉에 의하면 스위스가 우리에게 시사하는 점이 많다고 한다.

우선 안보 측면이다. 스위스는 단지 말로만 중립국이 아니라, 국민개병제 시행을 통해 자립과 자강을 실천함으로써 19세기 영세중립국이 된 이후 한 번도 침략을 받지 않았다. 제2차 세계대전 때는 전 국토에 2만 3,000여 개의 지하 요새를 구축함으로써 히틀러가 침공을 포기하게 만든 나라이기도 하다.

척박한 환경에서도 1인당 GDP가 8만 달러에 육박하고 국가 경쟁력 1위를 자랑하는 원동력은 개방과 실용의 정신이다. 스위스 100대 기업 임원의 약 45%가 외국 국적자이고, 실용 교육 시스템은 우리도 열심히 모방하려 하나 쉽지 않다. 친환경 개발로 알프스를 세계적 관광지로 탈바꿈시키고, 풍부한 수자원이 있지만 원자력을 국가 에너지원으로 선택한 나라이기도 하다.

또 하나 중요한 것이 통합의 정치이다. 스위스는 미국에 이어 세계 두 번째의 연방 국가로 상·하원을 두고 있다. 하지만 이것은 내전까지 이를 정도로 치열했던 신·구교, 중앙집권과 지방 분권 간의 갈등을 해결하기 위한 방안이었다. 우리에게는 이해하기 힘든 대통령 순번제가 대변하듯이 선거에 따른 승자 독식은 존재하지 않는다. 국가의 이익 앞에는 여야의 구분 없이 합심한다고 하니 참으로 부럽다. 툭하면 지역, 이념, 세대 등의 차이를 내세워 갈등의 골을 더욱 깊게 만드는 우리와 확연히 비교되는 부분이다.

보도를 일부 인용했지만 내가 인식하고 본 것과 차이가 없다. 남한 크기의 절반 남짓한 4만 1,000제곱킬로미터의 아름다운 국토는 카메라앵글을 어디에 맞춰도 훌륭한 작품으로 변한다.

스위스는 많은 영감과 아이디어를 주는 보기 드문 곳이다. 2개 언어를 사용하는 것이 일반적이라는 유대인이 부러웠는데 스위스는 독일어, 프랑스어, 이탈리아어, 로망슈어 등 4개 말을 공용어로 쓰는 나라다. 여기에 대부분 영어를 잘하니 5개 국어는 기본이다. 대학교를 졸업하려면 4개 공용어를 할 줄 알아야 한다니 놀라울 정도다.

여러 언어를 구사하면 사고력 향상에 도움이 되고, 말을 바꾸면서 논리적이 된다는 것을 해외 주재 경험을 통해 아는 나이지만 스위스에서 태어났다면 아주 평범한 직장인에 불과했을 것 같다.

취리히, 루체른, 베른, 로잔, 제네바로 이어지는 IR Investor Relations, 기업 설명회은 수년째 적자 상태인 회사를 이해시켜야 하는 일이라 쉽지는 않았지만 수많은 출장 중에서 가장 인상적이었다.

우선 차를 타고 이동하는 게 즐거웠다. 잘 가꿔진 정원 같은 풍광에 투명한 호수, 아득히 먼 산록에 위치한 목장, 어느 집이나 베란다에 꽃으로 멋을 낸 전통 가옥 샬레 Chalet가 아름다웠다. 계절에 따라 험한 산들을 오르내리며 목축을 하고 먹을거리를 구하려니 강인한 체력과 투지는 기본이었을 것이다. 수도인 베른은 시내를 관통하는 에메랄드빛 강과 그 주변의 풍경이 정말 아름다웠다.

제네바에서 마지막 IR을 할 때가 가장 기억에 남는다. 중국계와 일본계 참가자가 다수 있었기 때문에 잘은 못하지만 프랑스어와 일본어, 중국어를 적절히 사용하여 참가한 투자자와 애널리스트의 환심을 샀다. 스위스는 산악 국가이며 징병제를 하는 한국과는 유사점이 많다고 너스레를 떨었다. 한국인들이 영국이나 독일, 프랑스의 도시 이름보다 스위스의 도시명에 더 익숙하고 많이 알고 있다고 하며 앞에 언급한 도시에 포럼으로 유명한 다보스 Davos도 잘 안다고 하여 웃음을 자아냈다.

또 한국인들은 요들송을 좋아하고, 중학생 때 스위스민요도 배웠다고 하니 모두들 한번 불러 보라 하였다. 같이 갔던 국내 금융사 직원의 귀띔으로 알게 된 "아름다운 베른에 맑은 시냇

물이 넘쳐흐르네"라는 구절을 불러 큰 박수를 받았다. 근엄하게 뒷자리를 지키던 노신사가 이번 IR은 최고라고 엄지를 치켜세워 격려해 주기도 했다.

여행 중에 안 일이지만 우리 귀에 익숙한 이 노래는 '베른'의 아름다움을 노래한 것이다. 지금까지 유명 자동차 상표처럼 '베르네'로 알고 있었는데 말이다. 설명을 듣고 보니 유사한 경우가 떠오른다. 이탈리아 민요 〈돌아와요 소렌토로〉도 척박한 땅에 살던 남부 이탈리아인들이 미국으로 이민을 떠나는 이웃에게 훗날 돈 많이 벌어 고향 소렌토로 돌아오라는 애절한 의미를 담은 민요라는 설명이다. 그렇다. 베른과 소렌토는 자동차 이름이 아니라 아름답고, 때로는 슬픈 사연이 담긴 도시명이다.

로잔의 레만호수와 골프와 생수로 유명한 건너편 에비앙, 짬을 내어 들른 몽블랑의 경험은 덤으로 얻은 기쁨이었다.

감정계좌

　감정계좌EBA, The Emotional Bank Account란 우리의 감정도 은행에 현금을 입·출금하듯이 계좌처럼 관리해야 한다는 의미로, 스티븐 코비Stephen Covey, 1932~2012의 《성공하는 사람들의 7가지 습관》에서 중요한 개념으로 언급되었다.

　인간은 조직이든 개인이든 항상 선택을 해야 하고 그 결과에 책임을 져야 한다. 영어로 책임이라는 단어는 'responsibility'이다. 이는 'response반응'와 'ability능력'의 합성어이다. 모든 상황에서 인간은 조건반사적으로 즉각적 반응을 하는 동물과 달리 순간적으로 생각을 하고 행위를 선택하는 'stop-think-choose멈추고, 생각하고, 선택한다'의 과정을 거친다. 이것이 인간을 다른 영장류와 구별하여 이성을 가진 생각하는 존재로 인정하고 만물의 영장이라 부르는 이유일 것이다.

　여기서 중요한 것은 평소 아내나 자녀, 직장 동료 등 가까운 사람일수록 소홀히 하지 말고 좋은 감정을 쌓아 감정계좌에 흑자黑字, 즉 플러스를 만들어 두라는 것이다. 그 방법은 우리가 알고 있는 원칙을 지키고 신뢰를 쌓는 것이다. 임기응변이나 편법, 거짓말은 일시적으로는 통할지 몰라도 결국은 적자 계정의 주요 원인이 된다.

흑자 계정을 잘 관리하는 방법은 항상 역지사지易地思之의 심정으로 상대방의 입장을 고려해 말과 행동을 하는 것이다.

자녀들과의 관계에서 발생하는 문제도 결국 자녀와의 감정 계좌를 얼마나 잘 관리하느냐가 관건이다. IT와 정보화 시대를 살아가는 자녀들에게 과거 농경 사회나 산업화 시대의 생각으로 당시의 생활 방식을 자녀에게 강요하면 '낙제점 아빠'가 될 것은 불문가지不問可知다. 이런 말을 하는 나도 우리 애들이 평가하면 그럴 것 같아 솔직히 걱정이다.

내 세대의 어린 시절을 지금과 비교하면 절대적으로 공부량이 적었던 것 같다. 참고서도 없던 시절이라 집에서 공부를 별로 하지 않아도 학교에서 열심히 배우고 교과서만 몇 번 읽어도 성적을 잘 받는 것이 힘들지는 않았다. "내가 너처럼 학원 다 다니면 서울대 아니라 하버드대도 갔을 것"이라며 야단치고 성적을 채근하지만, 다시 생각해 보면 요즘 아이들은 우선 할 게 너무 많다.

내 아이만은 가마 메는 놈이 아니라 타는 사람 만들겠다고 영어, 수학 등 선행 학습은 기본이고 피아노, 태권도, 컴퓨터 등 다양한 특기 활동까지 많은 것을 가르친다. 정말 시간 단위로 쪼개 밤늦도록 해도 끝이 없는 만능을 요구하는 경쟁의 지옥 속으로 아이들을 내몰고 있다. 물론 그놈의 치맛바람과 학구열 덕에 이 정도라도 살게 된 건지는 모르지만 말이다.

돌이켜 보면 내가 어릴 때는 대체로 '한나절' 단위로 무엇을 하곤 했다. 학교 다녀온 후 산에 가서 소 먹이고 꼴 베어 오면, 전기도 없어 '새 나라의 어린이'로서 일찍 자고 일찍 일어나는 생활이었다. 본인은 그런 시절을 보냈으면서도 분 단위, 시간 단위로 움직이는 아이가 TV를 보거나 컴퓨터 앞에 앉아 있는 것을 참지 못하고 마음에 상처를 주는 독설을 내뱉는다. 그런 아빠를 아이들은 피하게 되고, 퇴근하면 "아빠 왔어!"라는 짧은 인사가 전부다. 아빠는 자신의 등장과 함께 문을 쾅 닫고 자기 방으로 들어가 버리는 자녀가 마음에 안 든다. 그러면서 관계는 더 꼬인다. 급기야 모든 요구가 엄마를 경유하고 만다. 힘들고 지친 아이들의 아픔을 좀 더 이해하고 다가가서 "요즘 참 힘들지"라고 따뜻하게 손잡아 주고 보듬어 주었다면 플러스를 많이 쌓았을 텐데 하는 아쉬움을 갖는 게 우리 세대 같다.

요즘 젊은 부모들은 많이 바뀐 것 같다. 그러나 정말 아이들의 입장에서 빙산의 일부인, 윗부분에 해당하는 기분만이 아니라 빙산의 대부분을 차지하는, 아랫부분에 해당하는 감정까지 배려하고 있는지는 의문이다.

아내와의 관계도 크게 다르지 않다. 대부분 고생할 수밖에 없었던 어머니 세대의 모습을 투영시켜 비교하니 아내의 행태가 늘 불만이다. 자신의 어머니는 힘들게 들일하다 갑자기 산기産氣가 있어 동생을 낳고 다음 날 모내기하는데 밥을 이고 날랐다는, 무슨 전설 같은 얘기를 들으며 자랐는데 이와 비교하면 자신의 아내는 아무것도 안 하는 것처럼 보인다.

요즘에야 과일이나 채소의 경우 모두 상품성이 중요해 시간을 다투지만, 어머니의 농사일은 오늘 아니면 내일에도 충분히 할 수 있었다. 동지섣달 길고 긴 밤에는 길쌈도 했지만 마실 다닐 시간은 있었다.

그렇지만 요즘 엄마들은 너무 바쁘다. 시간 단위로 배우러 다니는 아이들 뒤치다꺼리에, 아무리 해도 표시 나지 않는 따분한 집안일도 해야 한다. 남편도 살펴야 하고, 적지 않은 집안 대소사도 챙겨야 한다. 정말 숨 돌릴 겨를이 없을 지경이다. 우리 어머니 때보다 할 일이 늘었고 힘들어졌다. 그런 아내를 수고했다고 감싸 주기는커녕 월급을 꼬박꼬박 챙겨 주는데 집에서 무엇을 하는지 모르겠다고 하니 서운함이 쌓인다. 이것이 마음의 병이 되고 심하면 우울증까지 간다. 깨닫고 후회하면 이미 늦다. 빙산의 아랫부분처럼 힘든 본질을 이해해야 수백만 원의 흑자가 쌓이고, 그리 되면 몇 만 원의 적자는 웃음으로도 넘길 수 있게 된다.

직장에서도 평소 성실한 업무 처리와 소통으로 신뢰를 쌓은 경우라면 열심히 하다가 발생한 사소한 실수는 '그럴 수도 있지' 하고 문제 삼지 않는다. 하지만 반대의 경우를 더 자주 보게 되는데 '이때다' 하고 평소에 쌓인 감정까지 보태 비난의 화살을 날린다. 조직에서도 '신뢰'라는 감정계좌는 똑같이 적용된다.

흑자 계정을 쌓는 비법은 상대방이 어려움에 처했을 때 잘하는 것이다. 눈길에 아이를 태우고 학원을 가다 접촉 사고를 내 난생처음 간 경찰서에서 당황한 나머지 다급하게 전화한 아내에게 "눈 오는데 왜 운전하고 나가 사고 치고 바쁜데 전화질이야. 알아서 해!"라고 하는 경우와 반대로 "어디 다친 데는 없어? 잠깐만 기다려. 바로 갈게"라는 반응에서 감정계좌는 하늘과 땅만큼 차이가 난다. 전자의 경우, 아내는 돌이킬 수 없는 깊은 상처를 받을 것이고 감정계좌는 이내 수천만 원 마이너스 적자가 날 것이다.

아내와 자녀는 가정이라는 공동체를 이루는 우리의 가장 소중한 반려이자 평생을 같이 해야 하는 동반자들이다. 코카콜라 전 CEO였던 브라이언 다이슨Brian Dyson의 멋진 신년사처럼 가족은 저글링의 다섯 종목 중 유리구슬과 같다. 한 번 깨지면 회복이 어렵다. 깨지기 전에 정성을 다해 다루어야 할 귀중한 존재인 것이다.

미국 최고의 리더십 전문가 중 한 명인 존 맥스웰John C. Maxwell, 1947~ 목사 또한 "시간을 내어 가까운 사람들에게 애정을 표현하고 인정해 주어라. 그들이 얼마나 소중한지 이야기해 주어라. 그들에 대한 애정을 글로 써 주어라. 등을 토닥여 주고 괜찮다면 안아 주어라. 표현을 하지 않아도 여러분의 사랑을 상대방이 알 것이라고 단정하지 마라. 직접 말로 표현하라. 사랑한다는 말은 아무리 많이 해도 지나치지 않다"며 가까운 사람에게 더 잘하기를 강조한다. 영·미인에 비해 우리에게 정말 부족한 표현력을 지적해 준 좋은 말이다.

한 치의 혀로 사람을 살린다는 촌철활인寸鐵活人과 근자열원자래近者悅遠者來, 즉 '가까운 사람을 기쁘게 하면 멀리 있는 사람도 찾아온다'는 공자님 말씀도 그 궤를 같이 한다. 손 안에 있는 새에 대해서는 더 이상 최선을 다하지 않고, 또한 가까이 있는 영웅은 제대로 인정해 주지 않는 것이 세상의 풍조다. 구성원의 마음을 사는 진정한 리더십은 가까이 있는 것의 소중함을 깨닫는 데서 시작된다.

자녀와의 소통에 어려움이 있는가. 그럼 "바로 휴대전화로 메시지를 보내 보라"고 나는 권한다. 여러 차례의 실험 결과, 신기하리만치 5분 내로 답이 온다. '꼴통 아빠'라고 찍힌 전화는 안 받아도 SNS에는 즉각 반응하는 게 우리 아이들이다. 대화의 툴이 바뀐 것이다. 변화에는 순응하는 게 피차 편하다.

우리는 살아가면서 '로열 로드royal road', 즉 지름길을 많이 찾는다. 하지만 세상만사 어디 그리 쉬운가. 그 지름길과 편법, 그리고 한 번의 실수가 사회문제가 되어 신문 지면을 장식하고 끝없이 추락하는 명망가들을 자주 본다.

농부가 겨우내 잘 갈무리한 좋은 씨앗을 골라 봄에 뿌리고, 무더운 여름에 김을 매고 북돋워 줘야 가을에 큰 수확을 거둘 수 있는 게 자연의 법칙이다. 이 자연의 원리를 무시하고 씨만 뿌려 무성의하게 내버려 둔 농사가 잘될 리 없다. 농부가 관심 갖고 관리해야 하는 씨앗처럼 감정계좌도 원칙과 성실함으로 꾸준히 관리해 나가야 한다. 이것이 삶의 훌륭한 방편이자 정도일 것임은 재론再論의 여지가 없다.

Part 2

경영요리

기록의 고마움을 새삼 절감한다. 관계 기관에 찍히면 필화筆
禍를 겪던 암울한 시절의 경험칙으로 모 유명 정치인은 자기 앞
에서 열심히 기록하는 인사를 중용하지 않았다는 얘기도 있기
는 하다. 하지만 나 같은 보통 사람은 '아무리 좋은 머리도 몽당
연필을 못 이긴다'는 독일 속담과 '총명이 무딘 붓만 못하다'는
뜻의 총명불여둔필聰明不如鈍筆을 좌우명으로 가까이 하고 있다.

나주로 내려가는 버스에서 시청한 〈오늘 미래를 만나다〉라
는 KBS TV 프로그램에 등장한 재미在美 공학자인 데니스 홍 교
수도 자신의 창조의 비결을 메모라고 밝혔다. '따뜻한 기술을
개발하는 로봇공학자'로 소개된 홍 교수는 자신감과 카리스마
넘치는 표정으로 아이디어가 가득한 노트를 보여 주고, 수시로
메모하는 습관을 소개하며 잠들기 전의 생각까지 기록하기 위
해 불이 켜지는 볼펜으로 쓰는 시늉을 하기도 했다. 달리는 버
스 안이라 제대로 듣지는 못했지만 자막과 표정으로도 설명을

이해할 수 있었다. "항상 성공할 수는 없죠. 하지만 항상 배울 수는 있습니다You can't always win. But you can always learn." 꾸준한 배움의 필요성을 설파한 그의 멋진 말이었다.

기록을 찾아보니 2001년의 일이다. 다행히 당시 교육 내용과 감동을 받았던 내용이 오롯이 노트에 남아 있다. 외람되지만, 오랜 시간이 흘러 귀인貴人의 존함도 오락가락했는데 자료를 정리하다 발견했을 때의 기쁨이란 말할 수 없이 컸다.

성인교육을 받다 보면 교육 내용보다 같이 공부하는 고수高手와의 상호 학습을 통해 깨우침을 얻는 경우가 많다. 유쾌하지 않은 사건이 계속해서 발생하는 등 어려운 여건 속에서도 우리나라가 꾸준하게 전진해 나갈 수 있는 것은 타인의 인정 여부를 떠나 각자의 자리에서 소임을 다함은 물론 내공으로 미래를 여는 고수들이 있기 때문이라고 생각한다. 그런 분을 만날 때마다 기쁨과 흥분을 감추지 못하는데 그런 고수들이 의외로 많다.

사흘짜리 스티븐 코비의 리더십 교육을 받던 둘째 날, 자정 무렵까지 서로의 경험을 공유하는 대화의 장이 열렸다. 그 자리에서 조선대 명예교수로 계시는 이강욱 교수님이 들려준 한마디를 사례 한 번 하지 못한 채 지금까지 단골로 써먹고 있다.

우리가 '경영' 또는 '관리'로 번역하는 'management'란 단어에는 경영의 모든 의미가 함축되어 있다는 것이다. 교수님도 희랍어를 잘하시는 신부님께 들었다고 일러 주었다. management의 어원을 분석해 보면, 채용해 교육시키고 동기부여를 하여 성과를 내게 하는 '사람$_{man}$'과 경기순환 사이클상의 호황 또는 불황 등 '시대적 상황$_{age}$', 그리고 요즘 무엇보다 중요시되는 '환경$_{environment}$', 이 세 가지 의미가 결합된 단어라는 설명이었다. 또한 한 사람의 'man'이 복수의 'men'을 이끌고, 이를 잘하는 사람이 'manager(man+age+er$_\wedge$)', 즉 시대를 이끄는 사람, 경영자란 명쾌한 풀이를 들을 수 있었다.

MBA 과정을 다니던 중이었지만 어떤 설명보다 가슴에 와 닿았다. 결국, 경영자는 경영학에서 배우는 재무관리, 전략경영, 인사관리 등 각론의 복잡한 내용을 완벽하게 다 알 수는 없겠지만 훌륭한 경영자라면 최소한 man, age, environment 항목에 대한 질문과 숙지가 필요하다는 것이다. 이는 경영학 도서의 어떤 정의보다 명쾌하였다.

경영의 구루$_{guru}$로 일컬어지는 잭 웰치$_{John\ Frances\ Welch\ Jr,\ 1935\sim}$ 전 GE 회장도 자신의 시간 중 대부분을 15%에 이르는 조직에 도움이 되지 않는 쓸모없는 인재를 솎아 내는 데 할애하였다고 한다. 우리가 관리 이론에서 얘기하는 '멍부'*를 퇴출시킨다는 것으로, 오죽했으면 '도살자'라는 닉네임까지 얻었겠는가.

---

* 멍청한데 부지런하기만 해 엉뚱한 일로 조직을 망가뜨리는 타입의 관리자를 말한다.

삼성그룹 인사팀장을 역임한 황영기 한국금융투자협회장은 매일경제와의 인터뷰에서 이건희 회장의 인재관에 대해 밝혔다. 이건희 회장은 "세상이 어떻게 바뀔지 어떻게 알겠는가. 사람이다. 인재를 끌어들이면 기업의 영속성을 확보할 수 있다"고 말했다고 한다. 나아가 좋은 인재를 뽑아 키워 내는 게 경영의 근본이며, 주어진 시간의 70~90%는 인사에 사용한다는 것이 이 회장의 지론이라고 부연 설명하였다. 어쩌면 선대 회장의 인재제일주의를 그대로 답습한 듯하지만, 결국 이러한 신념이 저만치 앞서 갔던 소니와 산요, 노키아를 삼성이 제친 원동력이 아닐까.

두 경영자를 예로 들었지만, 동서고금을 막론하고 국가나 기업의 조직 관리의 달인은 늘 사람의 중요성을 말해 왔고 인재를 보는 안목이 남달랐다. 시대의 흐름과 경기의 사이클, 나아가 주인 정신으로 무장된 경영자라면, 자연산이 아닌 양식으로 보호받고 자란 일부 3·4세 경영자들의 무개념, 무책임이 큰 사회문제가 되는 요즈음, 앞다투어 이 분야의 달인들을 모셔야 하지 않을까.

광주시향을 초청해 신년 음악회를 회사 강당에서 열었다. 1,000석을 가득 메운 시민과 직원들의 열기도 좋았지만 서울이 아닌 지방이기에 가능한 즐거운 음악회였다.

중학생 때 밴드부가 무엇을 하는지도 모르고 가입해 '줄빳따'

를 맞던 기억이 난다. 나중에 알았지만 군대 규율만큼이나 센게 밴드부 규율이었다. 연습이 끝나면 허기진 배도 추스르기 힘든데 잘하든 못하든 선배부터 차례로 엉덩이 찜질이 이어졌다. 악보도 잘 못 보는 처지라 계명만 외워 흉내를 냈으니 고문관 노릇도 꽤 하였다. 남보다 매도 더 벌었던 시절이지만, 기분 나쁘지 않은 추억으로 다가온다. 오케스트라에 포함도 되지 않는 악기지만 바리톤을 열심히 불었다.

왜 교향악단 얘기를 꺼냈는지 눈치 빠른 독자는 나의 의도를 알아차렸겠지만, 흔히 경영을 오케스트라로, 경영자를 지휘자에 비유하곤 한다. 악기를 모두 다 잘 다룰 필요는 없지만 각 악기의 특성을 잘 알아 최고의 하모니를 이끌어 내는 오케스트라의 지휘자처럼, 경영자는 조직 구성원 개개인의 특성을 잘 파악하고 동기부여를 하고 열정을 이끌어 내 최고의 성과를 거두어야 한다. 조직 관리 이론에서 오케스트라 지휘자, 그중에서도 마에스트로 경지라면 최고의 경영자이지 않겠는가?

구하기 힘들다는 삼성의 사내 교육 자료에 올라와 있는 〈바람직한 경영자상-경영자는 종합예술가〉라는 글이 마음에 와닿아 인용한다.

앞에서 오케스트라에 비유하였듯이 경영은 본질상 종합예술이라고 할 수 있다. 훌륭한 영화 뒤에 훌륭한 감독이 있는 것처럼, 훌륭한 기업과 경영의 성공에는 반드시 훌륭한 경영자가 있다. 기업 환경이 급변함에 따라 새로운 경영 기법들이 도출

되지만 이것을 극복하는 주체는 어디까지나 사람이며, 그중에서도 가장 중요한 것이 최고경영자라는 것은 주지의 사실이다. 물론 최고경영자가 훌륭하다고 해서 기업의 성공을 보장하지는 않는다. 그렇지 않은 사례들도 흔히 접할 수 있다. 하지만 최고경영자가 무능하면 그 기업은 반드시 망한다. 그것은 의심의 여지가 없을 정도로 확실하다. 그만큼 경영자의 역할이 크고 중요하다.

어떻게 하면 훌륭한 경영자가 될 수 있을까? 여러 가지 조건이 있겠지만 우선 중·장기적으로 명확한 목표와 비전을 제시해야 한다. 그리고 부하 직원들이 자발적으로 따라올 수 있도록 하는 인격을 갖추어야 한다. 또한 경영에는 많은 정보와 신속한 의사 결정이 필요하므로 이를 감당할 수 있는 통찰력과 결단력이 있어야 한다. 한편 경영자는 단순히 월급을 받는 의미의 전문 경영인으로는 부족하며, 평생직장의 개념으로 자율 경영을 실천하는 진정한 프로가 되어야 한다. 그러기 위해 경영자는 우선 아는 것이 많아야 하고知, 스스로 할 줄 알아야 하며行, 남을 시킬 줄 알아야 하고用, 가르칠 수 있어야 하며訓, 사람과 일을 제대로 평가할 줄 알아야 한다評. 그러므로 경영자는 종합 예술가라는 결론이다.

15여 년 전 사내 교수를 할 때 입수한 자료지만 여러 경영 관련 자료를 잘 정리한 글로 지금껏 잘 활용해 왔다. 문제는, 이런 좋은 교육을 하는 데 그치지 않고 그것을 실천하는 것이 중요한데, 그 실행력이 오늘의 삼성을 있도록 한 원동력이 아닌가 생각한다.

좋은 내용은 삼성도 앞으로는 자신 있게 공개했으면 한다. '토요타 방식Toyota Way'을 배우기 위해 우리 기업들이 수월찮은 교육비를 내고 현장을 다녀오지만, 현해탄을 건너오면 교육 내용은 성공하기 쉽지 않다는 것을 우리는 잘 알고 있다. 일본과 우리의 기업 환경과 토양의 차이는 생각하지 않고 그저 위에서 관심을 가지니까 연수를 보내지만 토요타 방식을 도입하여 성공을 거둔 기업이 얼마나 되는지 궁금하다. 그 정신은 배울 수 있겠지만, 간반看板과 재고를 거의 두지 않는 '린 생산lean production' 방식은 우리의 노사 현실에서 그대로 적용하기 쉽지 않다. 그래서 이제는 삼성도 선대가 "비록 다른 회사에 가더라도 한국에 남는 것 아니냐"며 인재 양성에 힘을 쏟은 것처럼 '삼성 Way'도 자신 있게 오픈할 때가 되지 않았나 생각한다.

점, 선, 면

우문현답愚問賢答이라는 고사성어의 원뜻과 달리 음音만 차용하여 '우리의 문제는 현장에 답이 있다'라는 말이 유행어처럼 회자된다. 해결 방안 또한 현장에서 찾을 수 있다고 생각하는 나는 현장 가는 것을 좋아한다.

일선 현장에서 업무 보고를 받을 때면 늘 염두에 두고 지적하는 내용이 있다. 보고자가 별 생각 없이 '업무 파악 중'이라고 보고하면 업무 파악을 넘어 '업무 장악'이 필요하다고 말하곤 한다. 물론 대부분의 경우 그 차이를 알아차리지 못하고 처음에는 의아해한다. 그럴 때마다 나는 책임자로서 가져야 할 마음가짐을 의사로 비유하곤 한다.

단순히 현상 파악 수준을 넘어 상황이 발생했을 때 '어떻게 문제를 해결하고 대응할 것인가'를 고민해야 한다. 즉 의사는 환자를 문진이나 검진 등으로 진단을 한 뒤 처방을 하고, 처방이 잘 되었는지 피드백을 한다. 이처럼 리더는 조직의 문제를 찾아내고 해결책을 강구하며 실행을 통해 문제를 풀어야 한다. 그러한 일련의 과정을 통해 교훈을 얻어야 한다는 것이다.

두 차례의 일본 토요타자동차 연수에서 인상에 남는 것은 오노 다이이치大野耐一, 1912~ 회장의 현장 경영 방식이었다. 흔히 '간반看板 방식' 경영이라고 하는데, 모든 문제점을 현장 벽에 기록하고 정리하여 누구든지 현상을 파악할 수 있게 하였다.

오노 다이이치 회장이 저술한 《도요타 생산방식》을 보면 그의 현장 경영 방식이 잘 나타나 있다. 경영의 달인답게 그는 현장을 보면 문제 해결 방식을 쉽게 알아차렸다고 한다. 그러나 바로 알려 주지 않은 채 직원들에게 질문을 하였다. 직원이 대답을 못 하고 머뭇거리면 분필로 한 사람이 들어갈 만한 둥근 원을 그린 뒤 현장 책임자를 그 안에 들어가게 했다고 한다. "30분 뒤에 다시 올 테니 문제와 해결 방안을 알아내라"고 지시한 후 다시 와서 확인했다는 얘기다.

방법을 바로 일러 줄 수도 있겠지만 스스로 깨우치게 했던 것이다. 자동차 조립 공정이라는 단순하고 반복적인 업무에서도 직원들이 생각을 하고 일하게 만든 것이다. 이것이 진정한 '우문현답'일 것이다.

사고만 터지면 이 사람 저 사람이 중구난방으로 현장을 찾아 "애로 사항 없느냐"는 의례적 질문들로 오히려 현장 업무만 지연시켜 문제 해결에 필요한 골든 타임만 놓치게 하는 안타까운 사례를 자주 본다. 문제 해결에 전혀 도움이 되지 않는 전시성 우문현답은 바로 지양되어야 한다.

지식이란 단계가 있어 한 지식의 최고 수준을 10이라고 가정한다면 한두 번 들은 것은 1~2단계, 좀 안다는 정도면 4~5단계, 그리고 그것을 실천하고 가르치기 위해서는 8단계 이상을 알아야 한다.

유사한 비유겠지만 지식은 점點과 선線, 면面으로 확대된다고 생각한다. 우리가 한두 번 읽거나 몇 번 들은 것을 '점'이라고 한다면, 이를 격물치지格物致知, 즉 과학적 궁구를 통해 제대로 아는 것이 '선'의 단계다. 그리고 지속적 수양과 실천을 통해 '면'의 단계에 이르게 되고, 나아가 다른 학문 간의 벽을 허물고 융합을 통해 이르는 입체적 이해까지 가면 최상인 것이다. 이러한 노력 없이 요란한 말과 피상적인 구호로 단편적 지식만 강조하며 지혜를 놓치는 단견短見을 우리는 자주 접한다.

한편으로 '로마에 가면 로마법을 따르라'는 격언처럼 현지에 대한 이해와 네트워크를 확대해야 한다. 주변 문화, 유적과 같은 명승 답사와 역사 순례 등 그 지역의 공부를 게을리하지 말아야 지역에 대한 입체적 이해를 할 수 있다. 노력에 대한 대가는 나도 모르는 사이에 찾아온다. 지역 유지나 주민과의 대화를 통해 현지 공부의 결과는 자연스레 묻어나게 마련이고, 이

것이 지역사회와의 친화에 가장 좋은 방법임은 두말할 나위도 없다. 그 과정에서 얻게 되는 풍부한 상식과 지식은 덤으로 얻는 즐거운 수확이다.

나중에 자세히 설명하겠지만, 5년간 일본 생활과 2년간의 중국 생활에서 나는 이런 노력을 게을리하지 않았다. 그것이 멀지 않은 시간에 나를 한 단계 키우는 큰 보답으로 다가왔음을 경험으로 알고 있다.

흔히들 일본이 만주사변과 루거우차오蘆溝橋, 노구교 사건, 난징 대학살 등으로 중국을 침략하여 지배하였다고 한다. 그러나 대륙의 넓이로 인해 한 도시를 점령하여 점을 찍고, 도시와 도시를 잇는 선을 긋는 정도에 그쳤다. 땅, 즉 면을 지배하지 못했기 때문에 진정한 지배를 한 것이 아니라는 해석이 아주 흥미롭다.

중국을 여행하면서 "중국이라는 곳은 한 주 여행하면 책 한 권을 쓰고, 한 달이 지나면 짧은 리포트 하나, 일 년이 지나면 한 줄도 못 쓴다"라는 이야기를 자주 접했다. 우리 남한 면적의 100배에 달할 정도로 넓으며 상상할 수 있는 다양성이 모두 존재하는 사회이니, 어디 한 곳을 중국으로 일반화해서 표현할 수 없다는 얘기일 것이다.

하지만 우리는 부분을 전체로 일반화하는 오류에 쉽게 빠져드는 경향이 있다. 어느 학교 출신은 어떻고, 어느 지역 사람들은 어떻고 하는 단편적 생각의 보편화로 지역이기주의라는 큰 사회적 문제를 야기한다. 그럼에도 이를 국가로 확대 적용하여 다른 나라의 핀잔을 받음은 물론, 적지 않은 오류를 범하는 경우가 상당히 많다.

과거 알았던 얕은 지식과 좁은 시야로 한 지역과 나라를 일반화하는 오류를 범하여 불필요한 마찰을 일으키지 않도록 하는 주의가 필요하다. 이것이 이웃과 더불어 살아가는 예의이고 삶의 지혜다.

혁신

2014년 말부터 나주 혁신도시Innocity에 근무하고 있다. 지방 균형 발전을 목표로 전국에 10개의 혁신도시를 만들어 공공 기관 본사를 이전시킨 정책에 따른 것이지만, 혁신이란 용어의 일상화를 단적으로 보여 주는 사례다.

이처럼 경영자라면 누구나 입만 뻥긋하면 외치는 '혁신革新'의 원래 의미는 책을 많이 읽어 죽간竹簡을 묶은 가죽이 닳아서 새것으로 바꾼다는 뜻이다. 이런 본연의 의미를 알고나 하는 말인지….

혁신이란, 가죽이 닳을 정도로 과학적으로 궁구하여 앎에 이르는 격물치지格物致知와 실행이다. 온축된 지식으로 한 분야에 물꼬가 트이고 여기에 창의적 사고가 결합되어야 나오는 것이다. '이것 하다 잘 안되니 저것'이라는 식의 적당주의가 아니다. 말로만 하는 융합이나 통섭 정도로는 개선은 가능할지 몰라도 진정한 혁신은 어림도 없다.

현재 수학 중인 연세대 기술정책협동과정에서 배운 바에 의하면 기술혁신innovation이란 발명invention이 완성되어 새로운 제품, 생산 공정, 장치, 생산 체제 등이 처음 상업적으로 거래될 때에야 달성되어지는 것이라고 한다.

상업적 거래를 위해서는 제품이 사용할 수 있을 만큼 커야 하고, 원하는 사람들이 다 사용할 수 있도록 생산량도 많아야 함은 물론, 가격도 소비자가 지불할 용의가 있는 범위 내가 되어야 한다. 기술 개발의 과정에서 중요한 것은 누가 먼저 기술혁신을 달성하느냐인데, 발명 후에도 상업화에는 오랜 시간과 많은 돈이 필요하기 때문에 기술 분야의 혁신도 결코 쉽지 않다.

교육을 우습게 알고 수기修己의 배움을 소홀히 하는 개인과 조직은 결국 인재를 업신여겨, 장기적으로는 경쟁에서 밀리고 마는 게 당연하다. 쉼 없이 새로운 것을 흡수하며 공부하는 이들이 네트워크로 연결된 살아 있는 조직에서 혁신의 씨앗이 발아함은 자명하다. 학습을 중시하는 진정한 혁신 기업이 많이 등장하기를 학수고대한다.

인생은 'B to D'인데 그 가운데 수많은 'C'를 만들어 내는 것이라는 말이 새삼스럽다. 인생이 'Birth탄생 to Death죽음'인 것은 누구나 안다. 그 중간의 C인 창조creativity, 변화change, 도전challenge, 기회chance, 호기심curiosity, 능력capability, 경력career 등이 인생을 좌우하는 셈이다. 특히 중요한 것이 '창조'인데, 창의성을 키우는 방법에는 여러 가지가 있다.

때마침 스위스 취리히 출신의 철학자이자 소설가인 알랭 드 보통_{Alain de Botton, 1969~}이 2015년 초 내한하여 〈중앙일보〉와 가진 인터뷰 기사를 읽게 되었다. "창의성은 전통과 자유의 중간 지대에서 나온다"라는 큰 글씨의 기사 제목이 한눈에 들어왔다. 정말 멋진 표현이다. 흑백과 좌우만이 아닌 중간 지대를 인정한다면 창의는 물론 높아만 가는 사회적 갈등의 압력도 낮출 수 있을 것이다. 그것이 모두에게 도움이 된다는 인식이 확산되기를 기대해 본다.

그 많은 혁신이 구호나 말만이 아닌 독서백편讀書百遍 하듯 제대로 실천되었다면 우리 사회는 지금 '난국'과는 거리가 먼 제대로 된 사회가 되어 있었을 것이다. 말로만 실사구시를 주장할 뿐, 실천이 뒤따르지 않는 설익은 구호와 정책이 국가나 사회, 시대를 가리지 않고 반복되는 것을 자주 목도한다.

혁신은 경영자의 일회성 관심이나 지시로는 달성할 수 없고, 기교나 수사적 구호가 아닌 조직 저변의 생각, 즉 DNA를 바꾸겠다는 각오와 추진력이 필요하다. 남이 하는 방식은 어디까지나 참고 대상에 불과하고, 자기 조직의 특징과 취약점을 잘 파악하여 맞춤형 처방을 해야 한다. 따라서 경영자의 사업가적 사고와 실천, 이를 뒷받침하는 혁신 그룹, 즉 CA_{Change Agent}를 지속적으로 교육시켜 혁신을 선도하는 노력과 그들이 이룩한 성과에 대한 격려와 보상이 뒤따라야 한다.

머지않아 삶의 터전인 현재의 빙산이 서서히 녹아 없어질 지경인데도 그 사실을 모르거나 알고도 무대책으로 보내는 펭귄과, 새로운 빙산을 향해 가장 먼저 물에 뛰어드는 퍼스트 펭귄 얘기는 결국 혁신에도 그대로 적용할 수 있다.

존 코터John Kotter, 1947~의 베스트셀러인《빙산이 녹고 있다고?》에서 알 수 있듯이, 다들 주저하고 현실에 안주하는 상황 속에서 미래에 대한 불확실성과 위험을 감수하고 도전하는 것은 생각만큼 쉽지 않은 게 현실이다. 하지만 어느 조직에나 위험부담을 감수하는 혁신자는 있고 선구자적인 그들의 노력과 헌신에 의해 전체 공동체의 삶은 진보되어 왔다.

연세대 민철구 교수에 의하면 현대 경영에서 부가가치는 일반적으로 혁신가의 몫이 1/3, 경영자가 1/3, 나머지 1/3이 참여자와 근로자들의 몫이라고 한다. 결국 대주주와 혁신가의 몫이 비교할 수 없을 정도로 크다는 사실은 스티브 잡스나 빌 게이츠를 예로 들지 않아도 쉽게 알 수 있다. 나머지 1/3을 두고 수많은 참여자와 근로자들이 파이의 크기를 다투게 되니 항상 경쟁이 치열하고 불만이 있게 된다. 혁신의 중요성을 한마디로 설명해 주는 표현이라 인용한다.

'경쟁 아닌 독점'을 강조하는《제로 투 원Zero to One》의 저자 피터 틸Peter Thiel, 1967~ 또한 남들이 하는 것만 좇아서는 1에서 n이 될 뿐, 남들이 할 수 없는 것을 창조해야 경쟁 않고 성공할 수 있다고 말한다. 즉 차별화되고 피나는 노력을 통해 0에서 1을 창조해서 '온리 원only one'이 되어야 한다는 것이다.

학과 습

중국어를 공부하다 보면 재미있는 경험을 하게 된다.

우리가 흔히 아는 '학습'이라는 단어도 원래는 '학學'과 '습習'의 결합이다. 사서四書를 배우며 가장 먼저 외웠던 것이 "학이시습지學而時習之 불역열호不亦說乎"라는 표현이다. '배우고 제때에 그것을 익히면 참으로 기쁘지 않겠는가?'라는 의미인데 얼마나 멋진 말인가.

공자 사후에 제자들이, 스승과 생전에 나눈 대화를 기록한 《논어》의 첫 편인 〈학이學而〉에 등장하는 표현이다. 공자와 그의 제자들이 추구했던 이상적 인간상인 성인군자가 되려면 '학'과 '습'이 필요함을 역설하고 있다. '시時'에 대해 '제때에' 또는 '때때로'의 해석이 가능하나, 나는 모든 배움에는 타이밍이 중요하다고 보아 '제때에'로 해석한다.

공자가 생각하는 이상적 인물이 성인군자인데, 군자는 성인이 되기 위해 노력하는 사람으로 내적으로는 성인, 외적으로는 요순堯舜임금과 같은 왕을 지향하는 '내성외왕지학內聖外王之學'이 유가儒家라는 학파이다. 유학이 추구하는 덕치德治는 '수기이안인修己以安人 수기이안백성修己以安百姓', 즉 '자기 수양을 통해 다른 사람을 편안하게 한다'는 뜻이다. 성인聖人의 '성聖' 자는 언덕에서 남의 말을 큰 귀*로 듣는 사람이라는 뜻이다. 우리 시대에 참 필요한 덕목이다. 이것이 한자를 배워야 하는 당위성도 말해 준다고 본다. 한자를 모른다면 어찌 그 단어의 오묘한 뜻을 맛볼 수 있겠는가?

더 구체적으로 이상적 인간형을 다룬 것이 〈자로子路〉 13편 21장이다. 사람을 보는 기준에 대한 설명으로 중요하다고 생각되어 인용한다.

"부득중행이여지不得中行而與之, 필야광견호必也狂狷乎! 광자진취狂者進取, 견자유소불위야狷者有所不爲也". '중용中庸을 행하는 사람과 함께할 수 없다면, 아쉽지만 과격하거나 고집이 센 사람과 함께하겠다. 과격한 사람은 옳은 일에 진취성이 있고, 고집이 센 사람은 옳지 않다고 생각되는 일은 절대로 하지 않는 경향이 있기 때문이다'라는 뜻이다.

얼마나 멋진 표현인가. 유교를, 알기 어려운 중용中庸이니 중도中道만 얘기하는 고리타분함의 대명사로 생각하는 분들은 주목할 필요가 있다. 과격하고狂, 상규를 벗어나 생각함 고집 센狷, 절의를 지켜 뜻

---

* 원래 이(耳) 자가 구(口) 자보다 훨씬 컸다고 한다.

84

을 굽히지 아니함 사람도 필요하다는 것이다. 물론 가장 좋은 사람은 성인이다. 하지만 성인이 어디 그리 많은가. 성인을 찾기 어려울 때의 대안이 바로 중행지사中行之士이다. 그런데 중용을 행하는 사람을 찾기도 쉽지 않은데, 그럴 때는 광견지사狂狷之士를 쓰라는 것이다.

윗사람의 심기만 살피거나 시키는 대로만 하고 임무를 다한 척하는 우리 세대를 통렬하게 꾸짖는 것 같아 시원하다.

이홍 광운대 경영학과 교수가 삼성 사장단 회의에서 한 강연 내용에 따르면, 요즘 시대에 적용해도 전혀 손색이 없는 창의적 소통 리더십의 소유자인 세종대왕이 경연經筵에서 지킨 원칙이 견狷, 광狂, 지止였다고 한다. 견狷은 '하지 말자'라는 뜻이다. 광狂은 '해보자'라는 뜻이고, 지止는 '잠깐 쉬었다가 다시 생각해보자'는 뜻이라고 해석한다. 이홍 교수가 '창조적 마찰'이라고 이름 붙인 이 법칙을 통해, 신하들이 임금을 가르치는 자리인 현자賢者들의 토론장에서 나이 든 관료와 집현전의 신진 학자들은 거침없이 자기 의견과 주장을 펼 수 있었다.

또한 이 교수님에 따르면 우리가 사람의 성미를 표현할 때 쓰는 '고약하다'라는 형용사의 어원이 사람 이름에서 유래되었다고 한다. 세종대왕 당시에 형조 참판과 대사헌을 지낸 고약해高若海, 1377~1443라는 신하가 있었다고 한다. 그가 얼마나 강단이 있었는지 눈을 부라려 세종을 쳐다보는 것은 차라리 귀여운 것이었고, 보란 듯이 회의 도중에 나가 버리기도 하였다고 한다.

이렇듯 치열한 토론 과정을 거친 사안을 황희黃喜, 1363~1452나 맹사성孟思誠, 1360~1438 같은 정승들이 종합적으로 정리하여 국가정책으로 시행하도록 하였으니, 그 통치의 위대함에 저절로 고개가 숙여질 정도다. 충분한 준비가 되지 않았다면 아무나 함부로 나서거나 흉내 내지 말아야 할 것이다. 군자에 대한 모독이기 때문이다.

이야기가 옆으로 흘렀는데, 학學은 우리가 잘 알듯이 '배우다, 알다'라는 의미이다. 이에 대해서는 《대학大學》 제1장 삼강령三綱領에 배움, 즉 '학'의 중요성이 나와 있다. "대학지도大學之道 재명명덕在明明德 재신민在新民 재지어지선在止於至善". '대학의 도道는 내 안의 밝은 덕을 밝히는 데 있으며, 백성을 새롭게 하는 데 있고, 온 천하 사람들이 최고의 선에 가서 머물게 하는 데 있다.' 기己, 가家, 국國, 천하天下로 이어지는 학문의 중요성을 군자지학君子之學인 《대학》은 강조하고 있다.

여기서 강조하고 싶은 것은 '학'보다 '습'의 중요성이다. 습習은 우羽와 백白의 합성어이다. 본능적이겠지만, 갓 부화해 솜털조차 나지 않은 새가 날갯짓을 반복하다 보면 날개羽에 하얀白 털이 자라고 힘이 붙어서 종국에는 하늘을 날 수 있다習는 의미다. 즉 날갯짓이라는 피나는 노력이 있어야 털이 나고 날 수 있듯 학습도 노력이 있어야 한다는 것이다.

나는 '잇쇼켄메이いっしょうけんめい, 一生懸命' 또는 '일소현명一所懸命'이라는 일본어 표현을 좋아한다. 평생을 한 가지 일에 목숨을 걸고 일한다는 뜻이다. 다소 지나쳐 보이기도 하지만, 이것이 장인 정신 아닐까. 미친 듯 몰입해야 큰 성취와 혁신이 있고 그래야 노벨상도 가능할 것이다.

누구나 융합과 통섭을 입에 담는다. 그러나 이는 말로만 되는 것이 아니다. 더욱이 '이거 하다 힘드니까 다른 거 한다'는 나약함으로는 어떤 일을 하든 실패할 것임은 명약관화明若觀火다. 여러 가지 고난을 무릅쓰고 실천 즉, 습習을 했을 때 혁신이 이뤄지고 돌파구가 찾아지는 것이다.

강연에서 자주 인용하는 말콤 글래드웰Malcolm Gladwell, 1963~의 베스트셀러인《아웃라이어》에서 강조하는 것이 '1만 시간의 법칙'이다. 자기 분야에 최소한 1만 시간의 노력을 기울이면 누구나 성공할 수 있다는 것이다. 1만 시간이 별것 아닌 것 같지만, 하루도 빼놓지 않고 매일 3시간을 할애한다면 10년의 기간을 의미한다. 그렇게 1만 시간을 다했을 때 비로소 우리 뇌는 최적의 상태가 된다. 세계적으로 성공한 유명인들도 특별히 똑똑하기보다는 이 과정을 거쳐 명사의 반열에 올랐다는 것이다. 사회학자들이 말하는 '누적적累積的 이익'의 결과이다.

먼저 실증적 사례로 캐나다 하키 선수를 예로 들고 있다. 지구 상에서 하키에 가장 미쳐 있는 나라인 캐나다의 하키 선수들을 대상으로 심리학자 로저 반슬리Roger Barnsley가 1980년대 중반에 연구한 결과에 따르면 캐나다 하키를 지배하는 법칙이 출생한 달月에 달려 있다는 것이다. 유명 선수 25명 중 17명이 1~4월에 태어났다는 것이다.

이는 점성술이나 마법이 아니다. 국가마다 차이가 있는데, 캐나다에서는 단지 1월 1일을 기준으로 나이를 헤아리고 그에 맞춰 하키 클래스를 짜기 때문이다. 예를 들어 1월 2일에 10살이 되는 소년은 그해 말까지 만으로 10살이 되지 못한 아이들과 함께 하키를 할 수 있다. 중요한 점은 사춘기 이전에는 12달이라는 기간이 엄청난 신체 발달의 차이를 낳는다는 것이다. 군대에서 오뉴월 뙤약볕에 하루 차이가 어디냐고 따지는 고참들의 말과 어딘가 닮아서 재미있다.

9살에서 10살 무렵의 아이들 중에서 코치들이 상위 리그의 후보군을 찾는 캐나다의 특성도 한몫을 한다. 선발된 아이들은 지역 리그에서 고작 20경기를 뛰는 아이들과 달리 보다 훌륭한 코치와 뛰어난 팀 동료와 함께 한 시즌에 75경기를 소화하게 된다.

결국 출발점을 놓고 보면 후보군의 강점은 선천적이라기보다 그저 몇 개월 더 일찍 태어난 것에 지나지 않는다. 그러나 한창 성장기에 있는 소년들은 훌륭한 코치와 강도 높은 연습 덕분에 정말로 뛰어난 선수로 거듭나게 된다. 그렇게 해서 메이저 주니어 B리그에 도전해 볼 만한 선수가 되고 더 큰 리그로 나갈 수 있다는 것이다.

이 외에도 무수히 많은 예를 들고 있는데, 비틀스는 무명 시절 함부르크에서 1년 6개월간 일주일 내내, 하루 8시간씩 연습했고 세상에 빛을 보기까지 10년이 걸렸다. 빌 게이츠나 스티브 잡스의 사례를 포함해 우리의 자랑인 피겨의 김연아, 체조의 손연재, 골프의 김효주도 그 과정을 거친 것으로 알고 있다.

천재 골퍼로 최근 각광을 받고 있는 김효주 선수 아버지가 〈조선일보〉와 한 인터뷰 내용을 옮겨 본다.

힘 하나 안 들이고 치는 것 같은 김효주 선수의 스윙 비결에 대해 기자가 묻자 김효주 선수 아버지인 김창호 씨는 다음과 같이 답변하였다. "어렸을 때부터 매일 1시간 이상 공을 안 놓고 스윙하는 연습을 했어요. 지금부터라도 해 보세요. 1년 뒤면 확 달라질 거고 10년쯤 지나면 프로 골퍼를 해도 될지 누가 아나요."

LPGA에 많은 선수들이 있지만 유독 김효주 선수가 가장 부드럽고 효율적인 스윙을 하는 것은 특별한 비결이 있었던 것이 아니었다. 매일 꾸준히 반복하여 연습한 것이 기본기가 되어 자연스럽게 몸에 밴 것이다. 주말 골퍼들이 흔히 듣는 얘기인데 실천하는 사람이 몇이나 될까. 여기서도 결국 '습(習)', 실천이다. 공짜로 되는 일은 없다.

아발론교육의 김명기 대표가 〈조선일보〉에 기고한 글이 인상 깊어 일부 인용한다. 김 대표가 교육 사업에 오래 종사하며 살펴본 바에 따르면 자녀 교육에 성공한 사람과 실패한 사람의 말에는 차이가 있다고 한다. 가령 "우리 아이는 배우는 재주가 있다"고 말하는 부모가 있다면 그 자녀가 목표한 것을 이루는 사례는 거의 없다고 한다. 반면에 "우리 아이는 무엇을 배우면 꾸준하게 익힌다"고 말하는 부모의 자식은 거의 대부분 만족할 만한 성과를 거둔다는 것이다. "너는 머리가 좋아서 뭐든 배우면 잘할 수 있다"라는 칭찬 대신, 익히는 노력이 중요함을 자녀들에게 가르쳐 줘야 한다.

기업 정도

자연과학과 인문학의 융합적 틀로 경영의 통찰력을 이끌어
내는, 존경하는 석학이신 서울대 윤석철 명예교수님의 강의와
서적을 접한 것은 나에게는 큰 행운이었다. 불교에서 얘기하는
화두처럼 꽤 오랜 시간을 이 문제에 관심을 갖고 천착해 왔다.
강연회를 비롯한 여러 자리에서 요즘 유행하는 융합과 통섭의
실천자이신 윤 교수님의 저서《과학과 기술의 경영학》에 나오
는 '생존부등식'을 인용했다.

기업은 제품과 서비스를 소비자에게 공급하고 그 대가를 받
는다. 이러한 주고받음의 관계가 가능하려면 다음 부등식으로
표시되는 조건이 맞아야 한다.

제품의 가치$_{value}$ 〉 제품의 가격$_{price}$ 〉 제품의 원가$_{cost}$

'V-P 〉 0'가 성립하면, 여기서 V-P는 소비자가 느끼는 가치에서 지불한 가격을 빼고 남는 순가치純價値, net value가 된다. 그 결과 특정 상품에 대하여 소비자가 지불하는 가격보다 큰 가치를 얻을 수 있다고 느낄 때 계속하여 그 상품을 구매할 것이다. 그럴 때만이 기업이 지속 가능한 성장을 이어 갈 수 있다.

한편, 'P-C 〉 0'가 성립한다면 P-C는 공급자에게 이익이 된다. 이를 통해 기업은 적정한 이윤을 얻어 생산 라인을 추가하고 고용을 새로 창출하는 등 기업 본연의 목적을 달성할 수 있고, 지속 가능한 성장을 할 수 있는 것이다. 그러므로 기업은 끊임없이 원가를 낮춰야 하고 비효율을 걷어 내야 한다.

위의 공식에서 소비자는 V-P를 얻고, 생산자는 P-C를 얻을 수 있으므로 상생이 가능해지고, 이는 '너 살고 나 살기'식의 삶을 실현하기 위한 필요조건이기도 하다.

결국 제품의 원가를 낮추는 효율성efficiency에는 한계가 있으므로 혁신을 통해 그 단계를 뛰어넘어야 한다. 창의적이고 부가가치가 큰 제품을 만들어 시장을 선도할 수 있는 효과성effectiveness이 기업의 성패 요인으로 중시되고 있다.

효율성이 물이 새는 지붕을 수리하기 위해 물이 새는 곳이 아닌 엉뚱한 곳에 사다리를 놓고 빨리 올라가 수리만 재촉하는 것이라면, 효과성은 정확한 곳에 사다리를 놓고 바르게 수리하는 것이다. 또 머리 아픈 데 배탈 약이 아니라 두통약을 제대로 처방하는 것이다. 제대로 된 처방인 효과성을 따져야 하는

데 기업의 현실에서는 엉뚱한 곳에 사다리를 대라고 지시하고 빨리 수리하라고 아랫사람을 닦달하는 어리석은 상사가 많다. 이런 상사가 일 잘하고 부지런하다고 잘못 알고 있는 경영자도 비일비재하다.

생산자나 소비자 모두 일시적으로는 위 원칙을 벗어날 수 있으나, 장기적이고 안정적인 관계에서는 생존부등식의 부등호가 만족되어야만 한다. 즉 생존부등식을 만족하는 한 기업의 수명은 영원할 수 있고, 모든 기업은 언젠가는 망한다는 근거 없는 믿음에 종지부를 찍을 수 있으며, 사회적으로 계속 존경받는 기업이 될 수 있는 것이다. 이 공식은 나에게 큰 깨달음으로 다가와 모든 의사 결정의 기준이 되고 있다.

기업의 정도는 가치(V)를 높이고 비용(C)을 낮추는 생존부등식의 길이고, 이 길은 '논 제로섬 게임non zero-sum game'에 의한 창조의 길이며, 유한한 자원 아래 살아가는 인간이 지켜야 할 윤리적 선인 것이다.

윤석철 교수님은 10년 주기 대작인 《삶의 정도》에서 "복잡함을 떠나 간결함을 추구하라"는 당부를 하고 있다. 복잡한 것은 약하고 단순한 것은 강하기 때문이며 그게 경영의 이치라고 강조한다.

이 책에서 윤 교수님은, 인생과 기업의 기본이라는 생존부등식은 시장에서 유통되는 제품이나 서비스에 대해서뿐만 아니라 인간 개개인과 사회 속의 모든 조직에 대해서도 적용되는 보편타당한 진리가 된다고 그 의미를 확장하였다.

개인은 노동이라는 서비스를 직장에 제공하고 그 대가로 급여(P)를 받는다. 이 경우 직장은 고용할 만한 가치(V)가 있는 개인에 한해 계속 고용하여 급여를 제공할 것이고, 개인은 자신이 받는 봉급(P)이 생계비(C)보다 커야 살아갈 수 있다. 생존부등식을 만족시키지 못하면 기업이 망하는 것처럼, 개인도 부등식을 만족시키지 못하면 결국 존재 가치를 인정받지 못하는 것이다. 이때 생존부등식의 우측 부등호는 코스트의 최소화 노력, 즉 절약하는 삶을 통해 실현된다.

이 공식은 남녀 간 결혼의 성패에도 적용된다. 결혼은 남녀 모두에게 자기희생을 요구한다. 그렇기 때문에 결혼을 하여 얻을 수 있는 가치가 결혼으로 인해 발생하는 자기희생의 크기보다 커야 한다. 그럴 때 그 결혼은 백년해로하는 행복한 결혼이 된다고 설명한다.

전력거래소의 비상임이사를 같이하고 있는 부드러운 카리스마의 정구학 한국경제 부국장과의 산책 대담에서 윤 교수님은 지식과 진리의 본질을 묻는 질문에 대해 인간이 살아가기 위해 알아야 할 것 중에서 현재 알고 있는 상태를 지식이라고 답변하였다. 그리고 진리는 이러한 지식과 진실이 합쳐진 것이라고 정의했다. 또한 "경영이란 무엇입니까"라는 질문에 대해, 일을 해야 살 수 있는 인간의 존재적 측면에서 일을 잘하기 위한 학문적 노력이 경영이라고 답변하였다. 우리가 일을 잘하면 잘살 수 있고 잘 못하면 그만큼 어렵게 사는 것처럼 말이다. 교수님의 깊이 있는 심오한 한마디 한마디 말씀은 달관의 경지를 느끼게 한다.

결국 인간의 일생은 '일work'의 일생일 것이다. 일을 잘할 때 물질적 풍요는 물론 정신적으로도 행복해진다. 그러나 생존경쟁이라는 거친 현실이 일의 세계를 슬프게 만든다. 그러므로 교수님에게 삶의 정도正道는 생존경쟁에서 남에게 피해를 주지 않으면서 자기 삶의 길을 떳떳하게 갈 수 있는 것을 의미한다. 교수님의 가르침을 통찰하는 표현 같아 인용해 보았다.

지난번에도 한 칼럼에서 교수님의 기업생존부등식을 인용한 적이 있다. 결례를 용서해 주시기 바라며, 끊임없는 학문적 노력과 정진에 경의를 표한다.

전문가

하버드대 하워드 가드너Howard Gardner, 1943~ 교수가 창시한 다중지능MI, Multiple Intelligence 개념에 따르면 인간의 지능은 언어, 음악, 논리수리, 공간, 신체운동, 대인관계, 자기이해, 자연탐구 등 8개로 이뤄져 있다고 한다. 분류가 좀 복잡하고 너무 인위적이라는 느낌도 들지만, 인간에게는 다중지능이 있으며 8개 지능 가운데 자신의 강점을 찾아내 여기에 집중하면 누구든 성공할 수 있다는 것이 이론의 핵심이다.

다중지능 이론에 따르면 사람은 제너럴리스트generalist와 스페셜리스트specialist로 구별할 수 있는데, 8개 지능 중에서 특정 지능이 압도적으로 높은 사람이 스페셜리스트에 해당한다고 한다. 그리고 스페셜리스트에 한 가지 지능만 더 갖추게 되면 이른바 'STAR형 인재', 즉 리더가 될 수 있다. 특별히 발달된 지능 하나에 인간관계까지 좋다면 훌륭한 리더가 될 수 있다는 얘기다.

전문가의 중요성과 가치가 강조되는 세태를 반영하듯 전문가를 설명하는 많은 정의들이 있겠지만, '다중지능'이라는 개념을 이용하여 전문가를 설명하는 하버드대 가드너 교수의 이론이 적합한 것 같아 인용해 보았다.

그렇다면 우리 사회의 전문가는 누구일까? 흔히 말하는 '사士' 자가 들어가는 직업군인 의사, 변호사, 박사 등이 이에 해당한다고 보면 될 것 같다. 변호사도 그렇고 지금은 의사 업계도 종사하는 인원이 늘어 예전 같지는 않다지만, 의대와 공대 중에서 선택할 수 있다면 대부분의 부모가 자녀의 공대 선택을 반대할 것이다. 자녀가 진학한 후에도 "의대 진학을 하지 않은 게 아쉽고 공대를 선택한 아들이 야속하다"고 말하는 부모들을 보면, 뿌리 깊은 '사士 자 선호 사상'이 그리 쉽게 흔들리지 않을 것 같다. 그러나 의대 중복 합격 후 서울대 공대를 선택한 대학 신입생에 관한 기사를 보면서 "의대처럼 결말이 정해진 게임은 싫어서 공대를 선택했다"는 그의 확고한 신념과 비전에 놀랐다. 젊은이들의 생각과 직업관이 나의 세대 때와는 많이 달라지고 있어서 다행이다.

그렇다면 사람들이 이 직업군을 선호하는 이유는 무엇일까. 결국 안정된 수입과 권위 그리고 존경이라는 타인의 인정 때문일 것이다. 여기서 내가 주목한 대목은 오랜 학습과 경험을 통해 습득한 전문성이 가지는 권위인데, 지금은 여러 요인에 의해 그 권위가 많이 낮아졌다는 점이다. 이는 전문가들의 양산에 따른 질적 저하 등 사회적 원인도 있지만, 일부 그룹이 작은 이해관계에 얽혀 스스로의 권위를 훼손하기 때문이 아닌가 하는 생각이 든다.

　주요 정책 결정의 경우 업무 처리 프로세스상 정부나 공기업을 불문하고 대부분 전문가에게 용역을 주고 그 결과를 수용하는 형태를 취한다. 여기서 문제는 용역을 하는 전문가나 전문가 집단의 역량과 업무 처리의 객관성이다. 사회적 이슈가 된 큰 사건의 경우 모두 예비타당성조사 등 절차를 거치지만, 검토가 불충분하거나 용역 기관의 입김이 들어가는 일이 적지 않다. 결국은 큰 사회문제가 되고 국민의 혈세만 낭비하는 케이스를 자주 보게 된다.

　여기서 짚고 넘어가야 할 것은 우리나라의 전문가 집단의 수준과 양식이다. 흔히 연구 기관이나 교수 그룹이 전문가 집단으로 용역을 수행하고, 이것을 잘 따는 사람이 유능한 연구원과 교수가 된다. 더 나아가 기관의 평가 업무를 담당하며 한껏 주가를 올리기도 한다. '사계斯界의 권위'라면 업무의 전문성과 양식을 가지고 흔들림 없이 일 처리를 해야 하는데, '관변의 말귀 잘 알아듣는' 편한 그룹과의 먹이사슬이 형성되는 경우가 흔하다. 서로의 입장을 잘 아니 피차 편한 것이다. 하지만 사업 수행에 필요한 예산은 세금이거나 국민을 상대로 일정 부분 독과점 등으로 혜택을 입은 요금이다. 더없이 중요한 돈이다.

전문가 그룹임을 자칭하는 수많은 NGO들도, 표방하는 명분과는 다르게 발주 기관의 입맛만 맞춰 주는 케이스와 무턱대고 반대를 위한 비판에만 열을 올리는 그룹, 비판적 입장을 견지하며 사안을 제대로 읽고 대안을 제시하는 그룹으로 나뉘는 것 같다. 어느 그룹이 바른 길을 가고 있는지는 굳이 설명할 필요도 없다.

주인 의식을 가진 진정한 대리인이라면 개인이나 조직만이 아닌 주인인 국민의 입장에서 업무를 처리하고 의사 결정을 해야 함은 지극히 당연하다. 그 분야를 가장 잘 아는 업業에 직접 종사하거나 관련 연구를 깊이 한 인사를 중심으로 팀을 짜고 업무를 맡겨야 한다. 그런데 그 기본에서 벗어나 시간과 예산 타령을 하며 알아서 입장을 정리해 줄 적당한 그룹에게 결과가 보이는 용역을 준다면 그 사업이 어떻게 추진될지는 뻔하다. 공산주의 사회의 '위원회'처럼 '모두의 책임은 그 누구의 책임도 아닌' 위원회지상주의나 결과가 빤한 면피용의 업무 처리가 하루 빨리 지양되길 바란다.

공항을 제대로 지으려면 컨설턴트 얘기 믿지 말고 직접 눈으로 확인하라고 조언해 준 덴버Denver공항 사장과 이를 그대로 실천하여 인천공항을 세계적 수준으로 성공리에 완공하였다는 강동석 사장님의 말씀이 새롭다. 컨설팅 천국인 미국도 그런데 우리의 경우란….

주인 의식 그리고 창의적 아이디어를 결집한 소신 있는 의사 결정이라면 전문가 용역이라는 절차는 없어도 될 사슴뿔이나 마찬가지다. 기업이나 공조직을 불문하고 바르고 투명한 의사 결정 시스템 확립과 그 시스템의 실천 유무가 조직의 성패와 일류—流를 가를 것이다. 전문성과 장인 정신, 직업적 권위를 잃지 않는 진정한 전문가 그룹이 존경받는 사회가 성숙된 사회다.

비움

당시 공전의 히트로 TV 강의의 새로운 지평을 열었던 도올 김용옥 선생의 EBS 노자 철학 강의는 나에게 큰 영향을 주었다. 카리스마 넘치는 강의와 그 깊이에 푹 빠진 나는 방송일에는 약속도 파하고 일찍 퇴근해 일찌감치 자리를 펴고 강의 시작을 기다리곤 했다.

TV 강의 내용을 대학 노트에 그대로 받아 적으면서 선생의 박학다식함과 언변에 놀란 적이 한두 번이 아니다. 노자 철학의 핵심이라고 할 비움, 즉 '허虛, emptiness'에 대한 재치 있는 비유와 그림은 아직도 내 노트의 중요한 부분을 차지하고 있고, 볼 때마다 저절로 미소가 머금어진다.

선생이 비틀스의 〈Let It Be〉를 구성지게 부른 후 무위자연無爲自然을 그대로 표현한 가사라고 설명하고 "번역은 창작이다"라고 외치던 모습도 생생하다. 그도 그럴 것이 대만 국립정치대와 일본 도쿄대, 미국의 하버드대를 범인凡人은 하나도 어려울 텐데, 특례가 아닌 시험을 거쳐 다닌 분이시니 그분 머리에서 번역과 창작이 동시에 이루어지는 것이다. 번역자가 자신이 잘 모른다고 누구에게 물어보겠는가? 하지만 선생은 여러 언어에 정통하니, 경전이든 불경이든 가장 잘된 내용을 참조할 수 있지 않겠는가?

김용옥 선생은, 파미르고원을 중심으로 인도와 중국 문명은 별개로 존재하였는데, 이 두 문명이 한무제의 실크로드 개척으로 만나게 되고 이를 통해 노자의 철학과 불교의 지혜가 접합되었으며 이는 역사적 사건이라며 강의를 시작하였다.

김용옥 선생은 컵에 물을 따랐을 때 물이 찬 아랫부분이 유위有爲이고 윗부분의 빈 공간이 무위無爲라고 설명했다. "모든 존재는 그 존재로서 존재한다"는 그리스 철학자의 말을 인용하며, 모든 존재는 쓰임과 기능, 즉 용用에 의해 존재하고 모든 '용'의 공통분모는 '허'라고 명쾌하게 정의하였다.

모든 일에는 '허', 즉 비움이 있어야 그 기능을 다하는 '용'이 가능하다. 흐르는 물도 오염을 제거할 수 있는 수준의 자정 능력을 가져야 먹을 수 있는 물이 된다. 그럴 때 우리의 생명을 유지하게 해 주는 중요한 물로서 기능을 한다. 빈틈없이 가득 찬 물 잔이나, 쓸데없는 생각으로 가득 찬 우리의 머리도 새로운 물이나 새로운 생각을 흡수할 공간이 없을 때 새로운 '용'은 불가능하다. 그러므로 항상 '용'을 위한 비움이 반드시 필요하고 절실한 것이다.

윤석철 교수는 기업생존부등식을 인용해 'V$_{가치}$-P$_{가격}$ > 0'가 노자의 '허' 개념과 일치한다고 설명하고 있다. 노자의 가르침에 "그릇이 가득 차면 더 이상 그릇 노릇을 못 한다盈必溢也"는 말이 있는데, 그릇에 더 채울 수 있는 여유가 있을 때 그 여유를 노자는 '허'로 불렀다.

'허'를 채우고 싶어 하는 인간의 충동을 욕심이라 부른다. 그리고 '허'를 유지하려는 인간의 노력을 겸허라고 부른다. 모든 사람은 욕심이 겸허에 비해 강하기 때문에 계속 승진을 원한다. 그래서 사람은 더 이상 큰일을 할 수 있는 역량이 다 소진되었을 때, 즉 '허'가 없어졌을 때 승진을 멈추게 된다. 컬럼비아대 교수였던 로렌스 피터Laurence J. Peter는 이런 사실을 1968년에 펴낸《피터의 원리》에서 해학적으로 표현하고 있다. "위계 조직 사회에서 일하는 사람들은 무능의 수준까지 승진하게 된다"는 것이다. 결국 피터의 원리에 해당하는 사람이 모인 조직의 상층부는 대부분 무능한 사람으로 포진되어 그 조직은 경쟁력을 잃게 될 것이라는 결론을 내린다.

《피터의 원리》에서 말하는 위험을 방지할 수 있는 철학이 노자의 '허' 사상에서 나왔고, 경영학적 차원에서 나온 이론이 생존부등식이라고 윤 교수님은 설명한다. 흔히 말하는 경영은 이익 극대화를 목적함수로 하여 '허'를 이익 속으로 흡입시켜서 없애 버리는 반면, 생존부등식은 V-P > 0 만큼의 '허'를 유지하는 경영이라는 것이다.

지역 본부장 시절, 교육을 하면서 비움에 관한 이야기를 하였는데 한 직원이 "어떤 배우자를 선택하는 게 이상적이겠냐"는 질문을 하였다. 나는 순간적으로 노자의 비움처럼 "자신의 생각만 가득 차 있으면 부담스럽지 않을까? 상대방에게 들락거릴 수 있는 빈 공간을 좀 줄 수 있는 사람이면 좋지 않겠냐"고 답변을 했는데 꽤나 공감을 얻었다고 기억한다.

　주위에 자기가 뭐든 다 안다고 생각하고 남의 소중한 말에 귀 기울이지 않는 '나름 똑똑이'가 얼마나 많은지…. 그런 배우자와 평생을 함께한다면 많이 피곤하지 않을까 싶다. 상대방이 편안하게 그림을 그릴 백지의 여백, 즉 비움의 공간을 가진 배우자라면 좋겠다.

　집사람은 다행히 그런 것 같다고 답하고, 집에 와서 이 이야기를 했더니 자기가 뭐 빠진 팔푼이냐고 해 본전도 찾지 못하긴 했지만 말이다.

주인 정신

1990년 초, 일본에 주재원으로 파견되어 근무하면서 '왜 아키하바라秋葉原*의 전자 제품과 백화점, 대리점의 제품 가격이 차이가 나고, 아키하바라에서 구입한 물건은 교환이 안 될까'라는 의문이 들었다. 이제는 아키하바라를 찾는 사람도 별로 없지만 1990년 초만 해도 일본 방문자들은 대부분 아키하바라를 들렀고 미리 염두에 두고 온 한두 가지 제품을 구입하는 게 상례여서 내가 자주 안내하는 단골이 있던 시절이었다.

당시의 궁금증은 일본어가 자유로워지면서 일본 지인과의 술자리 대화에서 쉽게 풀렸다. 설명인즉 "생산 라인에서 100대의 냉장고를 만들면 제조에 들어가는 수천 개의 부품의 품질이 상이하여 완제품의 성능이 다르다. 그런데 QCQuality Control 담당자는 이 사실을 알기 때문에 가장 우수한 물건이 백화점으로

---

* 일본 도쿄의 전자 상가가 밀집해 있는 지역이다.

가고 그 다음이 대리점으로, 나머지가 아키하바라 같은 양판점 量販店으로 빠진다"는 내용이었다.

공공 조직에서 구매를 할 경우 담당자들은 대부분 관련 규정만 지키면 그만이라는 생각을 한다. 여기서 나는 '아키하바라의 예'를 들며, 머슴처럼 시키는 대로만 물건을 사거나 '처삼촌 묘 벌초하듯' 하지 말고 제발 주인 정신을 가지고 임하라고 얘기한다. 당신이 집에서 오래 두고 쓸 물건이라면 백화점은 아니더라도 최소한 대리점에 가는 물건을 골라야 되는 것 아니냐고…. 품질 검사만 합격한 납품이면 그만이라는 생각은 최소한의 품질만을 보증받는 것이 아닌가. 내가 사용하는 물건이라면 좀 더 세심한 주의를 기울여 구입하듯이 회사에서 업무를 처리할 때도 그리하여야 한다고 강조한다.

이는 중요한 건물을 지을 때도 적용된다고 본다. 규정에 따른 최저가 낙찰 방식이어서 어쩔 수 없다고 변명을 하지만, 예를 들어 100년을 살 자기 집을 짓는다고 가정하자. 100원을 들여 150원의 가치가 있는 집을 짓는 게 맞는지 값을 대폭 줄여 70원을 주고 기껏해야 80원 아니면 70원에도 못 미치는 수준의 건물을 인수하고, 얼마 지나지 않아 후회하는 게 맞는 것인지 생각할 필요가 있다. 물론 가격에 비해 합리적인 품질이 확보되는 경우도 있을 수 있겠지만, 규정 타령만 하면서 제대로 된 물건을 구입하기란 쉽지 않다. 결과적으로 지은 지 얼마 안 된 건물과 도로를 땜질하느라 더 큰 비용과 불편을 감수하는 경우를 적잖이 본다.

사람을 채용하는 경우도 동일한 원리가 적용된다. 그저 스펙만 갖춘 범재들만 뽑아서야 조직의 미래가 어찌 담보될 것인가. 그래도 단순히 '인재人材'가 아닌 제대로 된 '인재人財'를 뽑아야 하지 않겠느냐고 다그쳐 보지만, 기준대로 하는 게 가장 무난하고 책임에서 자유로울 수 있으니 쉽게 바뀌지 않는다.

어느 재벌 오너는 당대의 관상가를 면접에 참여시켰다고 한다. 단순히 웃어넘길 일이 아니다. 내 회사의 미래를 짊어지고 나갈 사람들이니 모든 수단을 동원해 사람의 됨됨이를 알아보는 것은 어쩌면 당연하다고 여겨진다.

유가 하락에 따른 주유소별 리터당 휘발유 값 비교가 언론에 연일 보도되고 있다. 휘발유 값에서 세금이 차지하는 비중이 높아 산유국과 비교할 수는 없지만, 짧은 기간에 원유의 가격이 절반 가까이 떨어졌는데도 관련 제품 값은 요지부동이라고 "왜 값이 오를 때는 즉각 반영하면서 내릴 때는 그러지 않느냐"며 야단이다.

여기서 내가 놀란 사실은, 같은 서울 시내인데 리터당 821원의 차이가 난다는 사실이다. 임대료나 경쟁 등 원가요소가 있겠지만, "세금으로 기름을 넣는 국회와 관공서 주변 주유소들이 비싸게 배짱 영업을 한다"는 것이다. 참으로 어이가 없다. 국민이 낸 세금이 바탕인 공금을 아끼고 내 돈보다 무서워해야 할 텐데 전혀 딴판이다. 여의도 주변 일부 주유소는 비싼 기름 값을 받는 대신 일부 선물을 기사들에게 돌린다는 얘기도 들었던 것 같다. 물건을 싸게 사서 비싸게 파는 상술을 누가 탓하겠는가? 문제는 비싼 줄 알면서도 내 돈이 아니니까 조그만 미끼에 넘어가 무심코 사는 게 문제인 것이다.

국민이 주인인데, 주인인 국민의 생각과 입장은 내팽개치고 대리인이나 그 대리인 아래에서 국민을 상대로 일해야 하는 접점에 있는 사람들의 생각이 딴판이어서야 어찌 제대로 영슈이선 조직과 국가라고 할 수 있겠는가. 말로만 국민을 위한다고 떠드는 게 아닌, 진정한 주인 의식을 가진 공직자로 채워져 국민이 국가를 염려하지 않는 사회로의 빠른 변화를 기대한다.

기러기 비행

　리더십을 강의하다 보면 팀워크를 설명할 때 가장 자주 인용하는 사례가 '철새의 V자 편대비행'이다. 해마다 세계적으로 수십억 마리의 철새가 따뜻한 남쪽 나라를 찾았다가 이듬해 봄이 오면 고향으로 돌아간다. 어떻게 철새는 수천 킬로미터를 날면서도 지치지 않을까 놀랍기만 하다.

　일반적으로 기러기를 예로 드는데, 기러기가 대형을 이뤄 날면 혼자 날 때보다 앞서 나는 기러기의 날갯짓에서 발생하는 상승기류를 이용해 70%나 빨리 그리고 40%나 멀리 날 수 있다고 한다.

　기러기 떼는 리더십을 공유하여 V자 대형의 맨 앞자리에서 힘세고 경험 많은 기러기가 리더가 되어 이끌어 가는데, 선두의 기러기가 지치면 뒤로 빠지고 다른 기러기가 앞으로 나선다. 뒤에 나는 기러기도 꺼이꺼이 울면서 앞의 기러기를 격려한다. V자 편대비행은 앞에 나는 동료가 뒤따르는 동료를 도와 주고 뒤따르는 기러기도 앞서 나는 동료를 격려하며 팀워크를 이루어 비행하는 에너지 최적화의 산물인 것이다.

기러기들은 뒤처진 기러기도 도우면서 난다. 아프거나 약한 기러기가 비행 대형에서 이탈하면 다른 기러기가 돕거나 보호하기 위해 같이 날며 에스코트한다. 도저히 날지 못해 지상에 내리면 죽을 때까지 옆을 지킨다니 대단한 의리다.

봄부터 가을까지 몽골에서 생활하다 겨울을 인도에서 나는 인도기러기는 산소 농도와 공기 밀도가 희박한 히말라야 고봉을 자유롭게 넘는다. 그 비행경로를 추적하여 분석한 결과 고공에서 크루즈cruise 비행을 하는 게 아니라 산맥의 지형을 따라 오르내리기를 반복하는 롤러코스터 비행을 하는 것으로 영국 뱅고르대 생물학과 데이비드 비숍 교수가 〈사이언스〉 최신호에서 밝혔다.

몸길이 70센티미터에 불과한 인도기러기가 험준한 히말라야 산맥을 넘을 수 있는 것은 롤러코스터 궤도를 비행하며 에너지 소모를 최소화하기 때문이라고 한다. 2015년 1월 19일 자 〈조선일보〉에 따르면 기러기가 이동 시 고도를 일정하게 유지하면서 나는 것보다 롤러코스터 비행을 하는 것이 평균 8% 이상 에너지 소모를 줄일 수 있다고 한다. 학습이 아니라 본능적으로 이러한 내용을 알고 있다니 놀라울 정도다.

기러기 편대비행 그림을 보면 조직 리더로서의 역할에 대해 아주 쉽게 이해할 수 있다. 조직이 기러기 떼처럼 팀워크를 이

루어 시너지를 내려면 리더와 팔로워가 일체가 되어 리드하고 상호 격려해야 한다.

　교육 현장에서 공감을 얻는 데는 강사가 직접 체험한 것을 말하는 것이 가장 효과적이다. 그 다음이 독서나 강연, TV 시청 등 간접경험을 전하는 것이다. 나의 경우 강의 시작 전에 당일 신문 스크랩을 통해 시사점을 제시하고 그것을 수업에서 설명하고자 하는 이론에 접목시키는 방식으로 강의를 시작한다. 반응이 괜찮고 수업에도 효과적이다. 객관적 근거를 제시하지 못하는 강의 내용은 자칫 강사의 주관으로 흐른다는 인상을 줄 수 있으므로 경계해야 한다.

　덧붙이면, 같은 교육이지만 대학 교육과 산업 현장 교육은 많은 차이가 난다. 나는 산업 교육이 훨씬 어렵다고 생각한다. 학교 교육의 경우 교수가 여러 이론과 학설을 소개한 후 학생들이 잘 이해하지 못하면 예습을 충분히 하지 않았다고 핀잔을 주기도 하고, 때로는 퀴즈를 통해 수업 내용을 충분히 암기하도록 할 수 있다. 그것도 안 통하면 시험 등 평가 결과에 따라 학점을 안 주면 그만이다. 하지만 산업 현장 교육은 이와는 다르다. 교수와 학생이 구분되는 학교와 달리 사내 교육은, 교육을 하고 교육을 받는 대상이 같은 직장 상사나 동료이다. 그렇기 때문에 동료 강사에 대한 평가가 강의 시작 10분이면 바로 나오고, 그 평가가 직장 생활을 하는 동안 늘 따라다닌다. '저

친구 이름값도 못 하네'라는 평가를 받을 것 같으면 사내 교수 요원을 바로 그만두는 것이 상책이다.

비싼 돈을 들여 저명 강사를 사내에 초빙해 강연을 듣는 경우가 자주 있는데 강연 후의 반응이 신통치 않을 때가 많다. 그 이유를 보면, 유명세를 타는 강사는 자기의 강연 주제에 맞춰 본인의 생각을 얘기한 뒤 강단에서 회사의 체면을 생각해 절제된 질문 한두 가지에 답변을 하고 감사의 박수와 함께 마무리한다. 반면 산업 교육은 일반 이론을 충분히 설명한 뒤 그 회사에 필요한 내용을 때로는 컨설팅 하듯 강의하고, 수강자가 실무를 통해 고민한 사례에 대한 질문에 답을 해야 한다. 예를 들면, 리더십 이론 강의에서는 리더십 유형의 일반적 내용을 설명한 뒤 여러 조직이나 선진 기업의 사례를 들어 설명하고, 그래서 우리 조직에는 이런 리더십 유형이 좋겠다고까지 설명해야 하는 것이다. 장황해졌지만, 3년 6개월간 리더십 강의를 하며 터득한 생각이다.

1 더하기 1은 2가 아니라 그 이상의 결과가 나오는, 시너지의 의미를 모르는 리더는 없을 것이다. 하지만 문제는 실천이다. 백문이불여일견百聞而不如一見이고 백견이불여일행百見而不如一行이라 하지 않는가. 백 번 듣는 것보다 한 번 보는 게 낫고, 백 번 보는 것보다 한 번 실행하는 게 낫다는 것은 우리가 너무도 잘 아는 내용이다. 여기서도 아는 것보다 실천하는 것의 중요성을 강조

하고 있다.

모름지기 조직이란 모든 구성원들이 조직의 비전과 목표를 향해 한 방향으로 나아가야 한다. 여기서 리더의 역할이 중요하다. 모두가 공감하는 확실한 비전을 제시하는 한편, 구성원을 적재적소에 배치하고 동기부여와 적절한 성과 보상을 해야 한다. 그러할 때 주어진 목표를 달성하는 효과적인 조직으로 발전할 수 있다. 리더는 아픈 기러기를 보듬듯이 직원들의 불만과 애로 사항에도 귀를 기울여야 하고, 직원들도 조직을 위해 자기의 주장만 내세우지는 말아야 한다. 모두가 주인 의식을 갖게 만드는 것 또한 경영자의 몫이다.

MBA

※ 2002년 8월, 고려대학교 MBA를 졸업하고 작성한 수료기입니다.

나는 2002년 8월에 고려대학교 경영대학원을 졸업했다. 나름대로 치열하고 절박한 심정으로 도전하였던 MBA 과정이지만, 마친 지도 꽤 지난 시점에서 당시의 기억을 더듬어 교육 과정과 에피소드를 적는 것이 얼마나 효과성이 있을지 의문을 가지며 원고 약속 후 망설임과 걱정으로 며칠을 보내게 되었다.

그러나 지식정보사회라는 시대의 흐름과 환경 변화에 맞서 인적자원개발HRD의 중요성을 인식한 경영층과 관련 부서의 노력이 강화되는 시기여서 비록 조그만 나의 경험이지만, 자신에 대한 성찰과 지식 공유 차원에서 접근해 보기로 하였다.

애초에는 입사 20년이 되어 진부해진 나의 지식 역량을 갈아치우는 도전으로, 한편으로는 다가올 20년과 나아가 제2의 인생에 대한 새로운 에너지원 축적을 위한 시도였는데, 이는 분명 기대 이상의 성과를 가져다주었다.

당시 나는 교육원에서 간부들을 대상으로 경영관리교육을 새롭게 담당하고 있었는데 새로운 업무에 어떻게 대처할지 그 해법에 목말라 하던 상황이었다. 학교의 최신 이론과 산업계의 실무를 어떻게 접목시켜 전달하느냐가 교육의 질적 충실은 물론 학습자의 이해와 교육 반응도를 좌우하는 관건이었기 때문이다.

다행히 MBA 교육 과정은 강의 시간에 바로 적용할 수 있는 내용이어서 열심히 수강하고 전달하며 차별화된 수업을 하던 기억이 난다. 지금도 또렷이 되살아나 자주 인용하며 업무에 도움을 주는 생생한 각종 케이스와 이론 등은 정말 유용한 사막의 오아시스 같은 존재였다.

이처럼 MBA 교육에서 상아탑의 새로운 이론을 흡수하여 바로 현장에 전달한다는 자부심은 강의에 힘을 실어 주었고, 살아 있는 강의로 어느 정도 성공적인 교육원 생활을 하였다고 생각한다.

HRD의 중요성에 대한 인식의 제고로 훌륭한 인재의 채용과 관리에 회사가 역량을 기울이는 점은 크게 환영할 일이 아닐 수 없다. 경력자나 관련 전문가의 채용이 제한적인 한전의 현실에서, 교육과 훈련을 통한 개인과 회사의 지속적 능력 개발은 너무나 중요하다. 이를 통해 인력을 탄력적으로 운용하여 조직을 유연하고 젊게 유지할 필요가 있다는 생각이다.

또한 요즘은 중앙 부처의 간부 공무원도 두세 차례의 해외 근무나 교육을 통해 관련 학위를 받는다. 1960~1970년대까지만 해도 한전인의 자질이 공무원보다 우수하여 정부와의 업무 처리 과정에서 우리가 리드하거나 별로 꿀릴 게 없었다던 선배들 무용담이 무색한 게 현실이다.

물론 학위나 학력이 그 사람의 능력을 나타내는 척도일 수 없고 그래서도 안 된다. 그러나 지금은 선진 일류 기업들이 대부분 자사 인력의 학위 현황 등 역량을 공표하고 있는 것이 현실이다. 지금과 같은 국제화 시대에 우물 안 개구리처럼 내부의 만족만으로 회사의 역량을 평가받을 수는 없는 것 또한 자명하다. 하물며 세계 전력 사업을 이끄는 초일류 기업을 지향하는 우리로서야 중언부언이 필요 없다. 해외 사업에 총력을 기울이는 이때 국제시장에서 꿀리지 않고 통하는 우수 인력 양성은 우리 회사만이 아니라 우리나라가 추구해야 할 공통의 과제다.

내가 회사 초년생이던 시절에는 대학 졸업자가 많지 않아 주목의 대상이었다. 솔직히 고백하면, 사법시험 준비를 계속하기 위해 당시 유행하였던 병역 연기를 위한 방편으로 대학원에 적을 두고 있던 나를 보고 한전에 대학원생이 왜 필요하냐고 냉소적인 시선을 던지는 선배들이 적지 않았다. 비슷한 인식을 가진 분들이 지금도 없지 않지만 그런 선배들은 드물고 있더라도 그렇게 성공적인 위치에 있지 않은 것만은 확실하다.

하지만 지금은 대부분의 한전인들이 어려운 시간을 쪼개 자비 부담으로라도 자기 계발을 하기 위해 몸부림을 치고 있다. 사내 석·박사 학위 지원 공모에 수많은 직원들이 몰리고 있는 것을 보면 그만큼 교육에 대한 인식이 바뀐 것이다. 조금만 주위를 둘러보면, 최근 한전을 비롯한 각 기업 입사자들의 학력과 어학 점수에 모두 혀를 내두르는 게 현실 아닌가? 우수 인재 확보를 위한 아이디어 공모 광고를 내는 공기업도 나타났다. 이래도 인재人在나 인재人災가 아닌 인재人財의 필요성을 부인할 한전인이 있을지?

그러나 필요성에 대한 인식과 현실이 반드시 일치하는 것만도 아니다. 각종 핑계로 교육이나 자기 계발을 하려는 동료나 부하에게 소극적이거나 때로는 냉소적이지 않은지 모든 한전인, 특히 관리자들은 자문해 보고 자신의 교육관을 되새겨 봐야 한다.

당시 교육 현장에 있었던 경험에 비춰 보면, 내부 강사가 실시하는 교육을 우습게 보거나, 시쳇말로 끗발 부서 근무자의 경우 자랑인 양 교육을 기피하는 현상이 없지 않았다. 물론 사내 교수 요원도 대부분 노력하지만 기대에 부응하지 못하는 경우도 있었다. 그러나 분명한 것은, 이론을 회사 업무와 연계시켜 가장 잘 이해하고 강의할 수 있는 적임자는 사내 교수 요원이다.

　한 가지 언급하자면, 사내 교육의 요람인 중앙교육원의 당면 문제로, 일부 팀의 경우 교수 요원 공모에 지원자가 없거나 검증받은 교수 요원이 교육 현장을 떠나고자 하는 케이스가 있다고 들었다. 사명감에 불타 인재 육성에 힘써야 할 인재 개발의 중추인 교수들에게 나타나는 이런 현상은 분명 위기의 신호라고 여겨진다. 이런 증상을 보이는 지금이 교육원의 위상에 대한 개념을 재정립할 적기가 아닌가 생각한다. 지금처럼 교육을 위한 방대한 간접부문을 그대로 유지하면서 적당한 수준의 교육원을 유지할 것인지, 교수 역량을 강화한 사기업 연수원처럼 효율적이고 콤팩트한 시스템으로 무장한 초일류 교육원으로 변신할 것인지에 대한 단안이 필요하다고 본다. 문자 그대로 학습 조직learning organization을 리드하는 교육 현장에 한때 몸담았고 애정을 가진 한 사람으로서 조직 선진화를 고대해 본다.

　MBA는 경영 기법을 실무와 조화시켜 실무에서 바로 응용할 수 있는 스킬을 쌓는 과정이다. 나로서는 회계 분야, 특히 관리회계와 어려웠던 재무회계 과목을 통해 취약점을 보완할 수 있었다. 한편 전공인 인사관리 분야에서는 동기부여와 리더십 관련 이론의 정립과 배양에 많은 도움을 받았다. 교육 내용에 대한 장황한 설명은 생략하지만, "급변하는 지식정보시대에 경영 기법을 모르면서 산업시대의 전통적 방식이나 고집하는 경영자는 시쳇말로 무면허 운전자와 같다"는 교수님의 말씀이 정말 타당하다고 본다. 전례가 없는 일이 빈발하는 변화와 경쟁의 시대에 과거의 사례에만 얽매여서 어찌 제대로 격랑을 헤쳐 가는 선장 역할을 잘 해낼 수 있겠는가? 너무나 자명하다.

앞에서 언급하였듯이, 자비로 또는 회사의 혜택으로 갖게 되는 입사 후 교육의 중요성은 새삼 논할 필요가 없다고 본다. 교육 훈련의 필요성 인식에서 나아가 장기적 안목에서 계획적으로 실천하는 기업만이 지속 성장을 할 수 있을 것이다. 이들이 알게 모르게 쌓은 사회적 자산이야말로 회사가 중요하게 관리해 주어야 할 무형자산이며 기업의 경쟁력이다. 개인의 능력 제고가 곧 회사의 역량 제고인 것이다. 이런 마인드와 역량의 소유자가 이상적인 '셀프 리더self-leader'로 성장해 갈 것이다. 필요할 때만 지인 명단을 내라고 할 게 아니라 상시 관리 체제로 가야 할 것이며, 이런 네트워크의 다과로 그 사람의 역량을 평가하는 게 초일류 기업의 인재 관리가 아닌가 생각한다.

여담이지만, 나는 MBA 과정 동안 단 하루도 강의에 빠지지 않았다. 항상 맨 앞에 앉아 강의를 들었고 배운 내용을 빠짐없이 기록하려 노력했다. 모르는 내용이 있으면 항상 교수에게 질문했다. 덕분에 학점도 학부 때보다 좋았다(전 학년 4.5점 만점에 4.06점).

경영학 비전공자로서 성적 우수 장학금을 받아 장학금보다 인사 비용이 더 많이 들었던 경험, 독수리 타법으로 과제물 준비와 정리를 하다가 손목 인대가 늘어나 필기시험 시간에 곤혹을 치렀던 경험, 모범적으로 보였던지 떠밀려서 학생회 부회장을 하면서 여러 행사를 찾아다니던 일 등 이 모든 추억이 새삼스럽다.

이런 모습이 결과적으로 내 아이들에게도 좋은 영향을 미친 것 같다. 또 소셜 네트워크 구축에도 도움이 되어 지금도 여러 관계를 유지하고 있음은 큰 행운이다. 한편 당시의 노트와 교재는 지금도 나에게 가장 귀중한 자산이고 무엇보다 기록을 중요시하고 습관화하는 계기가 되었다.

수행 비서로 근무할 때 모셨던 안병화 사장님께서 내가 도쿄 지사에 부임할 때 당부하신 말씀이 생각난다. "해외에 나가면 느슨해지기 쉬운데 개인과 회사, 나아가 국가를 위해 필요하다고 생각하는 것을 찾아 스스로에게 자극을 주어 가며 열심히 배우고 익혀라"라고 하신 말씀은 어쩌면 HRD Human Resource Development 부문과 한전인이 좌우명으로 삼아야 할 명제가 아닌가 여겨진다. 너무 당장의 아웃풋 output 만 강요하지 말자. HRD 부문의 성장과 회사의 발전이 싱크로나이즈 되기를 기대한다.

안병화 회장님

포스코POSCO 산파역의 한 분으로 민·관·공을 두루 거치면서 원칙 중심의 정도正道 경영을 표방하며 이를 제대로 가르치려 노력하신 거목 안병화 사장님과의 만남은 나에게는 큰 행운이었다.

나와의 인연은 1990년 초에 포스코 사장에 이어 상공부 장관을 역임하고 한국전력 사장으로 오게 되면서부터 시작되었다. 전임 한봉수 사장(후에 상공부 장관을 역임)의 수행 비서를 하던 나는 드물게도 두 분의 CEO를 모시는 행운을 안았고, 이 경험은 결과적으로 현재의 나를 있게 한 원동력이 되었다.

2년 동안의 수행 비서 업무는 쉽지 않았지만, 30대 초반의 젊은 나이에 참으로 많은 것을 보고 배우고 느낀 기간이었다. 경영이란 것을 어렴풋이 어깨너머로 학습한 소중한 기회였다.

사장님께서는 과장도 관리자이므로 앞에서 몸으로만 뛰어다니지 말고 머리를 쓰라고 일러 주셨다. 평소에 말씀이 별로 없으신 분이 이동 중인 차 안에서 갑자기 회사 현안에 대한 송곳 같은 질문을 하시고 답변이 부실하거나 내 생각이 정리되어 있지 못하면 야단을 치곤 하셨다.

당시 CEO 보고 자료는 사장이 보고를 받은 후 책상 위에 두면 통상 수행 비서가 버리거나 철하여 정리하는 게 관행이었다. 그 사건 이후로 당연하지만 모든 보고 서류를 꼼꼼히 챙겨 읽고 질문에 대비하는 습관을 들였다.

당신께서 워낙 경험과 지식이 많은 백과사전과 같아서 경영진과 주요 간부들이 꽤나 힘들어 했다. 예산이 있으면 무조건 사업을 진행하고 보는 등, 전례를 답습하는 공기업 체질을 질타하셨다. 그리고 결재 때마다 민간 기업처럼 비용과 이윤을 꼼꼼히 따지셨다. 다른 공기업은 물론, 도쿄전력 등 해외 선진 전력사의 통계도 꼼꼼히 챙기지 않으면 혼이 나곤 하였다. 지금은 일반화되었지만, 안병화 사장님은 내가 본 공기업 경영자 가운데 당시에는 드물게 관리가 아닌 경영을 접목시키려 애쓰신 분이었다.

하루는 영동사거리에서 신호를 기다리는데 "어이, 박 과장, 내가 회사에서 무슨 일을 하는지 알아?"라고 뜬금없는 질문을 하셨다. 나와 수행 중이던 임원이 영문을 몰라 당황해 하니, "바로 내가 저 친구가 하는 일을 하고 있어!"라며 교통정리 중인 경찰을 가리키셨다. 구조 개편에 따른 분사分社 이전이라 각 부문 간의 적지 않은 알력이 있었는데 이를 빗대어 지적한 것이었다. 원자력, 발전, 송변전, 배전 등 회사의 각 부분이 회사 전체의 상황은 고려하지 않고 자기 분야의 인력과 승진, 조직, 예산을 늘려 달라고 아우성이라고 일러 주셨다. 그래서 교통순경처럼 본인이 직접 'No, stop!' 또는 'Yes, go!' 사인을 내지 않으면 수백 억 원의 예산이 그대로 집행된다고 하셨다.

안병화 사장님은 예산 유무를 떠나 부문이 아닌 국익과 회사의 입장에서 사업의 타당성과 필요성을 따지셨다. 그 바람에 '안심통'이라는 수근거림을 듣기도 하였지만 이에 아랑곳하지 않고 경영의 바른 길을 걸으셨던 모습은 나에게 큰 거목의 그림자를 밟는 귀중한 삶의 순간이었다.

비서 업무를 마치고 도쿄 사무소로 나갈 때 해 주신 말씀은 그 후 내 삶의 큰 지침이 되었다. 풍부한 해외 경험을 통해 얻으신 교훈이겠지만, "해외 근무는 해이해지기 쉬우니 여유를 부리지 말고 스스로에게 자극을 주어 개인과 회사, 나아가 국가에 도움이 되는 일이 무엇인지를 스스로 찾아서 하라"고 일러 주셨다.

해외 출장 수행 때마다 부러웠던 원어민에 가까운 사장님의 영어와 일본어 구사 능력은 나도 따라 하고 싶었고, 그 후 시행착오와 도전을 통해 많이 부족하지만 비슷하게나마 따라 하게 되었다.

또한 "일을 잘한다는 것은 지시한 일을 명쾌하게 처리하는 것은 당연하고, 창의성을 가지고 대안을 제시하는 것, 즉 돈을 잘 벌어 주는 것이다"라고 하셨다. 임진왜란의 장본인이며 우리에게는 침략의 원흉으로 나쁜 이미지만 주는 도요토미 히데요시豊臣秀吉, 1536~1598를 예로 들어 설명해 주셨다.

도요토미 히데요시는 한때 오다 노부나가織田信長, 1534~1582의 신발을 가슴에 품고 데워 신겨 주는 역할을 하던 아시가루足軽*였지만, 전쟁터에 나가면 큰 공을 세우곤 하였다. 그때마다 논공행상을 통해 쌀 몇 석石**의 영지를 배분하였는데, 대부분의 귀족 출신 무사들은 공적보다 큰 포상을 바라며 불평을 하곤 했다. 하지만 그는 신분 때문에 공에 비해 훨씬 적은 영지를 받아도 별말 없이 받아들이며 몇 년 뒤에는 몇 배의 소출이 나는 영지로 만들겠다고 하고 개간 등을 통해 목표를 달성하였다. 이런 부하가 안 예쁠 리가 있겠는가.

그는 민권民權에 대해 눈을 뜨기 시작하던 당시 서민들의 지지와 보이지 않는 지원으로 오다 노부나가의 급작스러운 사망과 함께 패권을 차지하게 되었다. 전국을 통일하고 전쟁이 없어지자 무사 계급의 불만을 밖으로 돌리려 말년에 조선 침략 전쟁을 일으켜 우리 민족에게는 악인으로 낙인찍혔지만, 그는 경제

---

* 무가(武家)에서 평소에는 잡역에 종사하다가 전시에는 병졸이 되는 최하급 무사.
** 무가(武家) 시대 녹봉의 단위.

관념을 가지고 있었고 그것이 성공 요인이었다고 하셨다.

마지막으로, 초원을 호령하는 잇삐기 오오카미いっぴきおおかみ, 一匹狼, 외톨이 늑대처럼 무엇에서든지 제 역할을 다하는 이찌닝 마에いちにんまえ, 一人前, 한 사람의 몫가 되라는 충고는 오늘의 나를 있게 한 경구였다. 사자나 호랑이가 없던 섬나라 일본에서는 늑대가 먹이 사슬의 최고에 있어 '천하를 호령하는 늑대'라는 관용구가 생기지 않았나 생각된다.

안병화 사장님은 현재 여든이 넘으셨지만 조금도 녹슬지 않은 기억력과 판단력, 그리고 국가를 사랑하는 우국충정과 경륜을 바탕으로 평생의 역작이신 포스코의 동우회장으로 경영의 정수를 전파하고 계신다.

〈포스코신문〉과 〈한국철강신문〉에 게재되었던 칼럼을 모아 엮은 《창조를 위한 파괴, 변혁》 머리말에서 "이 책을 통해 당부하고자 하는 것은 우리 기업들도 현실에 안주하지 말고 끊임없이 변혁해야 한다는 것입니다. 변화만으로는 살 수 없는 시대에 우리는 살아가고 있습니다. 글로벌화 되어 가는 무한 경쟁 시대에 기업의 경쟁력을 키우는 데 무엇이 중요한지를 간과하지 말아야 한다는 것입니다. 안주하고 있는 기업들에게 경종을 울릴 수 있도록 이 책이 그 역할을 다했으면 합니다"라고 적고 있다. 우리 기업들이 얼마나 구호만이 아닌 변화와 혁신을 실천하고 있는지 반문해 보고 싶다.

경영 회의에서 지그시 눈을 감고 하시는 말씀은 그대로 옮기기만 해도 수정이 필요 없는 훌륭한 원고가 된다. 경영상의 판단과 지시를 듣고 있노라면 그분의 사고와 통찰력의 수준이 얼마나 깊은지 쉬이 가늠하기 어렵다. 이것이 나만의 생각은 아니라고 주위 여러 사람들에게 들어 왔다.

늘 엄숙하시고 빈틈이 없으시기에 주위에서 어려워하지만, 고민이 있을 때 전화 한 통으로도 마음이 푸근해지고 체증이 풀리는 나에게는 한없이 자상하고 따뜻한 분이시다. 또 매주말, 한 주 동안 숙명인 양 숙고를 거듭해 쓰신 시詩를, 먼저 가신 사모님에게 찾아가 낭송해드리는 로맨티시스트이시다.

멋쟁이 강동석 장관님

인천공항을 세계적인 공항으로 탄생시키고, 기초가 거의 없어 무無나 다름없는 상태에서 여수엑스포 조직위원장을 맡아 박람회를 성공적으로 마무리하는 등 주어진 일은 무엇이든 척척 해결하는 만능 조율사이자 흥행사인 강동석 장관님. 정책과 업무 추진에 있어 감독 기관의 입장보다는 회사의 관점에서 판단하고 때론 관계 기관을 설득하며 고독하게 숱한 외풍을 막아 내시며 진정으로 조직을 사랑하시던 분. 사람을 보는 눈이 정확하시고, 은근한 미소의 부드러운 카리스마로 상하를 불문하고 인정과 칭찬을 적절히 해 주시는 보기 드문 상사셨다.

사람에 대한 평가와 신상필벌을 엄격히 하시는 강 사장님의 눈에 띈 것은 내가 도쿄 지사장으로 근무하던 시절이었다. 규슈에서 규슈전력 사장을 만나고 도쿄에서 도쿄전력 사장을 예방한 후 필리핀의 발전소 준공식에 가는 바쁜 일정을 소화하고 계실 때였다.

뵌 지 몇 시간이 채 안 되었을 때였다. 수행한 경영진이 함께 한 식사 자리에서, CEO 입장에서 보면 새까만 부장급 지사장에게 "나도 좀 많이 안다고 들어 왔는데, 나는 박 지사장 나이에 자네만큼 알지 못했네"라고 말씀하셔서 나는 물론 좌중의 모두를 놀라게 하셨다. 그 이후로 도쿄에서의 수행 내내 회사 경영 관련 현안을 허심탄회하게 들려주셨다. 일부 경영진의 문제점도 지적하셨는데, 귀국 후 얼마 되지 않아 세 분의 경영진을 경질하는 결단력을 보이셨다. 임원을 임기 중에 바꾼 전례가 없었던 회사에, 그것도 한꺼번에 세 분을 바꾸었으니 직원들에게는 큰 충격으로 다가왔다. 하지만 인사를 통해 책임을 묻는 원칙과 인지상정으로는 쉽지 않은 결단을 내리심에는 판단의 객관성과 당당함이 있지 않았을까.

당대 최대 이권 사업이었던 인천공항 건설을 잡음 하나 없이 마무리한 요인에는, 외부 청탁에 엄격하고 당신 말씀처럼 "돈 안 먹고 공정하니까"를 몸소 실천한 경험에 그 바탕이 있다고 생각한다. 그 후에도 사내 인사에 관한 소신과 청탁에 구애받지 않고 원칙을 고수하심은 큰 귀감이었고, 이를 본받아 나도 사람에 대한 판단만은 엄격히 하려고 노력해 왔다.

여수엑스포 개막을 앞둔 2012년 5월 7일 자 〈조선일보〉 최보식 기자와의 대담을 다시 뒤져 보았다. "내가 스스로 불타지 않으면, 남을 불태울 수 없다"며 수석 흥행사를 자처하시고 진두

지휘하는 노신사. 서비스를 제공하는 갑甲의 입장이 아닌 항상 고객의 입장에서 더 나은 방향성을 제시하셨다. 화장실이 너무 좁은 것 아니냐는 불만에 사무실을 없애 해결하는 등 언제나 고객을 먼저 생각하셨다.

일본에 대해서는 나를 전문가로 인정해 주시면서, 베이징 근무를 하게 되었다고 보고드리니 본인 일처럼 기뻐하시며 축하해 주시던 모습이 아직도 눈에 선하다. 일본을 알고 중국을 알면 앞으로는 국적을 불문하고 일자리 걱정은 하지 않아도 될 것이라고 격려해 주셨는데, 그 말씀이 점점 현실화되고 있는 것 같다.

《사기史記》에 있는 글귀가 생각난다. "사위지기자사士爲知己者死 여위열기자용女爲悅己者容"이라고 하지 않는가. 선비는 자기를 알아주는 사람을 위해 죽고, 여자는 자기를 기쁘게 해 주는 사람을 위해 화장을 한다는 뜻이다. 예양豫讓의 지백智伯에 대한 보은의 집념은 참으로 대단하지 않은가.

그 후로도 장관 집무실에서 바쁜 토요일 일정에도 한 시간을 할애해 여러 경륜을 전수해 주시던 모습, 좋아하시는 강남의 야나기柳스시에서 음식값 계산은 절대 못 하게 식당에 엄명을 내리시고, 다정한 지도로 정을 나눠 주시던 모습이 떠오른다.

2014년 3월 10일 자 〈강동석 前 건설교통부 장관, 대학 입학

53년 만에 '명예학사'〉라는 〈한국경제〉 기사가 장관님의 삶을 대변할 것 같아 옮긴다.

기사의 요지는, 경희대가 장관님에게 명예학사 학위를 수여한다는 내용이다. 1961년 장관님은 경희대 법학부에 입학했지만 같은 해 어려운 가정 형편으로 학업을 중단할 수밖에 없었다. 이후 행정 고시(3회)에 합격하여 공무원 생활을 시작하였으며, 인천공항 및 한국전력 사장 등 바쁘게 지내면서 학업을 마칠 기회가 없었던 것이다. 이런 사정을 감안하여 명예 학위를 수여하기로 한 것이다. 기사에 언급된 인천국제공항 건설 당시 2년간 컨테이너에서 숙식하며 직원들을 독려한 사례와 고령의 나이에도 불구하고 여수엑스포를 성공적으로 개최한 것이 그의 열정을 잘 보여 준다는 보도는 나의 생각과 같아서 기뻤다.

지금까지 진 빚을 무엇으로 갚아드려야 할지…. 언제나처럼, 나의 바른 삶과 성취가 큰 뜻에 부응하는 길이라 여기며 오늘도 존경의 마음에 옷깃을 여민다.

소통의 달인, CEO 조환익

　내가 조환익 사장님을 처음 뵌 것은 한국전력 사장으로 오셔서 취임한 당일이다. 매우 인상적이었던 것은, 전국 사업소에 중계되고 1,000여 명의 직원이 강당에 모인 취임식에서 많은 경우처럼 취임사를 읽는 게 아니라, 원고를 보지 않고 대화하듯이 육성으로 말씀하는 것이었다. 당연히 주목도가 높아졌고, 아주 훌륭한 취임사로 기억한다.

　궁금증을 참지 못하는 나는 당일 저녁 임원과의 첫 저녁 자리에서, "어떻게 하면 많은 청중 앞에서 원고 없이 그렇게 잘 말씀하시냐"며 비결을 여쭤 보았다. "원고를 보고 읽으면 청중이 지루해 하고 재미없어 하잖아"라고 말씀하시면서 그러기 위해서는 그만한 노력이 뒤따라야 한다고 일러 주셨다. 한국산업기술재단 사무총장으로 재직할 때 각종 행사에 참석하여 인사말을 하였는데 원고를 보고 읽다 보니 반응이 시원찮은 것 같아서 원고 없이 직접 육성으로 연설하는 연습을 하셨다고 한다. 이후 산업자원부 차관, 수출보험공사와 코트라의 사장을 역임하면서 꾸준히 노력한 결과라고 얘기해 주셨다.

앞에서 서구 교양인들의 말솜씨에 대해 히딩크 전 축구 감독 얘기를 하였지만, 해외에 나가 회의에 참석해 보면 대부분의 영·미인들은 아주 공식적인 경우가 아니면 원고 없이 자연스럽게 즉흥 연설로 청중을 사로잡는다. 이런 모습을 보며 부러웠던 적이 한두 번이 아니다. 이와 대조적으로, 우리나라 윗분들은 대부분 미리 준비한 원고를 그대로 읽기만 하는 등 현장 분위기와 동떨어진 스피치로 참석자들을 의아하게 하는 경우를 주재 근무를 하면서 종종 보아 왔다.

조 사장님은 어려운 현안도 빠른 업무 파악과 충분한 토론으로 의견 수렴 과정을 거쳐 쉽게 리드해 주셨다. 또 정부와 관련 기관은 물론 일반 직원과도 형식에 얽매이지 않는 소통과 현장 중시 경영으로 요금과 적자 문제, 밀양 송전선로 건설 등 굵직한 사내社內 이슈들을 해결하는 역량을 발휘하셨다.

본사의 나주 이전이라는 가장 어렵고 중요한 문제도 지역사회의 기대와 환대 속에 원만하게 진행 중이고, 지역 균형 발전을 넘어 한국전력의 '미래 먹거리'를 창출한다는 각오와 신념으로 '빛가람 에너지 밸리' 사업에 헌신하고 있다. 사회 공헌 차원을 넘어 한국전력이 실리콘밸리 같은 산학연 클러스터를 만듦으로써 얻는 경험과 그 과정에서 신에너지 분야에 대한 기술

개발로 해외 진출까지 시야에 둔 원대한 비전이다. 회사가 가진 모든 역량을 결집해 한국전력이 주도한 성공 스토리를 만들어, 117년의 역사가 더욱 빛나는 한국전력을 만드는 데 기여함이 우리의 사명使命이 아닌가 생각한다.

직원들에게 진솔하고 정감 어린 육필 편지를 통한 소통은 일부 언론에도 소개된 바 있고, 때가 되면 직원들이 "사장님, 이번 편지는 언제 쓰시냐"고 물어 오기까지 한다. 방만 경영 해소 등 어려운 상황인데도, "사장님 편지 때문에 노조원들이 전부 사장님 팬이 되어 버렸다"고 노조위원장이 사장님께 항의(?)하는 말도 들었다. 때에 맞춰 나오는 명문의 글이 많아 어느 것을 골라야 할지 망설여지는데 사내에서 일명 '미친 배구' 이야기로 통하는 가장 최근의 편지 일부를 소개함으로써 담담하고 군더더기 없는 유려한 필력의 진솔함과 호소력을 공유하고자 한다.

(전략)

제가 비록 계약직(?)이지만, 한전이란 직장을 2년여 다녀 보니까 어느 부서도 대강대강 놀면서 업무를 수행할 수 있는 분야는 없는 것 같습니다. 억지로 억지로 끌려가며 일한다면 늘 고단한 일 터라는 생각이 듭니다. 모두들 어려운 여건 속에서도 평소에 건강 잘 챙겨 나가시기 바랍니다. 특히 나주로 내려와 새로운 여건에 적응하느라 고생이 많으신 본사 직원들, 각자 나름대로의 건강 플랜을 만들어 꼭 실천해 나가시기 바랍니다.

요즈음 만년 꼴찌 한전 배구단이 일을 내고 있습니다. 과거에는 꿈도 못 꿔 본 9연승을 하고 말았습니다. 그리고 한 번 쉬어 가더니 곧 연승을 이어 나가고 있습니다. 그래서 한전 직원들 사이에는 요즘 배구가 늘 화제가 되고 있고, 배구를 잘 모르는 일반인들도 최근 한전의 연승 기사가 눈길을 끈다고 말을 많이 합니다. 이제는 선수나 감독이나 이기는 데에 익숙해진 것 같습니다. 제가 2012년 말 취임식을 할 때 느닷없이 배구 이야기를 꺼냈습니다. "왜 한전 배구팀은 지기만 합니까? 아마 그것은 우리가 지는 데 익숙해서 그런 것 아닌지 모르겠습니다"라는 이야기를 여러 가지 의미를 두고 한 적이 있습니다. 한전 배구팀은 연패를 거듭하면서 우리 한전 직원들의 관심도 끌지 못하고 심지어는 한전의 이미지에도 별로 도움이 안 되는 애물단지였다고 해도 과언이 아닐 것입니다. 한마디로 모든 다른 팀들의 제삿밥 역할을 한 것이지요. 미풍도 못 일으키면서 '빅스톰'이란 명칭 사용 자체가 쑥스럽기 짝이 없었던 것입니다.

그러던 어느 날 시즌이 거의 끝나 갈 무렵, 당시 감독이 저에게 "삼성을 마지막 라운드에서 한 번 꺾겠습니다"라는 각오를 표현하였습니다. 삼성은 이미 1위가 확정되어 있고 강력한 우승 후보였기 때문에 그 말을 귀담아듣지 않았는데 실제로 삼성을 이긴 것입니다. 그래서 2012/2013 시즌에 겨우 2승을 한 것입니다. 처음에는 좋아했으나 나중에 알고 보니 삼성이 이미 결승 진출이 확정되었으니 용병 등 주전을 빼고 2진들을 실전 훈련차 투입한 것입니다. 기가 막힌 일이지요.

자존심이 극도로 상한 저는 우리 배구단을 한번 제대로 만들어서 우리 한전 가족들이 배구단을 사랑하고 자부심을 느끼게 만들어야겠다는 결심을 하게 되었습니다. 우선 'KEPCO VIXTORM'을 '한국전력 VIXTORM'으로 바꾸었습니다. 국내 리그이고 다른 팀들은 다 한글 명칭을 쓰는데 왜 당당히 한전이란 명칭을 못 쓰고 KEPCO란 명칭 뒤에 꼴찌 한전이 숨어 있는지…. 그리고 감독을 바꾸었습니다. 전에 한전에서 선수 생활을 했고, 잘나가던 대한항공에서 시즌 중 영문 모르게 방출된 현 신영철 감독을 맞은 것입니다. 그해의 결과는 신통치 않았지만, 외국인 용병에 돈을 더 썼습니다. 그리고 국내 신인으로 다른 선수들은 다 필요 없고 전광인만 고집하여 한전 영입에 성공한 것입니다. 이것이 대박이 되었습니다.

그래도 2013/2014 시즌은 또 다시 꼴찌를 면하지 못하였습니다. 겨우 7승에 만족해야만 했습니다. 그것은 그간 이겨 보지 못했기 때문에 결정적인 고비에서 뒷심이 부족하여 석패를 많이 당했기 때문이라 생각합니다.

2014/2015 시즌을 대비해서 신 감독은 혹독한 훈련을 시행한 것으로 알고 있습니다. 제가 훈련장에 가서 선수들 모두 점심을 사 준 일이 있습니다. 그 자리에서 신영철 감독은 이번 시즌에 "우승할 것입니다"라는 각오를 표명한 바 있습니다. 꼴찌에서 감히 우승이라니. 그냥 흘려들었습니다. 그런 데다 시즌 전반기가 지나면서 우리의 성적은 4~5위권에 머물고 있어 봄 배구에 대한 기대감을 점차 사라지게 하고 있었습니다.

점차 화가 나기 시작했습니다. LIG에 3대 0으로 완패하던 날 저는 신 감독에게 엄청난 분노와 책망을 담은 장문의 문자를 보냈습니다. 또 꼴찌 자리를 양보해 줄 줄 알았던 신생 OK저축은행과의 대전에 앞서 저는 신 감독에게 강하게 필승을 압박했습니다. 가장 오랜 역사의 대大한전이 신생 외국계 대부업 회사에 져서야 되겠느냐는 내용입니다. 사실 스포츠에 있어서는 웃기는 발상이지요. 아마 이 압박에 신 감독은 부담을 많이 가졌던 것 같습니다. 그날 선수들은 오히려 더욱 긴장해서 완패당하고 말았습니다.

그 시합 날 저는 수원 구장에 갔었습니다. 신 감독과 악수도 안하고 옹졸하게(?) 구장을 나오면서 저는 많은 생각을 했습니다. '자존심이 상했다고 화와 질책으로 풀 수 있는 일은 별로 없고 배구단도 마찬가지이다' 라는 생각입니다. 그때 문득 머릿속에 떠오른 단어가 '몰입'입니다. '그래, 한번 감독과 선수가 한전 배구단에 몰입하게 해 주자!' 이것입니다.

모 일간지 주말 기획 기사의 일부입니다. 세계적인 인사 컨설팅 업체 타워스 왓슨의 줄리 게바우어Julie Gebauer 대표는 조직 내에서 인재를 몰입하게 하는 노하우를 이렇게 말했습니다. 5가지 핵심 동력이 있는데 그것은 리더십, 스트레스 관리, 좋은 상사, 직원의 업무와 기업 목표 일치, 그리고 사회에 대한 기여라고 합니다. 그런데 한전 배구단의 구단주인 저는 배구단에 이러한 것을 제대로 만들어 주지도 못하고 화만 낸 것입니다.

그래서 지금까지 업무지원처장이 겸임하던 단장을 배구 선수와 감독 출신인 서울본부의 공정배 부장으로 전담을 바꾸었습니다. 이것은 배구계에서는 일대 센세이셔널한 사건이었답니다. 선수 출신 최초의 단장으로 배구계 자체에 희망을 준 것입니다. 타 감독, 선수, 방송인, 심판들이 공 단장을 따뜻하게 환영하는 분위기였습니다. 그리고 선수와 감독들의 속사정을 아는 공 단장은 정말로 배구단의 맏형처럼 섬세하고 따뜻한 조력자와 상담자가 된 것입니다. 물론 당일 시합의 전술에 한해서는 신 감독의 영역을 침해하는 일은 절대로 없고요.

그리고 승리 수당을 높이고 연승의 경우에는 더 많이 누적시키게 하였습니다. 이것이 조직에서 개인의 동기와 회사의 동기가 맞아떨어지게 하는 결정적인 역할을 하게 된 것입니다.

공 단장이 오고 새로운 승리 수당 시스템이 실행되면서 9연승이 나오게 된 것입니다. 선수들은 날아다니고 '잘 받아 내고, 잘 올리고, 잘 때리는' 삼박자가 제대로 맞기 시작하면서 한전 배구단은 모든 사람이 깜짝 놀랄 정도로 '미친 배구'를 하게 된 것입니다. 특히 강스파이크에 수비를 할 때는 수평으로 날면서 손이 몸 안에서 용수철처럼 빠져나오는 것 같습니다.

승리 수당이 빠른 속도로 적립되는 것이 경영진에 다소 부담이 되었지만 이것은 행복한 부담입니다. 이제는 어느 팀이나 한전을 제일 무서워하고, 조심스레 우승 가능성에 대한 견해도 나오기 시작합니다. 반년 만에 무섭게 변한 한전 배구팀. 그 원인을 저는 '몰입'에 있다고 봅니다. 집중력의 극치, 무아지경이 된 것이지요.

(중략)

오늘, 현대캐피탈과 플레이오프로 바로 가느냐를 가름하는 중요한 일전이 있습니다. 이길 것으로 보이지만 져도 괜찮습니다. 그래도 플레이오프는 결국 올라갈 것이고, 몰입의 한전 배구단은 이미 일을 냈고 한전인의 자존심을 세워 주었으며 공포의 구단 이미지를 만들어 줬습니다. 이것으로도 충분합니다만 끝까지 한전 빅스톰의 선전을 빌고 우리 모두 열심히 응원합시다.

리베로 오재성 선수가 시합을 끝내고 가진 인터뷰에서 "미친놈같이 뛰겠습니다"라는 멘트를 하였는데 제가 본사 1층 로비 뒤 대형 스크린에 일주일 동안 띄워 놓았습니다. 몰입은 마음과 몸에 좋은 치료법이 됩니다. 명상 치료, 요가 치료, 수면 치료 다 그런 것 아니겠습니까?

배구뿐 아니라 우리 한전 모든 각 단위 조직에서 윗사람들은 조직원이 전부 몰입할 수 있는 분위기를 만들어 주시기 바랍니다.

가지 많은 나무 바람 잘 날 없듯이, 한전에는 힘든 일도 많이 생깁니다. 그렇다고 해결책도 아니면서 남에게 화를 내고 책망만 하지 말고 모두가 다 같이 일체감을 갖고 몰입할 수 있는 한전을 만들어 나가기 바랍니다.

(하략)

상당한 분량의 'CEO 편지'를 양해도 없이 전재轉載함은 물론, 자의적으로 생략하고. 지면의 여건상 단락도 무시하며 소개한 것은, 6개월이라는 초단기간에 보여 준 아주 성공적인 리더십 사례로 안성맞춤이기 때문이다. 깊고 넓은 마음으로 일러 주시는 경영 공부처럼, 혜량惠諒해 주시리라 믿는다.

〈조선일보〉 2015년 2월 16일 자에 실린 손관승 씨의 일사일언一事一言 〈무대에 대본 없이 서라〉라는 기사가 조 사장님의 연설 방식과 겹치며 마음에 와 닿아 인용하고자 한다.

MBC 베를린 특파원과 국제부장, 특집부장, 〈100분 토론〉 부장 등을 지낸 언론인 출신인 손관승 씨는 졸업 시즌에 맞춰 작성한 글에서, 교장 선생님의 연설이나 축사에 경청하지 않는 분위기에 아쉬움을 나타낸다.

그는, 이러한 현상은 학생들의 산만한 태도에도 이유가 있겠지만, 연설 방식에 문제가 있다고 말한다. 마치 책을 읽듯 연설문을 낭독하기 때문에 학생들이 하품하고 지루해 한다는 것이다. 연설도 하나의 커뮤니케이션 방식인데 원고를 낭독할 경우 목소리만 전달될 뿐 표정, 손동작, 웃음 같은 비언어적 표현이 모두 빠져서 소통이 잘 되지 않는다는 것이다.

국제 행사에 가면 확연히 비교가 되는데, 대다수의 외국인들이 원고 없이 유머를 섞어 가며 연설하는 반면 우리나라 사람들은 원고를 보고 읽는 데 급급하다는 것이다.

손관승 씨는 이에 대한 해결책으로 미국의 해돈 로빈슨Haddon Robinson 교수의 방법을 추천하고 있다. 그것은 먼저 연설할 내용에 대해 원고를 써 놓고 연단에 가서는 원고 없이 말하는 것이다. 처음에는 어렵겠지만 3분, 그 다음엔 8분, 13분 등 5분 간격으로 시간을 늘려 가면서 연습하다 보면 원고 없이도 연설할 수 있다는 것이다.

사회적 이슈에 대해 각 분야의 리더들이 다양한 말을 쏟아 내고 있지만 적합適合한 말은 드물다. 〈조선일보〉 2014년 8월 21일 자에 실린 최철규 님의 글이 마음을 사로잡아 인용한다.

인간의 근육 중 가장 발달한 근육은 무엇일까? 답은 혀라고 한다. 우리는 한마디 말이 사람을 죽이고 살리는 경우를 수없이 보았다. 말이 힘인 시대에 진정한 리더가 되려면 부하들의 마음을 움직일 수 있어야 한다. 최철규 씨는 스티브 잡스를 사례로 들면서 리더의 다양한 채널을 통한 소통 능력이 중요한 시대가 되었다고 말한다. 진정한 리더가 되기 위해서는 말의 능력, 즉 언어 지능부터 높여야 한다고 주장한다. 언어 지능이 낮은 리더는 리더가 아닌 그냥 전문가에 불과하다는 것이다.

정말 리더가 되기 힘들어졌다. 운전면허도 없이 차를 몰고 도로에 나서듯이 아무나 리더임을 자처하지 말아야 한다. 최소한 면허는 따고 도로 주행에 나서야 하는 것 아닌가.

나도 전부터 그런 의식을 가지고 나름대로 육성으로 말하려고 노력 중이나 아직 멀었다. 언제나 상황에 맞는 적절하고 자연스러운 스피치로 좌중을 사로잡는 '소통의 달인' 조환익 CEO도 꾸준한 노력을 통해 득도得道의 경지에 이르렀다고 하니, 나도 가일층加一層 노력해 자신감이라는 근육을 늘려야겠다.

Part **3**

회사요리

전봇대 유감

전기회사에 근무한 지 36년째다. 해외 IR을 가서 투자은행 친구들과 얘기를 하다, 40대 중반인 그들이 대부분 네다섯 번 직장을 옮긴 경험이 있다는 사실을 알게 되었다. 나는 줄곧 한 직장에 있었지만 1~2년마다 근무처를 옮기며 새로운 도전을 했다고 둘러댔다. 물론 실제 그렇게 근무하였고, 본사의 주요 부서는 물론 세 번의 해외 주재와 국내 지역 본부장으로 근무하기도 했다.

전봇대. 전기회사에 오래 근무하다 보니 자주 듣게 되는 말이다. 전보가 별로 사용되지 않아 지금은 '전기대'나 '전주'로 부르는 게 맞다. 그러나 우리나라에 전기가 전보보다 한 해 늦게 들어왔기 때문에 모두들 전봇대라고 부른다는 이야기를 회사 선배로부터 전해 듣고 아쉬워한 적이 있다.

역사학자인 전우용 박사가 〈한겨레신문〉에 연재하는 칼럼 〈현대를 만든 물건들〉을 보면 전봇대에 대해 언급한 내용이 있다. 지금은 휴대폰 문자나 카카오톡 메시지, 트위터 답글 등을 이용하여 중요하고 긴급한 소식을 알리지만 전화가 보편화되기 훨씬 이전에는 전보가 긴급한 내용을 전할 수 있는 유일한 통신수단이었다.

전우용 박사에 의하면 우리나라에 전보를 보낼 수 있는 전신선이 설치된 것은 1885년 음력 8월이었다고 한다. 청나라가 인천과 한성지금의 서울 사이, 한성과 의주 사이에 전신선을 설치하였으며, 이후 일본이 한성과 부산 사이에 전신선을 놓았다고 한다.

이때부터 사람들은 암호 같은 문자가 적힌 종잇조각을 통해 긴급한 소식을 전달할 수 있었다. 다만 오늘날 내용의 길이에 따라 휴대폰 SMS 요금이 달라지는 것처럼 전보 역시 글자 수에 따라 요금을 부과했기 때문에 최대한 축약하여 사용하였다. 부위독급래父危篤急來. 이 한시漢詩와 같은 용어는 '아버지가 위독하니 빨리 오기 바람'이라는 내용의 축약문이다. 사실 긴급하게 전달하는 일의 속성상 기쁜 내용보다 슬프거나 나쁜 내용이 많은 것이 당연하다. 특히 6·25전쟁 당시 자식을 사지死地에 보낸 부모들 입장에서는 전보 배달부가 오는 것이 달갑지 않았을 것이다. 전사 통지서가 전보로 배달되었기 때문이다. 오히려 전보가 없는 것이 자녀가 살아 있다는 반증이었기 때문에 '무소식이 희소식'이라는 말의 설득력이 높아졌다.

여담이지만, 허위 휴가를 얻을 요량으로 군대로 '부위독급래'

라는 전보를 보내는 경우가 종종 있었기 때문에 면사무소의 확인을 받은 전보라야 휴가를 보내 주었다고 한다.

이처럼 전보를 보내기 위한 전신선을 연결하기 위해서는 기둥이 필요하였다. 이 기둥을 전신주 또는 전봇대라 불렀는데 전보가 사실상 자취를 감추고 전선이 전기를 보내는 용도로 쓰이는 오늘날에도 이름은 그대로 남아 있는 것이다.

우리나라에 최초로 전기가 들어온 것은 1887년 3월 6일로 시기적으로 이른 봄이었다. 1882년에 한미통상협정이 체결되고 민영익閔泳翊, 1860~1914, 홍영식洪英植, 1855~1884 등의 사절단이 미국을 다녀오게 되었는데 이때 미국에 전등이 보급된 것을 보고 고종高宗, 1852~1919, 조선 제26대 왕에게 발전소 건설을 건의하였다. 에디슨 전기회사와 계약을 체결하고 경복궁 안 건청궁乾淸宮 향원정香遠亭의 물을 사용해 석탄 발전기를 돌려 발전을 해 전깃불을 밝혔다. 이는 토머스 에디슨Thomas Alva Edison, 1847~1931이 백열전등을 발명한 지 고작 8년 만에 서울에 전등이 켜진 획기적인 사건으로 장안의 화제가 되었다.

좀 더 고증해 봐야겠지만, 1885년 음력 8월의 전신선 설치와 1887년 이른 봄의 전기 사용은 사용까지 감안하면 시차가 약 1년인 것이 확인된다. 전기회사는 통신회사에 많이 억울하다. 1년 차이로 모두가 전봇대로 부르니 말이다. 내가 이를 지적하면 모두 일리 있다고 바꾸어 부르겠다고 하고도 다음 날이

면 어김없이 전봇대라고 표현한다. 습관이 얼마나 무서운 것인지….

전기는, 연못의 물을 먹고 켜진 불이라 하여 '물불'이란 이름으로 처음 불렸고, 불가사의하다고 '묘화妙火', 불이 들어왔다 나갔다를 반복해서 '건달불'로도 불렸다고 한다. 전기가 처음 보급되었을 때는 몇 달 동안 매일 같이 몇 집씩 정전이 되었는데, 그 이유가 노인들이 담배에 불을 붙이려고 담뱃대를 꽂아 퓨즈가 나가서라니 정말 호랑이 담배 피던 시절 얘기 같이 들린다.

　서울 삼성동에서 전남 나주 한국전력 본사 1층으로 옮겨진
시등도始燈圖의 유래가 재미있다. 1986년 우리나라 전기사업
100주년을 기념하는 큰 행사가 열렸을 때 당시 홍보실장이던
박원태 선배가 수소문하여 금추錦秋 이남호李南鎬, 1908~2001 화백에
게 그림을 의뢰하였고, 지금은 고인이 되신 금추 선생이 고증
을 거쳐 작품을 완성하였다. 재미있는 것은 당시 임금이었던
고종은 방 안에 있어 그림에 등장하지 않고, 삼정승 육판서가
시종들과 함께 향원정의 전깃불 구경을 하고 있는 모습이다.

최근에 당시의 발전 관련 설비들이 일부 발굴되고 있다는 소식은 반갑다.

1898년 고종의 내탕금内帑金으로 만든 한성전기주식회사에서 시작한 우리나라 전기의 역사도 117년이다. 경성전기, 남선전기, 조선전업 등 3사를 통합한 1961년을 기준으로 하던 한국전력의 역사를 최근 117년으로 바로잡았다. 아주 잘한 일이다.

한국전력은 1961년 서울 명동 사옥에서 시작해 1986년 본사를 삼성동으로 옮겼다. 명동 사옥은 참으로 탄탄하게 지었다. 지금도 두께가 약 30센티미터는 됨직한 육중한 철문이 있는 금고가 있는데, 그 안에 들어가면 밖에서는 아무 소리도 들리지 않는다. 입사 초기에 가끔 선배들이 안에 사람을 가두는 장난을 쳤는데, 좋아하는 남녀를 일부러 가두고 퇴근해 결혼에 이르게 했다고 한다.

한국전력은 옛날 봉은사 터였던 삼성동에 자리를 잡고 비약적인 발전을 하였다. 원래 삼성동三成洞이라는 지명은 봉은사와 무동도, 닥나무를 파는 상점이 있어 붙여진 닥점店, 이 세 마을을 합친 것에서 유래한다는 설이 일반적이다. 한편 한강과 탄천, 양재천의 세 물길이 만나는 곳으로 풍수학상 돈이 모이는 길지吉地라는 해석도 있다. 그래서 현대차가 비싼 값으로 매입한 것인지 모르겠다.

이제는 나주 빛가람 시대의 시작이다. 국토의 균형 발전을 넘어 에너지 밸리를 만들겠다는 야심 찬 꿈의 실현을 위해 모두 노력하고 있다.

한전을 5년 동안 에너토피아Enertopia*라는 비전으로 이끌었던, 언제나 활발한 현역이신 박정기 전 사장께서 나주 이전을 고하는 고유제告由祭에서 하신 짧은 말씀이 아주 인상적이었다. "1세대인 명동에서 시작해 2세대인 삼성동을 거쳐 3세대인 나주 시대를 사명감을 가지고 열자"라는 당부였다. 나주 이전에 대해 조금은 소극적이었던 나에게 나주 시대를 한마디로 정의해 준, 큰 울림으로 다가온 말씀이었다.

한전은 약 30년 주기로 살아 움직여 왔다. 명동으로 입사해 삼성동을 거쳐 3세대인 나주에서까지 근무하는 영예를 안은 나는, 4세대는 어디가 될지 기대와 궁금증이 앞선다.

박정기 사장 당시 나는 공보실에 근무하며 홍보를 담당했었다. 당시는 대언론 업무라는 게, 사실을 전하는 공보公報나 광보廣報 수준이었던 것 같다. 곧 홍보실弘報室로 개명하고 문자 그대로 홍보를 한 기억이 새롭다.

당시는 중앙의 언론사가 방송, 신문 합쳐 13개였다. 보도 자료를 팩스로 보내고도 미안해서 일주일에 두세 번은 언론사를 한 바퀴 도는 게 업무였다. 그래야 마음이 편했다. 매체가 300

---

* 에너지(energy)와 유토피아(utopia)의 합성어로 어떤 거주 지역을 체계화해 에너지나 자원의 자급성을 갖게 하고 에너지 절약 사고방식에 기초한 설비를 갖춘 지역을 말한다.

여 개를 넘는다니 지금은 상상하기조차 어렵게 되었지만, 처음
에는 눈길도 안 주던 고참 기자나 데스크들이 시간이 지나며
말도 붙이고 커피도 한잔 권했다. 그게 좋았고, 지금도 그분들
을 만나면 반갑다. 효율과 성과만 따지는 각박한 세상에 스킨
십이 그리워진다. 그때가 그립다.

　당시 박 사장께서 이임을 앞두고 동력자원부(현 산업통상자
원부) 기자실을 방문하였는데, 홍보 담당으로 수행하며 귀동
냥으로 들었던 말씀이 멋졌다. "여러분, 그간 고마웠습니다. 나
는 그간 장사꾼, 관리자는 지나 경영자라 생각해 왔는데, 지금
와서 보니 관리자 수준이었던 것 같습니다. 감사합니다"라는
내용이었다. 이어서 본사 강당에서 열린 퇴임사에서 홍보실에
서 미리 준비한 원고를 뒤로하고 "얕은 산을 넘는 바람은 가랑
잎 소리를 내지만 큰 산을 넘는 바람은 소리를 내지 않고, 얕게
흐르는 물은 졸졸 소리를 내지만 깊은 물은 소리를 내지 않습
니다. 여러분, 그동안 감사했습니다"라는 짧은 말로 아쉬움을
대신하였다. 눈물을 훔치던 직원들에게 이 한마디를 남기고 특
유의 미소로 손을 흔들며 작별을 고하던 모습이 인상 깊었다.
지금까지 숱하게 CEO의 퇴임식을 지켜보았지만 지금 생각해
도 가장 멋진 모습이었다. 그래서일까 오래전의 일인데도 생생
하게 기억하고 있다.

　"풍래소죽風來疎竹 풍과이죽불류성風過而竹不留聲, 안도한담雁度寒潭
안거이담불류영雁去而潭不留影"이라는 말이 있다. '바람이 성긴 대

나무에 불어와 소리를 내다가도 바람이 지나가면 더 이상 소리를 내지 않고, 기러기가 쓸쓸한 못 위를 지나며 그림자를 드리우지만 기러기가 지나고 나면 못에는 그림자를 남기지 않는다'는 뜻이다. 노장老莊 철학과 선禪 사상을 접합시켜 인간이 추구해야 할 길을 제시한 《채근담菜根談》에 나온 말이다. 덕이 높은 사람은 어떤 일이 일어나면 마음을 움직여 이에 대응하지만, 그 일이 끝나면 마음을 비워 지나간 일에 집착하지 않는다는 경구를 염두에 둔 명연설이었다.

오랜만에 뵙게 된 고유제에서 사장님 옆자리에 앉아 기자실에서 들었던 얘기와 퇴임사를 언급하며, 세대 구분으로 또 한 번 촌철살인의 한 말씀을 해 주심에 감사드렸다. 진한 추억이 되살아나셨는지, 아니면 30여 년 전의 일을 생생하게 기억해 준 후배에게 고마워서인지 다른 자리에서 내 얘기를 하셨다고 들었다. 여러 가지로 고마울 따름이다.

월남 말도 하십니까?

　내가 호찌민을 거쳐 하노이로 출장을 간 것은, 월남전 파병과 종전으로 단절된 베트남과의 외교 관계가 1992년 말에 회복된 후 경제 교류가 활발해지던 1996년도였다.

　1964년 9월부터 월남이 패망하던 1973년 3월까지 약 8년 동안 총 31만여 명의 우리 젊은이들이 전투에 참가하였다. 아시아 전체의 평화와 자유 수호라는 책임을 다하고, 6·25전쟁 때 16개국으로부터 받은 파병과 원조에 대한 보답이라는 명분으로 참전하였다. 파월 병사들이 피땀으로 번 달러가 1970년대 국가 고도성장의 밑거름이 되었음은 주지의 사실이다.

　하노이 직항이 없던 시절이라 호찌민을 들러 베트남항공으로 갈아타고 하노이로 가던 시절이었다. 비행기 안에서 당시 대통령 방문 사전 준비를 위해 하노이로 가던 중앙 부처의 과장 한 분과 동석하게 되었다. 비행 중간에 간단한 음료와 신문을 나눠 주었는데 나는 대충은 이해하는 불어판을 요청해 보고 있었다. 그런데 옆에 있던 그분이 몹시 궁금했던 모양이었다. 한참이 지나서 나에게 "월남 말도 하십니까?"라고 물어 왔다. 좀 뜸을 들이다, "불어를 조금 알아서 봅니다"라고 답했다. 나중에 하노이에 가서 식사라도 한번 하자고 먼저 제안하고는 창피하였던지 나를 보고 피하던 기억이 난다. 지금은 누구였는지 잊었지만, 공기업 직원을 좀 낮게 보는 경향이 있는 데다 잘나가던 분이 실수(?)를 했으니 그럴 만도 하다고 생각되었다.

베트남은 프랑스와 미국, 중국이라는 강대국과의 전쟁에서 이긴 경험이 있다는 자부심을 가진 나라다. 이들과의 전투에서 국가를 지킨 이는 베트남 독립의 영웅이자 '20세기 최고의 명장'으로 불리는 보 구엔 지압武元甲, 1911~2013 장군이다. 2013년 10월 4일 향년 102세로 별세한 그는 1954년 디엔비엔푸 전투에서 프랑스군을 상대로 승리를 이끌었다. 이 전투 후 프랑스가 베트남에서 철수함에 따라 프랑스의 베트남 지배를 끝내는 데 결정적 계기가 되었다. 게릴라전에서 시작해 정규군으로 무장한 식민지 피지배 세력이 제국주의 군대를 상대로 승리한 최초 전투라는 평가를 받고 있다.

《손자병법》을 비롯하여 많은 병법 전략들이 현대 경영에 적용되는 것과 같이 그가 주장한 '3불不 전략'은 경영학에서도 자주 인용된다. 이를 요약하면 첫째, 적이 원하는 시간에 싸우지 않는다. 둘째, 적이 좋아하는 장소에서 싸우지 않는다. 마지막으로, 적이 생각하는 방법으로 싸우지 않는다. 이것이 전쟁에서 승리할 수 있었던 전략의 핵심이었던 것이다.

그는 1968년 미국과의 전쟁에서도 승리하여 적국인 미국에서조차 그를 '붉은 나폴레옹'으로 칭할 정도였다. 또한 1979년 2월, 중국이 베트남을 침공했을 때는 10만 명의 지역예비군으로 약 20만 명의 중국군을 물리치기도 하였다. 연이은 강대국의 침략 속에서도 굳건히 나라를 지킨 그를 20세기 최고의 명장으로 부르는 것은 당연하게 느껴진다.

그는 생전에 전쟁에서 승리한 이유에 대해, "우리는 프랑스군과 미군을 정확하게 파악했지만, 그들은 베트남인들이 어떤 사람들인지 알지 못했고 알려고 들지도 않았다. 우월한 무기만으로 충분하다고 오판했다"라고 말했다. 심지어 "아무리 첨단 무기로 무장했더라도 우수한 두뇌가 없으면 다 헛일"이라고 했다. 지피지기知彼知己면 백전불태百戰不殆가 아니던가. 그가 알렉산더와 손자에 이르기까지 병법에 통달했다는 말이 실감 난다.

원래 그는 부농富農의 아들로 태어나 프랑스 역사에 심취한 사학도였다. 역사 교사와 신문기자를 지낸 그가 독립운동에 참가하게 된 것은 베트남 건국의 아버지인 호찌민胡志明, 1890~1969을 중국에서 만난 것이 계기가 되었다고 한다.

프랑스의 지배를 거치면서 베트남에서는 한자를 배우지 않아 지금은 연로한 분들만 한자를 좀 이해하는 수준이라고 한다. 한자 문화권에서 이탈하여 프랑스식 알파벳을 사용함에 따른 문화적 소외와 불편을 느낄 수 있었다. 예를 들면 하노이는 한자로 하내河內인데, 이것만 봐도 하노이가 강을 끼고 있는 도시임을 쉽게 알 수 있다.

우리도 한글만 사용하자는 주장이 주기적으로 나왔고, 그에 따른 영향으로 한자를 배우지 못한 세대들도 있다. 한자는 조어造語 능력이 뛰어나기 때문에 약 1,800여 자만 알면 무궁무진한 표현이 가능하다. 우리 조상들은 지명을 그 유래와 특색을 알 수 있도록 한자로 지었는데, 달랑 한글로만 표기해 놓으니 도무지 그 뜻을 알 수 없다. 예를 들면 '안安'이나 '태泰' 등의 한자가 들어간 지명은 사람들이 살기에 편하고 재난이 적은 곳이라고 한다.

길이 보전하고 발전시켜야 할 문화유산인 조상들의 문집도 직접 읽지 못하고 번역본을 통해서 접하는 현실을 어떻게 할 것인가. 번역은 새로운 창작이라 하지 않는가. 그게 맞는 말이라면, 나도 거짓 책을 읽고 있는 게 아닌가. 그러면서 문화를 운운할 자격이 있는지 스스로 반문해 본다.

왜 굳이 정책으로 장려하지는 못할망정 국민이 향유할 진정한 배움의 기회를 말살하는지 모르겠다. 뷔페에서 음식을 고르듯 타인에게 선택의 기회를 주는 게 민주이고 합리이다. 한중일 3국에 살아 본 경험으로 한자는 하나의 문화로 존중되어야 한다고 생각한다. 유럽에서 알파벳 문화권에서 벗어난 나라를 생각할 수 있는가? 말은 다르지만 알파벳을 기본으로 하지 않는가.

2013년 7월 8일, 한중일의 저명인사들이 3국이 공통으로 상용하는 한자 800자를 선정하여 발표하였다. 비록 최근 세 나라를 둘러싼 정치적 상황은 파고가 높지만, 아시아의 공유 가치를 확산시키고 미래 세대의 교류를 보다 활성화하자는 움직임이 결실을 맺은 것이다.

800자가 선정된 경위가 재미있다. 우선 일본 홋카이도에서 열린 제8회 '한중일 30인회'에서 일본의 교육한자 1,006자와 중국의 상용한자 2,500자 중 겹치는 한자 995개를 뽑아냈다. 이후 한국의 기본 한자 900자와 대조하여 최종적으로 공통 상용한자 800자를 도출하였다. 향후 세 나라는 국가별 실무 전문가 회의를 만들어 정기적으로 논의하는 자리를 마련할 계획이다. 문화를 공유하기 위한 첫걸음을 이룬 30분의 현자들에게 경의를 표하는 바이다.

한자 사용 인구가 영어 사용 인구보다 많고, 동북아 지역 국가 간에 인적·물적 교류가 깊어지고, 협력과 공존이 절실해지면서 한자의 중요성이 점증하고 있다. 이 모임에 참석한 이어령 전 문화부 장관은 "단순히 글자 800자를 선정한 게 아니라 한자 문화권을 선언한 것이다"라고 그 의미를 강조했다. 과거가 아닌 아시아의 미래에 방점을 찍는 것으로 "아시아 사고의 도구로서 알파벳 같은 강력한 문자권 하나를 만들어 보자는 것"이라는 원대한 꿈을 밝혔다. "알파벳이 특정한 나라의 문자가 아니듯이, 한자도 한중일이 1,000년 이상 사용했고, 한자로 된 역사와 기록물들이 3국의 역사 속에 다 녹아 있다. 한자는 중국의 문자가 아니라 아시아의 문자다"라고 명확하게 정의하였다.

1,000년이 넘는 세월을 거치면서 한자도 나라마다 표현에 차이가 생겼고 한자의 자형字型도 달라졌다. 한국과 대만은 원형 그대로 정체자正體字를 쓰지만, 오히려 종주국인 중국은 간체자簡體字를 쓴다. 그리고 일본은 약체자略體字를 쓰고 있다. 그래서 3국이 함께 이해할 수 있는 문자 800자를 선정하는 의미의 중요성이 더해진다.

3국의 외교 관계가 냉랭한 시점에 민간 차원에서 800자 선언이 나온 것에 대해, 한중일 문화에 정통한 이어령 전 장관님의 말씀이 큰 깨달음으로 다가온다. "강물이 아무리 꽁꽁 얼어붙어도 얼음 아래 섭씨 4도에선 물이 흐르고 거기에 물고기가 산다. 정치와 경제가 아무리 얼어붙어도 문화는 그런 강물처럼 흐른다"라는 표현이 그것이다.

젊은 세대가 한자를 잘 모르고 들리는 대로 마구 쓰다 보니 발음이 비슷하지만 뜻은 완전히 다른 엉뚱한 표기가 등장한다. 이른바 한자 문맹이다. 2014년 11월 24일 자 〈조선일보〉 보도에 의하면 웃지 못할 여러 표현들이 등장한다. "심여를(심혈心血을) 기울였지만 숲으로(수포水泡로) 돌아가 찹찹(착잡錯雜)하다"

가 그 사례다. 또한 '발암發癌물질'을 '바람물질'로, '무난無難하다'를 '문안하다'로 잘못 사용한다. 이것이 무슨 해괴함인가. 누구의 책임이며, 어찌 바로잡아야 할지 정말로 착잡하다.

우리는 단일민족, 단일언어를 강조하곤 한다. 하지만 융합과 다양성이 강조되고 많은 동남아 며느리들이 시집을 오는 다문화 시대에 이는 맞는 생각일까? 이제 우리도 변화의 흐름에 맞춰 바뀌어야 하지 않을까.

한 걸음 더 나아가 영어에 주눅 드는 나를 포함한 한국인과 수많은 기러기 아빠들을 위해서라도 영어를 공용어로 할 수는 없는지…. 너무 나간 얘기인지는 몰라도, 국경 없는 경쟁 시대에 어른들의 쓸데없는 고집으로 자녀들을 주눅 들게 할 필요는 없다고 생각한다.

외국어, 특히 영어 능력은 국력으로 간주되는 것이 현실이다. 영미인들은 외국에 가면 영어 회화 선생이라도 하지 않는가. 영국은 결국 영어로 먹고산다고도 한다. 영어로 된 각종 법과 규정의 해석과 상사 중재 등 많은 송사訟事가 영국에서 처리된다는 것이다. 영어로 된 문장은 그들이 가장 해석을 잘하니까 당연한 이치다. 런던에서 들은 얘기다.

나만 해도 영어 콤플렉스가 있어서 모처럼 국제 무대에 참석해서도 사실 영미인보다는 아시아 사람과 대화하는 것이 솔직히 편하다.

앞 장에서 이미 언급한 바와 같이 4개 언어를 공용어로 사용하는 스위스의 경우를 보면 더욱 확신이 든다. 언어는 문화이고 문화는 자산임이 틀림없다. 그러한 인식의 변화와 실천을 기대해 본다.

길을 묻다

※ 2013년 8월 30일, 〈동아일보〉에 게재한 '밀양 송전탑 문제 어떻게 풀 것인가' 의 원문 내용입니다.

자연과 문화가 살아 숨 쉬는, 영남 알프스 중에서도 빼어난 사자평이 있는 재약산載藥山으로 대변되는 곳, 명산 유곡에 햇볕이 좋아 얼음골 꿀사과와 굵은 대추가 당도를 더하는 충절의 고향이 바로 밀양이다. 전도연을 칸영화제의 여주인공으로 만든 같은 제목의 영화로, 동남권 신공항 입지 후보지로, 그리고 송전선로 건설 문제로 전국적으로 유명세를 타고 있기도 하다. 2013년 여름, 전력 수급에 가장 어려운 한 주가 될 것이라는 예측을 뒤로하고 밀양을 찾았다.

전기는 현대 생활에서 가장 중요한 문명의 이기로 어쩌면 문명화의 척도로 인식된다. 우주에서 찍은 지구의 야경에서 주민의 76%가 전기를 제대로 사용하지 못한다는 북한 지역의 시꺼

162

먼 사진을 보며 충격을 받은 기억이 새롭다. 중학생 시절 호롱불에서 전기로 바뀌던 날 마을 사람들이 모여 박수 치던 벅찼던 감정을 지금도 또렷이 간직하고 있다.

우리 모두에게 물과 공기처럼 잠시라도 없으면 안 되는 전기인데, 공급 과정에 대해서는 이해가 부족하여 잠시만 정전이 되어도 큰 소동이 난다. 전기는 선로를 통하기에 전선이 끊어지는 고장이 나면 현장에 사람이 가서 선을 잇는 절대적 시간이 필요하며, 이를 전제로 공급계약을 맺고 있음에도 정전 발생 시 현장의 어려움은 여전하다.

신입 사원이던 지난 1981년에 청양변전소 부지 선정을 위한 출장에 동행한 기억이 새롭다. 전날 내린 많지 않은 눈 때문에 대전으로 되돌아와 사륜구동 지프차로 칠갑산을 오르던 기억과 부지를 어디로 정하든지 도와주겠다던 청양군 차원의 환영과 적극적인 지원을 약속하던 모습이 눈에 선하다.

현재 밀양을 비롯한 여러 지역에서 변전소와 송전선로 건설을 둘러싼 해결 방안 모색에 국회와 정부, 사업자인 한국전력이 고민하는 것과는 너무 대조적이다. 어떤 상황에서든지 전기를 공급할 책임이 있는 우리로서는 소통과 진정성 있는 대화를 하지 못했다는 질책과 함께 참으로 난감한 일이기도 하다.

여기서 짚고 넘어가고 싶은 것은, 한전이 한 해에 수행하는 송변전 사업 건수는 450여 건에 이르고 그중 90여 건이 신규 공사인데 밀양 등 특수한 경우를 제외하고 98%의 공사를 계획대로 수행하고 있다는 점이다.

수혜자의 부담으로 손해를 보게 되는 국민들을 보상하는 것이 정의에 부합한다는 판례의 경향과 여론이라는 시대적 흐름을 반영하여 현재 발전소 주변 지역과 같이 송변전 설비가 지나가는 주변 지역에 대해서도 상당한 보상을 하는 법안이 여야 합의로 입법화되었음은 주지의 사실이다. 전기사업자인 한전에 연간 1,500억 원 정도의 추가 비용이 수반됨은 물론이다.

지금 논의되는 초고압 선로의 지중화와 전자계에 따른 피해 여부에 대한 문제는, 기술 개발이 현실적으로 이루어질 수 있는 30년 후에나 해결되리라고 본다.

하지만 문제는 지금이다. 현재의 기술과 전문가의 견해를 우리는 받아들이고 신뢰할 수밖에 없다고 본다. 여기에 어려움이 있고 전력사업에 오래 몸담아 온 필자로서는 이해 당사자인 지역 주민들의 현명한 판단을 기대하게 된다.

뼛속까지 시원하다는 말이 실감 나게 해 준 얼음골의 에어컨 바람을 뒤로하고 무안면에 있는 사명대사四溟大師, 1544~1610의 생가 터와 표충비表忠碑, 점필재佔畢齋 김종직金宗直, 1431~1492 선생을 모신 추원재追遠齋와 생가 터를 둘러보았다. 그리고 안내하던 분의 강력한 추천으로 조선 시대 사대부의 별장인 월연지를 때맞춰 쏟아진 폭우 속에서 어렵게 둘러보았다.

비록 승려의 몸이었지만, 구국제민救國濟民의 큰 뜻으로 평양성

전투에 참가하고 1604년에 일본으로 건너가 도쿠가와 이에야스德川家康, 1543~1616와의 담판을 통해 다음 해에 3,500여 명의 포로로 잡힌 우리 국민들을 귀국시키고 조선통신사의 길을 열었다. '의미 있는 삶을 추구하고 진리를 실천한 수행자'였던 스님이라면 고향인 밀양에서 벌어지고 있는 이 문제를 어떻게 생각하실지 궁금해졌다. 정말 해답을 여쭤 보고 싶다.

한전 직원들도 주민들의 고통과 입장을 이해하고 진실을 공유하기 위해 진정 노력하고 있다. 변전소 위에 지은 사무실과 아파트에 한전인들이 살고 있고, 본인도 위험하다는 원자력발전소에서 근무한 경험이 있다. 소문처럼 문제가 많다면 아무리 큰돈을 준들 누가 원전에서 근무하려 하겠는지 반문해 본다. 과거처럼 존경받고 일할 맛 나는 전력사업 현장이 허망한 꿈은 아니기를 미르피아Mirpia 밀양에서 간절히 기원해 본다.

나주, 무등, 황룡

　전라도 역사 문화 수도임을 자부하는 천년 목사牧使골 나주羅州. 눈보라가 치는 매서운 날씨였지만, 나주목 관아였던 금성관錦城館 앞 정수루正綏樓의 '제야 북 두드림' 행사에 나가 북을 치며 새해를 열고, 나주 시민의 일원이 되었다.

　나주에 있는 24개의 주요 산과 10개의 하천을 상징하는 34명이 한 번씩 34번의 타고打鼓로 신년을 맞았다. 나주 소재 산천의 기운을 모아 나주의 안녕과 풍요를 기원한다는 의미라고 시 홍보 자료는 설명한다. 흔히 보는 타종打鐘이 아닌 북을 치고, 추운 날씨에 함께 먹는 떡국 맛은 일품이었다.

　타고 행사는 학봉 김성일金誠一, 1538~1593 선생이 목사로 부임하여 신문고를 설치하고 백성들의 민원을 듣던 것에서 유래했다고 한다. 나주목은 중요한 자리라 지난 1,000년간 부임한 600여 명의 목사 중 연임을 하는 경우가 거의 없었다고 한다. 그도 그럴 것이 조선 시대 조정에서 조세로 거둬들이는 벼의 총량이

850만 석이었는데 그중 550만 석이 나주목에서 낸 것이라고 하니, 지금 말로 하면 국가 재정의 절반 이상을 담당하는 중요한 고을이었던 것이다. 그럼에도 선정善政을 베풀어 백성들의 요청으로 김성일 선생을 포함하여 단 두 분만이 연임하였다는 강인규 시장님의 구수한 설명은 양념이다.

나주는 나의 고향인 상주와 유사한 점이 많아 서로 지자체 간 교류를 하고 있다. 12개의 목牧이 지정된 때와 시市 승격, 통합시군 확정이 된 해가 동일한, 소위 동기라는 것이다. 게다가 경상도慶尙道가 경주慶州와 상주尙州의 앞 글자에서 따온 것처럼, 전라도全羅道도 전주全州와 나주羅州의 머리글자에서 따왔다. 두 도시의 유대 강화에 뭔가 역할을 해야겠다는 생각이 든다.

조환익 사장의 신년사가 지역 언론에 크게 보도된 바 있다. 한전은 원래 전기電氣라는 빛을 만드는 곳이라 빛 고을인 광주와 인연이 있다고는 말해 왔다. 그러나 이에 더하여 잠실에서 뽕잎을 실컷 먹고 자란 누에가 명주를 생산하러 비단 고을인 나주에 왔다고 의미를 확장하였다. 나아가 전기는 망網, 즉 네트워크 산업인데 나주의 '나羅' 자가 망라網羅한다는 의미로 전기사업과 같은 맥락이라는 해석이다. 신의 한 수 같은 멋진 비유가 새롭고 감동적이었다.

나는 세상에서 가장 든든한 백을 가지고 있다. 등 바로 뒤로 명봉 무등산無等山이 받쳐 주고 있는 것이다. 바로 남측 창으로는 저 멀리 영암 월출산이 아스라이 보이고 이름 모를 연봉連峰들이 장관을 이루고 있다. 그중 해발 1,187미터 천왕봉天王峰을 품고 있는, 높이를 헤아릴 수 없고 견줄 만한 상대가 없어 등급을 매길 수 없다는 뜻의 무등산을 찾게 되었다.

무등산은 2012년 도립道立에서 21번째 국립공원으로 승격된 호남 정맥의 주산이다. 전남과 전북, 부산에서 모인 산우山友들과 매서운 날씨에 아이젠을 차고 걷는 힘든 산행이었지만, 힘든 이상으로 기쁨과 보람은 컸다. 선돌이라는 의미의 입석대立石臺와 서석대瑞石臺, 장불재와 중머리재를 넘는 4시간 30분이 걸리는 코스였지만, 눈길이라 시간이 30분 정도 더 소요되었다.

정상에 오르면 호남 일원이 한눈에 들어오고, 맑은 날에는 지리산도 조망할 수 있다는 천왕봉 정상은 군사시설 보호구역으로 오를 수 없어 아쉬웠다. 그나마도 안개와 구름에 갇혀 웅장한 무등의 산세를 보고 느낄 수 없는 아쉬움이 남았지만, 해발 1,100미터 언저리의 무등산 주상절리대의 일부인 서석대를 중심으로 핀 상고대를 본 것만으로도 첫 무등 등정의 기쁨은 배가되었다.

서석瑞石은 선돌의 한자식 차음인데 고대 선돌 숭배 신앙의 표상이었다고 한다. 한 면이 1미터 미만인 돌기둥들이 약 50미터에 걸쳐 빼곡하게 늘어서 있어, 이 돌 병풍 같은 서석대에 저녁 노을이 비치면 수정처럼 반짝인다고 해서 '수정 병풍'으로 불린다는 설명이다.

33년 전 보병학교가 있었던 광주 상무대에서 초급장교 교육을 받던 시절, 졸면서 무등산 야간 행군을 하여 동복유격장으로 가던 기억이 난다. 졸면서 행군했지만 용하게도 넘어지거나 다치는 사람이 없었던 게 신기하다.

한바탕 산을 오르내리고 마주하는 늦은 점심은 반찬이 없어도 꿀맛일 텐데, 여러 고장의 토속주와 멀리 부산에서 맛난 기장 아나고까지 공수되었으니 팔도의 구수한 사투리와 함께 한 자락 넓두리가 이어진다.

무등산이 무등無等의 산이 된 것은 영어 단어 시험에 자주 나와 혼동을 주던 'priceless대단히 귀중한'처럼 그 값어치가 높아 계량計量으로 따질 수 없다는 뜻이다. 그럴 정도로 최고의 산이 무등산이다. 누구는 억億수였고, 누구는 조兆수라고 불릴 정도로 수數가 무궁무진하였는데, 그보다 더한 분이 무無수였다는 이야기부터, 노자의 무위자연無爲自然의 무위無爲가 아무것도 하지 않는 것이 아니라 진정한 도리를 다하는 것이라는 제법 그럴싸한 말에다 강진康津의 무위사無爲寺 얘기까지. 정말 사람의 향기에 취한 인향만리人香萬里의 하루였다.

황룡黃龍강은 영산강의 제일第一 지류로서, 내장산 국립공원이 있는 장성에서 발원하여 장성댐을 거쳐 광주광역시 광산구를 관통하여 영산강과 합류하는 하천이다. 내가 사는 아파트에서 5분이면 닿는 곳이라 주말을 광주에서 보낼 때에는 산보를 하곤 한다.

발목이 빠질 정도로 자란 누런 잔디밭은 아무리 밟고 다녀도 눈치 주는 사람이 없어 좋다. 맑은 공기는 덤이고, 물이 흐르는 강 쪽으로 조금만 다가가면 여름에는 우거져 들어갈 엄두도 못 낼 정도로 무성한 갈대가 장관이다. 사람들이 겁 없이 갈대숲에 들어가다 놀란 꿩이 푸드덕 나는 소리에 짧은 비명을 지른다. 이미 버드나무 가지에는 물이 올랐고, 물고기를 잡던 철새가 또 한 번 나를 놀라게 한다. 돌아오는 길에 갓 개업한 전주콩나물국밥집에서 맛보는 남부시장식 콩나물국은 변함없이 정갈하고 담백하다.

나주, 무등, 황룡이 있어 천 리 타향 빚고을도 자꾸 정이 간다. 뜻하지 않게 시작한 나주 생활이지만 참으로 좋은 기회다. 그간 태생의 한계로 국토의 오른쪽 축선을 오르내렸는데, 이제는 새로이 왼쪽 축선이다.

구미와 같은 공단이 적어 '누나가 공장 다니며 돈 벌어 동생 공부 시키고 집안 먹여 살리던 현금 수입원'이 적어서 차별 등의 얘기가 나왔지만, 내가 느끼는 남도의 정서는 풍요로움 그 자체다. 소금에 절인 간고등어와 배추전, 무전만 먹고 자란 나에게는, 바다와 넓은 들 그리고 산에서 온갖 먹거리가 넘치는 이곳이 부럽기만 하다. 지금처럼 환경과 자연의 가치를 귀중히 여기는 시대에 잘 보존된 자연이 가진 값어치를 어떻게 계산할

수 있을까.

　장황하게 설명한 것은, 우리가 조직에 근무하다 보면 때로는 원하지 않는 자리나 지역에서 근무를 하게 된다. 그런데 나의 경험칙상 원하지 않았던 자리에서 더 많이 배웠다. 그리고 가기 싫던 곳이 지나고 나서는 가장 가 보고 싶은 곳으로 자리매김한다.

　"인생은 일기일회一期一會", 즉 '일생에 한 번밖에 못 만나는 인연이니 소중히 해라'라는 다도茶道의 말처럼 성에 차지 않더라도 맡은 바 일에 대해 소중한 손님을 대하듯 정성을 다해야 한다. 언젠가는 반드시 보상이 뒤따르는 것이 삶의 이치이고 자연의 법칙이다.

　모처럼의 지방 근무가 생활의 질과 폭을 넓혀 준다. 그동안 못 보거나 피해 가거나 지나쳤던 것과의 새로운 조우遭遇를 통해 인생이 살찌워지는 것 아닌가. 이미 지나간 것을 재인식할 수 있는 좋은 기회를 내 것으로 만들자. 이 글을 쓰는 것도 온전히 나주 근무 덕이다. 삶의 보람과 가치는 스스로 만드는 것이지 누가 가져다주는 것이 아니다. 매화와 동백, 산수유가 흐드러진 이곳에서 내 인생의 봄을 다시 만끽하고 있다.

마이스터고

영예롭게도 이사장을 맡고 있는 에너지 분야 마이스터고인 수도전기공업고등학교의 축제 같은 졸업식에 참석해 치사致辭를 했다. 수도전기공업고등학교는 1924년 국내 최초로 전기 분야 기술인 양성을 목적으로 창설되어 개교 90주년에 3만여 인재를 양성한 기술인의 요람이다. 축제 분위기라고 일부러 언급한 것은 졸업생과 재학생 그리고 학부모들이 뿜어내는 장내의 열기가 대단했기 때문이다.

언제나 만나면 밝은 모습으로 악수와 하이파이브로 응해 주는 학생들. 학교만 가면 젊은 기운을 듬뿍 받는다. 우리들의 학창 시절과는 사뭇 다르다. 버릇없다고 느낄지도 모르지만, 그게 변화된 젊음이며 나는 이를 아주 좋아한다.

과거에는 한국전력의 부속학교로 졸업생 전원이 한전에 취업할 때도 있었다. 그 후 한동안은 자율 취업으로 바뀌기도 했지만 상대적으로 취업에는 어려움이 덜했다. 그러다 직업교육의 발전을 위해 산업 수요와 연계된 맞춤형 교육 과정의 운영을 목적으로 2010년에 도입된 마이스터고로 지정된 뒤 그 위상은 크게 높아졌다. 지원자들의 수준도 속칭 '인in 서울' 대학교는 갈 수준이다.

2015년 2월 4일 자 주요 언론 보도를 보면 쉽게 설명될 것 같아 소개한다. 먼저 〈매일경제〉 1면에는 〈SKY도 '슬픈 인문계' 취업 절반도 못 했다(상경계열 제외)〉라는 제목 하에 대학원 진학과 군 입대를 제외해도 3명 중 1명은 실업자 상태이고, '이공계 선호에 간판 안 통해'라는 소제목을 뽑고 있다. 인문학 열풍이 무색하리만큼, "취업 시장에서 인문계 명문대생이라는 타이틀이 더 이상 먹혀들고 있지 않다"라는 전문가의 의견과 함께 서울대, 연대, 고대 등 흔히 말하는 SKY도 상경계열을 제외한 인문계 평균 취업률이 45.4%라고 보도하고 있다.

반면, 같은 날 〈한국경제〉는 〈마이스터고 취업 대박. 졸업생 10명 중 9명 사원증〉이라는 제목 아래 21개 마이스터고의 2013~2014년 취업 성적표를 보여 주고 있다. 내용을 들여다보면, 평균 취업률이 90.6%에 정규직 비율은 무려 98.9%이다. 취업자 10명 중 9명은 정규직 자리를 잡았다는 뜻이다. 물론 77%가 제조업종 진출에 대기업이나 중견기업보다 상대적으로 규모가 작은 중소기업에 편중하고 있다는 한계를 얘기하기도 한다. 하지만 그 점이 마이스터고 지정의 원래 취지와 부합한다

고 본다.

내가 맡고 있는 수도공고는 92.8%의 취업률에 정규직이 99.4%를 차지하여 학교 순위로는 11위에 해당한다. 교장의 설명에 따르면, 미취업자는 대부분 공기업이나 대기업 취업을 원해 아직 기다리는 경우와 취업을 하지 않고 자신의 길을 개척하겠다는 부류라고 한다.

〈매일경제〉의 대졸자 취업 보도와 극명하게 대립된다. 세계 최고를 자랑하던 우리의 대학 진학률이 2008년 83.8%에 달한 이후로 서서히 꺾이고 있다. 다행스러운 일이다.

우리 학교 이사회 멤버인 모 대학 유명 교수는, "요즘 대학생 부모들은 자녀가 입학해서 취업할 때까지 10년을 본다"고 말한다. 대학 재학 4년에, 군대 그리고 입사 준비 기간을 포함하면 남학생의 경우 서른 살에 직장을 잡기도 어렵다는 얘기다.

그에 비해 급여는 차치하고라도 마이스터고를 졸업하고 10년 먼저 취직하여 일하는 것은 아주 대단한 일이라고 평가했다. 그 경험을 살려 대학을 가든, 창업을 하든 얼마든지 새로운 선택을 할 수 있지 않느냐는 얘기다.

학력 인플레가 초래하는 사회적 비용은 고사하고 우리 모두 '현실적인 생각'으로의 전환이 필요하다. 마이스터고의 중요성이 그래서 더 크게 느껴진다.

보도 내용으로 한껏 분위기를 고조시킨 뒤, 취업에서 좀 뒤진

학생들을 위해 "Life is not a race, but a journey to be savored each step of the way"라는 말을 해 주었다. 인생은 한 번에 모든 게 결판나는 경기가 아니라, 매 순간순간을 음미하며 살아가는 여행과 같다고.

교장 선생님이 건네준 2015년 판 《우리들의 계절》이라는 학생들의 시집에서 본 재치 있는 글을 소개한다.

시험

세 달에 한 번,
자신이 쌓은 지식을 평가받는다.

일 년에 네 번,
자신의 성실과 노력을 보상받는다.

삼 년에 열두 번,
점수로 신뢰와 믿음이 판가름 난다.

그깟 종이들이 뭐라고 피 터지게 하는지,
나는 이해할 수 없다.

세 달에 한 번으로
부모님 자식 농사를 평가받는다.

일 년에 네 번으로
남들과 다른 행복을 보상받는다.

삼 년에 열두 번으로
웃음의 의미가 판가름 난다.

그깟 종이들이 뭐라고 피 터지게 하는지 어렴풋이 이해할 수 있다.
이제 열심히만 하면, 내 미래에 비둘기들 하얀 날갯짓 가득하겠지.

에너지기계과 1학년 2반 양재준 군의 글이다.

우리가 염려하는 요즘 아이들의 생각이다. 여러 글 중에 유독 눈에 들고 위트가 번뜩여 인용해 보았다.

나중에 알겠지만, 학교에서만이 아니라 인생 자체가 끝없는 시험의 연속이다. 분기, 반기, 연도 말 실적, 각종 보고서도 결국 모두 시험인 것이다. 오죽하면 "제발 우리를 시험에 들게 하지 마소서"라고 빌었겠는가.

하지만 글 속의 우리 아이들은 아주 건강하다.

Part **4**

한국요리

염치

참 다루기 쉽지 않은 주제이다. 그러나 문제투성이인 우리 사회를 한 단계 업그레이드하기 위해서는 꼭 짚고 넘어가야 할 과제이다.

일본의 한 여자대학교 교훈은 "하지오시레恥を知れ", 즉 '부끄러움을 알라'이다. 설립자의 생각을 이어 오고 있다는 설명을 듣고 '역시 그렇구나' 하고 느꼈다.

연초부터 재벌 2~3세들의 '갑甲질' 문제가 지면을 뒤덮으며 세상을 시끄럽게 하고 많은 이의 기분을 언짢게 하는 일이 빈발하고 있다. 이는 어느 누구만의 일이 아니라 나를 포함한 우리 모두의 마음속에 잠재된 잘못의 표출이 아닌가 생각한다.

그동안 우리는 효율 위주의 압축 성장 과정에서 과정은 무시하고 결과만 중시해 왔다. 내 자식은 가마를 타는 사람이어야지 가마를 메는 사람이면 안 된다는 생각과, 절대로 져서는 안된다는 경쟁의식이 나은 병폐로만 치부하기에는 이미 그 도를 넘었다. 이번을 기화로 근치根治가 되길 바란다. 그러나 어디 그게 그리 쉬운 일인가?

이는 젊은이들만의 문제가 아닌 기성세대를 포함한 우리 모두가 함께 반성하고 각성해야 고칠 수 있는 고질병이다. 2,500여 년 전 지은 피라미드에도 "요즘 애들은 못써"라는 낙서가 많이 발견된다고 하고, 중국 고전에도 심심찮게 젊은이들의 문제점을 나무라는 글이 보인다. 작금의 현실과 유사함에 놀라며, 인류 문화는 먹고사는 일은 나아졌지만 정신세계의 발달은 그에 못 미치지 않았나 하는 반문을 하게 된다.

우리나라의 경우도 많은 선현들이 신기독야愼己獨也를 강조하였고 대부분의 수신서修身書도 과유불급過猶不及과 수분守分을 말하고 있다. 즉 혼자 있을 때에도 예禮에 어긋나지 않는 삶을 추구하였고, 지나침을 경계하는 중용의 도리道理와 분수를 지키고자 노력하였다.

염치와 관련해서 몰염치沒廉恥, 파렴치破廉恥, 후안무치厚顏無恥 등 유독 관련 표현이 많은 것도 실천이 어렵고 잘 지켜지지 않기 때문이다. 하지만 우리가 추구하는 글로벌 스탠더드에 비추어 봐도 한 나라가 제대로 된 국격을 갖추고 성숙한 사회로 가기 위해서는 개인과 조직, 나아가 국가가 염치를 알아야 한다. 즉 남을 먼저 배려하고 체면을 차릴 때 성숙한 사회로 나아갈 수 있다.

늪에 빠진 말은 허우적거릴수록 더 깊은 수렁에 빠지기 마련이다. 작금의 위기에 빠진 개인이나 기업은 부적절한 초기 대응과 근본적으로 잘못된 인식과 관행으로 인해 더 깊은 수렁에 빠지는 모습이다. 순간의 잘못된 판단으로 개인과 조직의 명예를 한꺼번에 잃는 안타까운 사례를 자주 보게 된다.

모름지기 우리가 추구하는 이상적인 리더인 군자란 수신修身을 통해 자신을 알고 평생 공부 즉, 수기修己를 삶의 원칙으로 살아오지 않았던가. 그런 연후에 기회를 봐서 치인治人의 길로 나갔던 것이다.

우리가 최고의 덕목德目으로 추구했던 교육과 가치가 지나친 경쟁 위주의 싸구려 외래문화 베끼기와 숭상에서 비롯되었고, 그것도 우리의 의사가 아닌 제국주의 사조의 강요에 의한 것이라면, 조속한 자주성 회복만이 곧 염치를 아는 인간성 회복으로 연결되리라 본다.

닭치고

즐거운 TV 프로그램을 보고 월요병을 완화시키라는 목적인지 일부러 일요일 밤 늦은 시각에 편성하여 우리를 즐겁게 해 주는 것이 KBS의 〈개그콘서트〉(이하 '개콘'이라 함)다. 유사한 개그방송도 자주 보지만, 역시 '개그맨들이 자율적으로 소재 발굴과 토론을 하고, 내부 경쟁을 통해 코너를 올리고 내린다'는 〈개콘〉의 재미가 으뜸이다. 〈개콘〉을 이끄는 맹렬 여성으로, 두 아이 엄마라고 직장동료가 귀띔해 준 서수민 전 PD가 중앙공무원 교육원의 강의에서 〈개콘〉의 성공요인을 말한 것처럼, 조직의 성패에서 '의사결정 과정'의 중요성은 아무리 강조해도 지나치지 않다.

〈개콘〉의 마지막을 장식하는 코너가 '닭치고高'이다. 처음에는 별 이상한 것도 올렸다고 담당 PD를 의심하기도 했는데, 시간이 지나며 전하는 메시지가 심상치 않게 다가온다. 그나마 자칭 똑똑하다는 담임 똑닭선생과 쌍둥이를 포함한 세 명의 학생, 양호교사 찜닭과 교장이 벌이는 촌극이지만, 똑닭선생의 한마디에 "네네네 넷네네"라고 외치는 모습이 예전의 '회장님 회장님'과 어딘지 유사하다. 아니 우리네 조직 주변의 모습과도 데자뷰처럼 겹쳐 더욱 이목을 끄는 것 같아 한편 씁쓸하다.

인간은 매 순간 선택을 하고 그 결과에 책임을 지는 존재이다. 요즘처럼 일의 과정보다 결과를 중시하는 세태일수록 선택을 통한 합리적 의사결정의 중요성은 더 말할 나위도 없다.

개인뿐 아니라 세상에 존재하는 어떤 조직도 언제나 선택을 위한 의사결정을 요구받고, 행하고 있다. 의사결정이 중요한 만큼, 사람들은 한 사회가 합리적 의사결정의 시스템을 갖추고 제대로 이행하는지를 보고 그 사회의 성숙도와 민주화의 수준을 판단할 수 있다. 조직원의 토론과 협의를 통해 합리적으로 중의를 모으는 조직이 있는 반면, 윗사람의 의중에 맞춰 이미 결정된 내용을 통과만 시키는 경우도 적지 않다.

의사결정은 업무를 가장 잘 아는 실무담당자가 사안事案의 장단점을 충분히 검토한 후 결재과정을 거친다. 마지막으로 최종 결재권자가 종합적 판단을 하고 최적의 방안을 선택한다. 물론 경우에 따라서는 차선이라도 보완책을 강구한 뒤 대안으로 선택한다. 의사결정의 일반적인 프로세스다.

기업의 경우도 오너나 CEO의 비위 맞추기에 급급해, 즉 윗사람의 생각에 맞춰 기안문에 장점 5개, 단점 2개식으로 작성해 의사결정을 졸속으로 하는 것은 아닌지 잘 살펴야 한다. 사

후에 발생한 문제에 대해 문서에 결재를 하였음에도 임기가 끝났다며 서로 발뺌을 하며, 종국에는 아랫사람에게 전가해 희생양 즉, 요즘 유행하는 말로 미생未生을 양산하는 경우가 비일비재하지 않은지 되돌아볼 필요가 있다.

사기업의 경우 산전수전 다 겪으며 경륜과 경험으로 어렵사리 창업에 성공한 1세대와 창업과정의 어려움을 보고 자라며 그나마 경영을 익힌 2세대의 시대가 지나고 있다. 일천한 경력의 2~3세대가 타고난 '금수저'를 휘두르며 요즘 일반화되고 있는 가업승계를 한다면 그 결과의 행방은 불문가지不問可知이다. 닭치고高의 횡행이다.

2세대 경영인에 해당하지만, 선대로부터 물려받은 기업을 의욕적인 M&A와 선제적 경영판단으로 키워가고 있는 송원그룹의 김해련 회장과 센스 있는 마케팅과 네트워킹 능력의 소유자인 보해양조의 임지선 전무 같은 1세대 못지않은 경륜과 경험을 갖춘 뛰어난 여성기업인도 물론 있다.

최근 KBS와 리서치 기관이 공동으로 조사한 '승계한 재벌 2세들의 평가'가 대부분 낙제점 이하 30점대 수준으로 아주 부정적인 결과가 나왔다는 라디오 뉴스가 귓전을 스친다.

문제는 '자리를 그만두는 것으로 책임을 졌다'고 간주하는, 그러므로 결과적으로 책임질 일이 별로 없는 공기업의 경우도 별반 예외는 아니다. 또는 더욱 치명적일 수 있다.

요즘 정피아, 관피아 등 ○○피아 얘기로 늘 신문지면이 시끄럽다. 전문성은 없이 임명권자만 의식하는 인사들이 세칭 낙하산을 타고 와서는, 조직의 특성과 무관한 방식을 혁신이라는 미명하에 무리하게 추진하여, 조직의 발전은 고사하고 몇 년씩 후퇴시킨 사례를 접하기도 한다.

사명감과 전문성도 없이 적당히 안주하며, 조직은 산으로 가더라도 그저 자리만 보전하겠다는 생각이다. 겉으로는 청렴의 화신인 양 떠벌리던 분이 그만 두기 바쁘게 사단이 벌어진다. '이쯤이야' 하는 보상심리로 대놓고 사리를 취하는 인사가 맡은 조직의 의사결정은 너무나 뻔하지 않겠는가.

이런 부류의 주위에는 윗사람의 눈을 가로막고 비위를 맞추며 사리에만 눈이 먼 내부의 그룹과 이권에만 밝은 바깥의 모리배들이 득세를 한다. 이들이 자의적으로 의사결정에 영향을 주게 되는 사례가 드러나진 않지만 얼마나 많을지 짐작이 간다.

특히, 우리사회에 문제점이라 할 수 있는 인맥 쏠림 현상과 관련될 경우 집단사고의 오류에 빠지기 쉽다. 쿠바 피그스만bays of Pigs 침공사건과 같이 동질성이 너무 강한 집단은 폐쇄적인 상자 속에 갇힌 채 잘못된 결정에 이를 가능성이 높다. 유난히 연緣을 중시하는 우리사회에서 구성원이 강한 응집력을 보일 때 다른 의견이 개진될 수 있는 여지는 적어진다. 밖에서는 일치된 굳은 의지인 것처럼 보이지만 비판이 개입될 수 없는 획일적인 사고는 그 위험성이 크다.

일본에서 발달된 품의稟議제도란 의사결정에서 '보텀 업bottom

ᵤₚ'을 중시하는 좋은 제도이다. 실제로 일상적인 업무는 80% 이상 대부분 아래에서 기안한 대로 업무가 처리된다고 한다. 문제는 조직의 사활이 걸린 중요한 몇 퍼센트의 핵심 업무가 합리적인 검토과정을 간과하게 되는 경우다. 잘못된 의사결정으로 호미로 막을 일을 가래로도 막지 못해, 조직에 치명적인 결과를 주는 사례가 국내외를 불문하고 자주 발생한다.

기업을 떠나 국가는 물론 공사公私와 대소大小를 불문한 모든 조직에 적용되는 원리라고 본다. 한 국가도 지도자의 의사를 관철시키느라 잘못되거나 하지 말아야 할 사업을 추진하여 영혼이 있느니 없느니 다투곤 한다. 임기가 끝나기 무섭게 공과를 따지고 책임을 추궁하느라 바쁜 게 국내외를 불문하고 빈발하는 현실이다.

지도자가 국익보다 포퓰리즘적 인기영합과 정파적 이해에 함몰된 정치가politician가 아니라 혜안으로 국가만 생각하는 정치인statesman이면 별개이겠지만. 누구나 권력의 정상에서는 자기가 최고이고 잘하고 있다고 착각하며 권력의 맛을 향유하지만, 정상에서 내려와서도 존경받는 지도자는 정작 드물다. 국가의 정책은 백년지대계인데, 잘못된 정책과 지도자의 과욕이 초래한 손실은 너무나 큰 국민의 희생을 강요한다. 그런 희생을 지도자를 잘못 선택한 국민의 책임으로만 돌리기에는 지나친 감이 든다.

의사결정에 대해 깊이 생각을 하게 된 계기는 1988년 말 처음 떠난 3개월간의 해외연수 중에 토론토 공항에서 겪은 경험 때문이었다. 당시 9명이 같이 선진전력회사의 관리교육을 배우러 갔다. 나로서는 처음으로 여권을 사용했던 소중한 여행으로 '드디어 해외로'라는 소망을 이루고 학구열로 똘똘 뭉쳐 있던 때였다. 당시는 직항편이 없어 뉴욕의 케네디 공항에 내려 뉴저지에 있는 라 과디아 공항에서 환승을 해야 하는 여정이었다.

토론토 공항에서 한두 명의 해외근무 경험자를 제외하고는 서툰 영어로 캐나다 입국비자를 받게 되었다. 한산한 입국장이어서 3명씩 3명의 출입국관리 공무원에게 비자를 받았는데 체류기한이 제각각이었다. 3개월이 기한이라 2월 28일을 기준으로 한 팀은 일주일 전, 한 팀은 28일, 다른 팀은 3월 3일, 이런 식이었다. 그래서 짧은 영어로 따졌는데, 결론은 '담당자의 재량이고 필요하면 그 때 가서 언제든지 연장해 주겠다'는 답변에 만족해야 했다. 담당자의 권한과 결정권을 생각하게 해 준 에피소드였다.

또 한 사례는 일본 주재 근무 시 총리가 자주 바뀔 때, 일본 친구들이 해 준 "일본 총리의 권한은 중앙부처 국장만도 못하다"라는 자조 섞인 말이었다.

조직 중심으로 일하는 일본은 총리의 권한이 밑에서 올라온 내용을 결재하는 수준으로 실제 권한은 국장만도 못하다는 설명이었다. 뒤집어 보면 시스템과 견제와 균형이 잡힌 바른 의사결정 과정을 가지고 있는 것처럼 보이기도 했다. 현 아베총리를 보면 그렇지 않은 듯한데, 당시에는 쉽게 들던 얘기였다.

TV 해설을 보다 "미국의 의사결정은 시스템이 95%이고, 사람이 5%를 차지한다"라고 적은 메모가 생각난다. 통계에 기반을 둔 심도 있고 균형 잡힌 해설로 마음으로부터 존경하는 이영작 한양대 석좌교수님으로부터다. 교수님도 우리에게 시스템적 의사결정의 중요성을 일러주고 있다. 그것이 선진국의 방식인 것이다. 클린턴 대통령이 '파도를 탔지, 파도를 뚫지 않았다'는 설명과 '국민의 주머니를 이기는 대통령은 없다'는 종편 프로그램의 해설도 메모로 남아 있다.

반면, 북한의 의사결정 과정을 보면 명약관화明若觀火하지 않은가. 여기서 의사결정의 시스템적 합리성이 아주 중요하고 그것이 민주화의 척도가 되는지가 자명해진다.

장성택의 사례에서도 알 수 있듯이 국제적 관례나 인권은 아랑곳하지 않고 지도자의 마음 내키는 대로 사람을 처형하기도 하고, 국가적 중점사업도 한 사람의 제왕적 의사결정에 따라 즉흥적으로 추진하는 북한관련 보도를 연일 접한다.

그냥 웃어넘기기엔 참으로 안타까운 마음이다. 국가나 공공기관, 민간기업 모두에게 합목적合目的이나 합리合理가 아닌 진정한 합리적合理的 의사결정의 중요성은 아무리 강조해도 지나침이 없다고 본다.

성숙 사회

소위 아시아 금융위기라고 칭하는 IMF 위기 직후인 2000년 10월 매일경제신문이 주관한 제1회 세계지식포럼 당시 MIT의 레스터 써로Lester C. Thurow, 1938~ 교수의 강연이 새롭고 늘 기억에 머물러 자주 되뇌곤 한다.

한 사회가 성숙된 사회로 가기 위해선 100년의 지속적 전진이 필요하다는 내용이다. 미국이 영국을 따라잡고, 일본이 1990년대에 미국을 따라잡는 데 100년이란 기간이 걸렸다. 반면에 아르헨티나는 70여 년을 잘 전진하다 후퇴하여 당시 디폴트 위기에 빠지게 되었다고 이야기한다.

당시 인구에 회자된 경영 이론은 바야흐로 지식경영이었다. '문서나 서류 등에 의한 형식지形式知가 아닌 조직 속의 고객 정보 같은 암묵지暗黙知의 축적, 즉 지식창고의 필요성과 이를 활성화하기 위한 교류의 장을 열어 줄 필요성'을 역설한 일본 노나카野中郁次郎 교수의 이론이 화제였다. 지식을 잘 보존하고 공유하여야 한다는 내용의 유사한 책들이 공전의 히트를 치고 있었다. 한 달이 한 주, 한 주가 하루에 변화한다는 변화론의 와중에 이를 빨리 받아들이지 않으면 당장 기업이 망하기라도 할 것 같은 분위기에서 100년 운운이라니 아이러니라는 생각이 들었다.

하지만 그 내용을 듣고 곰곰이 삭이면서 지금까지 잘 활용하고 있다. 한 사회의 법과 규정, 시스템 등 하드웨어는 사오십 년 사이에 바꿀 수 있겠지만 사회 구성원이 수용하고 제대로 지키는, 즉 소프트웨어적으로 체화하는 데에는 또 다른 두 세대가 필요하다는 요지였다.

규정된 속도와 차선을 지키는 것이 모두가 빨리 가는 길이라는 인식이 심어지고, 모두 이를 지키며 원칙과 배려가 존중되고 보상받는 사회로 가는 데에는 물질적인 요소만이 아닌 정신적 요소가 중요하게 인식되는 사회가 되어야 한다.

우리는 압축성장 과정을 통해 너무 열심히 달려 왔고, 남들이 모두 부러워하는 산업화와 민주화라는 두 마리 토끼를 모두 잡는 괄목할 성과를 이루었음은 주지의 사실이다. 현재의 성과에 만족해 너무 빨리 터트린 샴페인과 섣부른 분배위주 정책의 방향성도 효과중심으로 바꿔야 한다. 그 성과를 바르게 다지고 수치 위주의 성장과 효율만이 아닌 진정 무엇이 미래를 위해 필요한지 재고할 시점이다.

지금 우리는 성숙한 사회를 위한 전진을 하고 있는가, 아니면 후진을 하고 있는가? 자꾸만 후자라는 불길한 생각이 든다. 써로 교수도 한국의 이런 상황을 경계한 것이리라.

정말 빠른 기간에 무에서 유를 이룩한 우리 경제와 민주화, 원조를 받던 나라에서 도움을 주는 나라로 바뀐 첫 나라로서의 자부심과 자긍심은 가져도 좋다.

하지만 우리 사회가 문자 그대로 선진화를 넘어 성숙된 사회인지는 아직도 자신이 안 선다. 아직도 원칙을 무시하고 편법과 무질서가 횡행하고, 지나친 경쟁이 초래한 자기중심적 사회 즉 염치를 잃어버린 사회가 아닌지.

배려와 존중을 바탕으로 교양있는 언어가 차고 넘치며 궁극적으로 삶이 피곤하지 않고, 눈치 보지 않아도 되는 품격 있는 사회와는 거리가 있어 보인다.

100년이라는 긴 여정에서 지도자는 지속적 전진을 위한 블록을 하나씩 쌓고 초석을 다진다는 생각이 필요하지 않을까. 5년마다 말만 바꾼 생경한 용어들의 브랜드 정책과 중점 사업 추진으로 시끄럽다가 정권이 바뀌기가 무섭게 과거와의 차별화 시도를 반복하는 게 맞을는지.

앞선 것들을 뜯어 고치고 지우려고 하기보다, 더 원대한 국가관과 솔직함으로 국가백년대계를 위해 당당하게 주춧돌을 놓겠다는 지도자를 대망해 본다.

전화기 vs 문사철

취업포털 커리어가 발표한 2014년도 취업관련 키워드로 이공계와 인문계 간 양극화를 드러내는 '전화기 vs 문사철'이 선정되었다고 한다. '전화기'는 전기전자·화학·기계공학의 앞글자를 뽑아내어 만든 말이다. '문사철' 역시 문학·역사·철학에서 한글자씩 사용한 축약어이다. '전화기'는 뜨고 '문사철'은 지고 있다는 것이 이를 보도한 기사의 요지였다. 삼성그룹과 현대자동차 등 대기업이 공채 인원의 80%를 이공계 전공자로 채용하는 등 '전화기'를 전공한 대학생들은 상대적으로 충분한 취업의 기회가 제공되었다. 심지어 삼성엔지니어링은 이공계 전공자만으로 신입사원을 선발하는 등 전공간의 취업불균형이 심하였다.

또한 채용현장에서 기업은 구직자가 가진 스펙보다 직무와의 적합성을 중요하게 평가하지만, 구직자는 아직도 좋은 스펙이 취업을 보장한다고 생각한다고 한다. 최근 정부도 스펙 탈

피 능력중심의 채용을 강조하는 등 직무역량을 강조함에 따라 목적 없는 스펙 쌓기보다 자신의 경험과 직무 연결성을 추구하는 게 중요하다고 커리어 관계자는 말했다. 기업에 몸담고 있는 경영인인 동시에 어렵사리 갓 취업을 한 두 딸을 둔 아버지의 입장에서 요즘의 세태를 드러낸다는 생각에 흥미롭게 다가왔다.

꽤나 오래된 진부한 얘기지만, 명륜동의 법과대학 시절에 나는 그래도 어깨에 힘을 좀 주었다. 일차에 떨어진 이차인생이라고 자학도 했지만, 《헌법》이나 《민법총칙》을 일부러 제목이 잘 보이게 들고 왠지 으스댔다. 대학 앞 야구장은 항상 법대 친구들이 독점하곤 했다. 나도 가끔 야구를 즐기기도 하고. 사법시험 준비와 실패로 모든 것을 일부러 자제해야 했던, 편한 마음은 아니었지만 석사과정까지 즐거운 시간을 보냈다.

지금 되돌아보면 그 때 일차실패라는 좌절을 경험했던 인생 초기에 교양 필수과목으로 요즘 강조되는 대학과 논어 등 사서를 통해 인문학의 정수를 조금이나마 접했던 것이 내 인생의 큰 자양분이 되었다. 나중에 보니 '인간관계와 쉼 없는 공부에서만은 실패하지 말자'는 생각이 삶의 고비마다 성패를 갈라 왔다. 인의예지仁義禮智와 수기치인修己治人의 덕목을 일찍 접한 게 당시 학교를 다닌 우리들에게 큰 차별화를 가져다주었고 그것이 명륜동 출신이 요즘 각광을 받는 요인이라고 혹자는 분석하기도 하는데 나도 전적으로 동감한다.

대학을 마치고 20년째에 들어 운 좋게 안암동에 있는 대학의 MBA에 도전했다. 당시 경영대학은 최고의 인기를 누리고 있었고, 기부금도 가장 많이 거둬 건물을 신축하느라 야단법석이었다. 저녁 시간이지만 기죽지 않고 배움을 즐겼던 기억이 새롭다. 딴에는 경영학의 기본을 깨우치지 못한 경영자는 면허증 없는 불법 운전자나 마찬가지라고 하면서 후배들에게 경영지식을 열심히 쌓으라고 외치기도 했다.

관악산에서는 공기업 경영자 과정과 인문학 붐이 한창 물올라 있을 때에 AFP_{Ad Fontes Program}를 거치면서 어렴풋이 알았던 인문에 조금은 짙은 색깔을 입힐 수 있었다. 학위 없이 수료에 그치는 아쉬움을 뒤로 하였지만 말이다.

우연한 기회에 겸임교수로 임명해 준 신촌의 한 대학에서는 본의 아니게 기술정책협동과정으로 공학박사에 도전하게 되었다. 주위에서 시쳇말로 융·복합이니 통섭을 말하는데 그 길을 가는 흉내를 내고 있다. 이번에는 공과대학이 학교정문에서 가장 가까이 있는데, 전화기의 위세 덕인지 출입하는 학생들이 모두 당당하게 보인다.

35년 전에 우쭐대던 '법_法돌이'였지만 우연히 선택한, 전력사업이라는 전공과는 많이 다른 길을 지금까지 걸어 왔다. 지금 생각해 보면 법대나 의대가 왜 그리 선망의 대상이었는지 그리고 그게 바른 판단이었는지 의문이 든다. 미래에 선망의 대상이 될 직업과 그에 따른 인기학과는 시대상을 반영해 빠르게 바뀐다는 것을 절감한다. 아무리 '엄친부모'라도 자신을 기준으로 한 강요된 학과 선택에 자식이 낭패를 겪지 않기를 바라는 마음이다. 아무리 열심히 해도 '즐기는 자' 즉, 취미를 전공으로 하는 사람을 누가 이기겠는가?

나는 운 좋게도 일류의 대명사인 세칭 'SKY Walker'가 되어 다양한 학문과 학풍을 경험하였다. 특히 대학입시에서 2차 합격으로 시작은 아쉬웠지만, 배움을 게을리 하지 않은 덕에 누구나 선망하는 세 학교의 교정을 각기 다른 전공으로 누볐다. 지금 생각하니 학교라는 간판보다는 무엇을 얼마나 제대로 공부하느냐, 즉 전공의 선택이 중요하다. 요즘처럼 융합이 강조되는 때에는 다양한 공부로 '스페셜라이즈드 제너럴리스트 specialized generalist'가 되겠다는 각오도 필요하다. 문제는 평생공부의 마음가짐이다. 그러면 놓쳤던 기회도 다시 찾아온다.

물론 취업이 모든 것을 말해 주지는 않겠지만, 취업·출산·결혼을 포기한 '3포 세대'라는 섬뜩한 표현이 난무하고 있다. 심지어 최근에는 연애, 결혼, 출산, 집 마련, 인간관계까지 포기한 '5포 세대'까지 나왔다고 한다. 종국에는 몇 포 세대까지 나올지 의문이다. 이런 시점에 한 해 취업뉴스를 정리한 키워드로 이공계와 인문계의 양극화를 드러낸 '전화기 vs 문사철'이 첫 번째로 꼽힌 것은 시사하는 바가 크다.

대학이 학문의 상아탑이 아닌 취업 예비학교의 성격을 띤 우리의 현실에서 취업률이라는 지표는 학교의 미래를 좌우할 중요한 요소이고, 개인에게 본인이 원하는 취업을 하는 것은 무엇보다 소중한 가치가 되고 있다.

길지 않은 나의 경험에서도 학문과 학과의 부침浮沈은 생각보다 빠르다. 이에 맞춰 트렌드를 미리 읽고 자신의 길을 찾는 선견지명을 키우기 위한 노력이 더욱 중요한 시대가 되었다.

삶의 질

평균수명이 급격히 늘어 100세 시대가 회자되는 고령화 시대에 접어들고 있지만, 노후의 삶의 질에 대해 논할 여력은 없는 듯하다. 사오정과 대졸 취업문제가 가장 큰 사회문제로 대두되고 있다. 귀농을 하자고 부인을 조르다 끝내 거절당하자 결국 살해하고 본인도 자살하려 했다는 60대 초반 어느 도시 근로자에 대한 뉴스는 도시생활의 애환과 어려움을 대변한다.

과거 논과 밭을 팔아서 자녀를 도회지로 유학을 보낸 것이 집안의 자랑이었던 때가 있었고, 지금도 큰 변화는 없다. 하지만 지금은 대부분의 복지제도가 70이나 80세 수준에 맞춰진 상태여서 고령화 시대에 충분히 대비하지 못하고 있다. 수명은 크게 늘고, 이자도 물가상승률을 감안하면 마이너스 시대인 저금리 사회가 도래했다. 현 상황에서 공무원, 군인, 교원연금이 바닥나게 되었을 경우 정부가 재정지원을 하는 게 맞는지에 대한 논의가 한창이다.

수명은 늘어 고령화 사회로 진입하였는데, 1960~1970년대 경제개발 당시의 고금리에 맞춰 설계한 제도가 오늘날의 바뀐 환경에 맞을 리가 없다. 따라서 지금 상황에 맞춰 수정하여야 하는데, 제도 변경에는 항상 유·불리에 따른 이해관계가 있어 이를 절충하는 게 쉽지만은 않아 보인다. 하물며 잘 나가는 직장인일수록 50대 초·중반에 공직이나 민간을 불문하고 직장을 떠나는 게 다반사인 우리의 현실이다.

서울에 정착하여 자녀 교육, 때로는 부모님 부양 등으로 어렵사리 아파트 한 채 마련한 게 전 재산인 경우가 대부분이다. 자녀 혼수 비용과 학비 부담은 눈덩이처럼 늘어나고 있어 베이비붐 세대의 노후 대비는 대부분 충분하지 못하여 큰 사회문제가 되고 있다.

전에는 긴 가방 끈이 자랑이었다. 하지만 이제는 농촌이나 어촌에 정착하여 가업을 잇거나, 고학력자가 과수원을 운영하는 경우도 드물지 않다. 이들은 정년도 없으며 요즘은 연 소득이 1억 원을 넘는 경우도 크게 늘었다. 2015년 1월 7일 〈중앙일보〉가 보도한 내용 〈전남 고흥 억대농부 풍년일세〉에 의하면 내가 현재 근무하는 전라남도만 해도 2013년 12월 1일부터 2014년 11월 30일까지 한 해 동안 1억 원 이상의 수입을 얻은 농가가 4,213가구나 되고, 연 소득 5억 원 이상 농가도 무려 102가구에 달한다고 한다. 품목별로는 벼, 보리 등 식량 작물농가가

35%로 가장 많은 비중을 차지하였고, 그 다음이 축산분야로서 32%, 채소원예가 15% 순으로 점유하고 있다.

특히 기사의 제목에서 유추할 수 있듯이 억대 농부 중에서 고흥 지역이 526가구로 약 12.5%를 차지하는 등 전남에 속한 22개 시·군 중에서 가장 높은 비중을 차지하고 있었다. 무엇보다 고흥만·해창만의 간척사업으로 3,200헥타르가 새로 조성됨에 따라 고흥지역의 농지 면적이 전남에서 가장 넓고, 그 결과 고흥에는 대규모 농지를 가진 농민들이 많다고 한다. 또한, 전남 동쪽 남단에 위치함에 따라 기후가 따뜻하여 석류, 유자, 참다래 등 난대성 고소득 작물을 재배할 수 있기 때문이라고 한다. 그래서인지 몰라도 이낙연 전남도지사가 밝힌 "2019년까지 억대 농부 1만 가구를 육성해 잘 사는 전남의 꿈을 실현하겠다"는 포부가 아득하게만 느껴지지 않는다.

경상도 산골 촌놈인 초등학교 친구가 서울 생활 훌훌 털고 부인의 고향이긴 하지만 낯선 고흥에서 오이 농사를 하는 게 이해가 간다. 때때로 갓 수확한 오이를 듬뿍 보내 와서 좋기도 하다. 바쁘다는 핑계로 동창생들과 동행하지 못 했던 친구네 시설하우스에 언제 한번 들러 오이 따기라도 실컷 해 봐야겠다.

또 다른 나의 고향 친구도 과수원을 하고, 돼지를 키우면서 고향을 지키며 산다. 때론 부럽기까지 하다. 서울 아파트 팔아 땅이야 살 수 있겠지만, 나나 집사람이나 새삼스럽게 농사를 짓는 생활을 감내하기는 물 건너갔다.

정년도 없고 노력에 따라 나오는 소득과 수천 평 땅 값까지 감안하면, 그 친구의 시골생활과 눈치, 코치 다 보며 어렵게 산 나의 도시생활 중 과연 무엇이 더 나은 건지 언뜻 계산이 서지 않는다.

지금의 시골은 우리가 어릴 때인 사오십 년 전과 판이하다. 모든 게 부족하고 힘들었던 경험의 눈으로 현재의 변화된 농어촌을 생각하면 오산이다. 전라남도 서울사무소장으로 근무하는 한 공무원의 얘기가 나의 정신이 번쩍 들게 한다. 사람들은 대도시, 특히 서울에서 생활하는 주된 이유로 교육과 문화적 혜택을 든다. 하지만 몇 년 전 '저녁이 있는 삶'이라는 화두가 유행했던 것처럼 다람쥐 쳇바퀴 돌 듯 하는 바쁜 샐러리맨의 직장생활 속에서 평일 저녁이나 주말에 여유 있게 영화나 오페라를 즐기는 사람들이 얼마나 될지는 의문이다.

반면, 시골에 살지만 가족과 오붓하게 저녁을 먹고 마을회관에서 영화를 감상한 후 지리산 자락을 드라이브하고, 쏟아지는 별을 헤며 가족과 산책을 하고 자연과 함께하는 일상을 어떻게 각박한 도시생활과 감히 비교할 수 있을까.

어쩔 수 없이 시작한 나주생활이지만, 아침이면 사무실에서 무등산과 월출산의 굽이치는 너울을 보며 신선한 공기를 마시는 것이 이제는 너무 좋다. 정감 넘치고 맛깔 나는 반찬과 곰삭은 홍어와 기름기 오른 장어구이와 담백한 나주곰탕 맛을 어디서 보겠는가. 주어진 업무에 더해 얻은 세 가지 기쁨이다. 태생을 못 속여서이기도 하겠지만, 지방생활의 매력에 빠져 든다.

도시에서 열심히 살았지만, 과연 어떤 삶이 나은 선택인지 좀 헷갈린다. 자식을 외지로 공부시키러 안 보내고 붙잡아 둔 어른들만 따뜻한 며느리 밥상이라도 받는다는 고향 어르신의 말씀을 우스개로 치부하기는 뼈아픈 얘기다.

일부 성공한 케이스이겠지만, 경북 성주 출신의 한 지인의 말이 "명절에 고향 가면 동네에서 가방 끈 가장 길고 사회적으로 출세했다는 나는 소형 차량을 타고, 일찍이 고향을 지키며 참외 농사로 큰 돈을 번 친구들은 외제차를 몰고 저녁엔 대구의 근사한 술집에서 한 잔 하고 온다"라고 말했다. 물론 차의 크기가 전부는 아니고 차 트렁크에는 삽과 괭이가 들어 있다고 하지만 이런 사례는 어제 오늘의 일이 아니고 특정 지역만의 현상도 아니다.

FTA 교섭 때마다 농어민단체의 집단 행동과 소란이 반복된다. 데모에 편승해 목소리를 키워 보상을 받는 일부 인사들이 "우리는 가끔 데모만 하면 돈이 생긴다"라는 얘기를 하는 것을 들은 적이 있다. 옛날 부친께서 "일은 안 하고 면사무소나 농협만 열심히 찾아다니며, 각종 지원금만 챙기는 나쁜 놈들이 많다"라며 푸념하시는 것을 들은 기억이 난다. 잘못된 대책 수립과 집행으로 엉뚱한 사람이 횡재하고, 다수의 선량한 농어민의 불만을 키우는 어리석음을 범하지 말아야 할 것이다. 그들의 불로소득이 결국 선량한 국민이 부담하는 세금으로부터 나오는 것이 아닌가.

역량에 따라 70~80세까지 현역으로 팔팔하게 활동하는 분도 많지만, 어차피 조직생활은 정년이 있기에 대부분 직장인은 60세를 전후하여 첫 직장을 떠나는 큰 변화를 겪게 된다. 인생 100세 시대에 60세가 첫 번째, 80세가 두 번째, 그 후 100살까지가 세 번째 단계라고 말한다. 80대에 느끼는 행복이 가장 크다는 얘기를 전파하며 후배들의 노후 대비를 독려하지만, 첫 스테이지 졸업을 앞둔 나도 목표치에 못 미치고 있고 아내의 기준으로는 한참 멀었다.

앞에 들었듯이 핑계는 제각각이지만, 변명은 아무 의미가 없고 냉정한 현실만이 '땡감'보다 떫다는 '상대적 박탈감'을 씹게 할 뿐이다. 이를 깨달았을 때는 이미 현직을 떠났거나, 계속 일을 할 수 있는 능력을 갖추지 못해 오는 기회를 놓치고 후회하는 선배들을 무수히 보았다. 정년퇴직 자리에서는 호기롭게 앞으로 신나게 골프나 치겠다고 말하지만 실제 그렇게 하는 경우는 많지 않았다.

'무항산無恒産에 무항심無恒心'이라는 말처럼, 들어오는 수입은 없는데 골프 한 번 치고, '이천 쌀 한 가마에 덤으로 농약까지 듬뿍 먹고 오는 남편'을 향해 박수 칠 아내를 기대하기는 어렵다. 집에서는 한 끼도 안 먹는 '영식0食이'가 최고라는데, '누레

오찌바ぬれおちば, 떨어진 낙엽*족'이 되어 아내가 없으면 옴짝달싹도 못하고, 자기 먹거리도 못 챙기는 신세는 되지 말아야 할 텐데. 회사의 지방이전으로 늦게 시작한 자취생활이 어쩌면 다행이다.

귀농이나 귀촌을 꿈꾸는 분들에게 〈조선일보〉에서 월요일마다 연재되고 있는 〈조용헌 살롱〉에서 언급된 '귀촌4계戒'에 대해 소개하고자 한다. 무엇보다 귀농과 귀촌을 구별하여 정의하는 것이 필요하다. 두 단어를 혼동하기 쉬운데 사실 귀농歸農은 시골에 돌아가서 농사를 짓는 형태인 반면, 귀촌歸村은 농사를 짓지 않고 그냥 시골에서 텃밭 정도나 가꾸며 사는 것을 의미한다. 이러한 귀촌에는 반드시 지켜야 하는 네 가지의 계명이 있다는 것이다.

첫째는 한 달 생활비를 100만 원 이내로 줄여야 한다. 경조사비와 자녀 대학등록금이 가장 어려운 부분이다. 경조사비를 줄이려 하다보면 인간의 도리를 못하고 산다는 자책감이 들기 마련이다. 자녀 등록금과 하숙비를 대려면 시골에서 돈을 벌어야하고 이를 위해서는 뼈 빠지게 일해야 하기 때문에 귀촌생활의 즐거움을 모르게 된단다.

둘째는 귀촌해서 처음 2년 동안은 백수로 지낼 필요가 있다.

---

* 비온 후 낙엽이 땅에 달라붙어서 잘 떨어지지가 않는 것처럼 은퇴한 남자들이 아내 옆에 붙어서 아내들을 성가시게 하는 것을 말하며 일본에서 은퇴한 50대를 의미한다.

현지 인간관계 및 지형지물, 날씨 변화 등을 관찰하며 자기에게 맞는 생활양식을 파악하는데 2년은 걸린다. 이 기간을 초조하게 보내면 안 된다. 겉으로 보기에는 빈둥빈둥 노는 것 같지만 실제로는 현지 적응기간에 해당한다. 가자마자 무엇을 시작하면 대개 실패한다.

대부분의 부인들이 이 부분을 받아들이는 것이 쉽지 않아 보인다. 나만 해도 일흔까지는 현역이기를 바라는 것이 아내의 진심이다. 100세 시대에 맞는 생활방식을 찾아야 한다.

셋째는 집을 작게 지어야 한다. 욕심내어 큰 집을 지으면 십중팔구 후회하게 된다. 15~20평 정도가 이상적이고, 이 정도면 언제든 도시로 돌아갈 경우에도 정리하기가 쉽다.

넷째는 네트워킹이다. 같은 생각을 하는 귀촌자들끼리 네트워킹을 확보하고, 한 달에 한 두 번씩은 다른 지역에 사는 귀촌자들 집을 방문해 같이 어울릴 필요가 있다는 내용이다.

원래 논둑길과 신작로를 걸으며, 초등학교를 다닌 촌놈으로 귀촌에 흥미가 있어 관심 있게 읽은 글이 마음에 진하게 닿아 옮겨 본다.

사람 구실

지인이 보내 온 새해달력에 적혀 있는 글이 재미있다. 달력이 걸린 곳이 당신의 청제淸齋, 마음을 닦아 맑게 되는 곳이기를 소망한다는 내용이다. 청제淸齋는 '마음을 닦아 맑게 한다'라는 의미로 선비가 자신의 서재를 애칭하여 부르는 말이라고 한다.

그 멋들어진 달력을 넘겨보다가 2월 달력에서 격물格物에 대한 표현을 보게 되었다. "나무 한 그루, 풀 한 포기에 이르기까지 모든 것은 이치가 있다. 작은 원리로부터 탐구하여 최고의 경지에 이르면, 세상의 참되고 명확한 진리를 알게 된다."

일본인들이 'science'를 과학으로 번역하기 이전에 과학과 유사했던 용어가 바로 격물格物이었다. 내가 좋아하는《대학大學》8조목八條目 중 앞부분에 등장하기도 한다.

《대학》을 열심히 읽었지만, 이 정도의 오묘함을 느끼지는 못했다. 한자의 심오함도 돋보인다. 단 두 글자로 어떻게 이런 인생의 진리를 설파할 수 있는지 단순함에서 큰 깊이를 느낄 수

208

있다. 격물을 통해 진정한 앎의 경지, 즉 지知에 이르는 것이 곧 격물치지格物致知이다.

이어서 성의정심誠意正心은 뜻을 진실되고 정성스럽게 하여 마음을 바로 정한다는 뜻이다. 사물을 보는 안목을 바로 가져서 겉과 내면을 거울 들여다보듯이 훤하게 꿰뚫어 볼 때 가지고 있는 뜻이 진실되고, 마음자리가 바르게 된다. 즉, 치열하게 궁구하고 진리에 이를 때 다음 단계인 진실되고 바른 마음을 가지게 된다는 뜻이라고 할 수 있다.

앞서 설명한 '격물치지 성의정심格物致知 誠意正心'이 수신을 위한 공부라면, 우리가 너무나 잘 알고 있는 '수신修身 제가齊家 치국治國 평천하平天下'는 우리가 향유할 수 있는 수신의 결과이다.

치열하게 공부하여 수신을 이룬 뒤에 한 가정을 꾸린다. 중국 봉건제도하의 국가경영 시스템하에서 제후를 섬기며 나아가 더 능력이 있으면 천자를 모시며 세상을 태평스럽게 하라는 뜻己, 家, 國, 天下이다. 이것은 누구나 잘 알고 있기에 자주 인용되는 표현이다.

오늘날처럼 과정보다는 결과를 중시하는 세태하에서 끊임없는 수신의 노력보다는 그 결과로 얻게 되는 치국에만 관심이 크기 마련이다. 즉 치국·평천하하면 수신은 저절로 된다고 착각하는 것이다. 한 분야에서의 조그만 성취를 수신으로 치부하고, 때로는 치국을 한다는 명분으로 정치판에 뛰어든다.

희수를 맞은 인문학자 김우창 고려대 명예교수님이 출판기념 집담회集談會에서 하신 말씀이 마음속에 남아 있다. "변화의 시대에 정치에 너무 관심을 가지면 끌려가기 쉬워요. 우리는 정치로 인생을 대체할 수 있다고 생각합니다. 치국治國과 평천하平天下하면 수신도 된다고 착각해 다들 굉장한 것부터 얘기하죠. 모두 대통령감이에요"라는 교수님의 말씀은 거대 담론만이 난무하는 세태를 지적하는 말로 폐부를 찌른다.

무엇보다 자신을 잘 돌아보고, 자신에게 솔직해져야 한다. 진정한 치국에 이르려면, 정상적인 교육과 가정생활, 그리고 무엇보다 조직을 운영해 본 단계적 훈련과 경험이 필요하다. 소수집단을 이끌어 온 경험만으로 가장 큰 조직인 국가를 효과적으로 경영하기에는 역부족이었던 경우를 보아 왔다. 아니면, 선현들처럼 사서삼경을 암송하고 삶의 이치를 터득해 선정을 베풀 정도로 군자지학君子之學이라도 정통해야 할 것이다.

조직 운영에서 가장 필요한 덕목이 믿음과 신뢰, 그리고 이에 기초한 권한위임權限委任이다. 쉬워 보이지만 장기간에 걸쳐 조직생활을 해 보지 않고는 터득하기 쉽지 않은 지혜이다. 그저 수 명 기껏해야 수십 명 조직의 리더 경험으로는 그럴듯한 지식을 쌓을 수 있을지는 몰라도 제대로 조직을 이해하는 혜안까지 얻기는 용이하지 않다. 오랜 시간을 두고 부단한 노력을 해야 한다.

조선시대 인재등용의 한계라고 볼 수 있는 과거제도의 문제점은 논외로 하더라도, 품계를 통해 사람에 대한 검증은 확실하게 이루어졌다. 내직과 외직을 수차례 거치면서, 인품에 대한 평판은 나게 마련이다. 당파적 관점에서 논란은 있었지만, 당상관이 재상이 되고 그 중에서 명망 있는 분들이 정승을 맡았다. 이런 검증을 거쳐 배출된 수많은 청백리와 명재상들을 우리는 기억하고 있다.

지금처럼 국가 간 경쟁이 치열하고 복잡한 상황 속에서 무슨 낡은 방식이냐고 할지 모른다. 흔히 말하는 '어공(어쩌다 공무원)'은 제도상 존재할 수 없었던 것이다. 인재등용에는 다양한 방법이 있겠지만, 진정한 동량인지, 입신양명만 좇는 불나방인지에 대해 확실히 검증해야 한다. TV를 통해 전 국민이 보는 청문회에서 능력이나 품성에 대한 검증이 아닌 저인망底引網식 신상털기로 망신을 주는 방식은 아니라고 본다. 자신도 그 자리에 서면 얼마나 당당할지 모를 분들이, 물이라도 만난 듯 정제되지 않은 언어를 뱉어 내는 지금의 방식은 더 이상 보고 싶지 않다.

최근 미국 법무장관 후보자인 로레타 린치Loretta Elizabeth Lynch, 1959~에 대한 인준 청문회 분위기는 우리와는 달랐다. 이민개혁안 등 주요 현안에 대해서는 한 치의 양보도 없는 송곳질의와 응수가 있었지만, 인신공격이나 고성, 삿대질은 없었다. 상·하 양원을 공화당이 장악하였음에도 정책에 대한 질의와 웃음, 후보자 가족사에 대한 따뜻한 경청과 감사인사가 있었다고 한다.

달라도 너무 다르지 않은가.

'감투가 크면 그 무게에 눌려 사달이 난다'는 일본 속담이 있다. 우리말의 '깜냥이 아닌 사람이 감투만 커서 문제다'라는 말과 같다. 즉 수신의 크기, 자신의 역량보다 큰 지위를 차지하면, 그 감투에 눌려 불행을 당한다는 의미이다.

세상을 쥐락펴락하던 정·재계의 거물들이 곧 쓰러질 듯한 민망한 모습으로 휠체어를 타고 재판정을 드나드는 모습을 심심치 않게 본다. 또한 속칭 '국립호텔'이라고 자조적으로 표현되는 교도소에 수감되는 모습이 보도되면서 국민들에게 큰 실망을 주기도 한다. 이 모든 경우가 수신의 양보다 큰 것을 누렸기에 생긴 것이다. 즉 과욕에 따른 업보라는 생각이다. 주어진 복福은 정해져 있는데, 너무 큰 복을 한꺼번에 누려 패가망신하는 로또 당첨자처럼 말이다.

나는 《대학》 8조목의 중요성이 뒷부분의 결과보다 앞부분의 수기修己에 있다고 본다. 그 후에 치인治人을 해도 늦지 않은데, 우리는 너무 조급한 것 같다. 자의적, 방편적 해석이 아닌, 경전經典의 바른 공부로 수신을 한 사람이 지도자가 되는 건강한 사회를 보고 싶다.

고전 100권

한 마디로 큰 충격이었다. 나도 인문학 서적을 좀 읽었다고 생각했는데, 이지성님의 《리딩으로 리드하라》를 읽고 방대한 인문학 공부의 양과 방향 제시에 놀람과 동시에 내 공부의 얕음이 부끄러워졌고, 그 놀람에 비례하여 나를 자극하는 계기가 되었다.

무엇보다도 현재 우리의 학교교육 제도가 당시 프랑스와 영국에 뒤쳐진 프러시아가 유럽 열강의 반열에 오르기 위해서 만든 제도에 기인하고 있다는 것에 놀랐다. 후진국인 프러시아로서는 프랑스와 영국을 따라 잡기 위해 군인과 공장 근로자가 필요하였다고 한다. 군인은 군사력을, 공장 근로자는 경제력을 의미하며, 당시 이 두 가지가 강대국이 되기 위해 필수조건이었다고 한다.

이에 프러시아 지배층은 시키는 대로 효율적으로 일하는 직업군인과 공장 노동자를 많이 배출할 수 있는 방안에 대해 고민하였다. 그러던 중 당시 인구의 대다수를 차지하던 농민계층의 자녀들을 주목하게 되었다. 만약 그들이 직업군인과 공장노동자가 될 수 있다면 어떨까? 지배층은 문제가 간단히 해결된다는 사실을 깨닫고 이들을 군인과 노동자로 교육시키기 위해 학교를 세운 것이다. 훗날 독일제국은 프러시아 교육제도를 한층 더 발전시켜 아예 군대식 학교를 세웠고, 그들을 바탕으로 제1·2차 세계대전을 일으켰다고 한다.

사실 영국은 1860년에 이미 공립학교 교육을 법적으로 제도화 하였는데, 영국의 의무교육도 프러시아와 별반 다르지 않았다. 산업혁명으로 인해 많은 수의 공장노동자가 갑자기 필요하였으며, 이들을 안정적으로 확보하는 방법은 역시 농민의 자녀를 교육하는 수밖에 없었다. 즉 '국민을 바보로 만드는 학교제도'를 시행한 것은 당시 선진국이던 영국이나 그 자리를 차지하기 위해 노력하던 프러시아나 마찬가지였던 셈이다.

일제도 프러시아의 제도를 그대로 수입한 후 당시 식민 통치 하에 있던 우리나라에 이식했다. 이후 일제를 패망시킨 미국은 영국의 공립학교 교육제도를 기반으로 한 자국의 공립학교 교육제도를 우리나라에 도입했다. 쉽게 말해서 우리의 학교교육이 리더의 양성이 아니라 직업군인과 공장노동자를 양산하는 것이 목적이었던 프러시아 교육 시스템에 뿌리를 두고 있다는 것이다.

우리 속담에 '서당개도 삼년이면 풍월을 읊는다'는 말이 있

다. 그런데 우리나라 학생들은 초·중·고를 합쳐서 무려 12년 동안이나 교육을 받았음에도 지적이고 창의력이 넘치는 인재가 되기는커녕 좀 심하게 표현하면 말 잘 듣는 바보가 되어 세상에 나온다. 이것은 대학에서도 바뀌지 않는다. 비싼 등록금을 내고 4년 동안 배우고 심지어 대학원까지 진학해도 별반 차이가 없다. 당당히 사회를 이끌어가는 지식인이 되기는커녕 제 앞길 하나도 헤쳐 나가지 못하는 무능력한 존재로 전락하기 쉽다.

도대체 왜 그런 문제가 발생하는 걸까? 왜 우리나라 학생들은 배우면 배울수록 무능력한 사람이 되는 걸까? 이유에 대해 이지성 님은 우리의 교육제도를 들고 있다. 우리나라 공교육이 앞서 설명한 것처럼 군인과 노동자를 집단으로 양성시키기 위한 시스템에 뿌리를 두고 있기 때문이다. 시키는 일밖에 할 줄 모르는 바보를 만드는 토양에서 창의성을 논하기는 무리이다. 그러므로 당신이 그렇게 오랫동안 배우고도 지식과 삶에 어떤 변화도 없었던 근본적 이유를 알아야 한다. 당신의 자녀가 학교를 다니면 다닐수록 머리가 비상해지고 삶의 지혜가 쌓이는 것이 아니라 두 눈의 총기를 잃고 지혜와는 거리가 먼 삶을 살게 될 수밖에 없는 본질적 이유를 알아야 한다.

물론 저자는 학교를 부정하거나 다니지 말라는 의미가 아니라고 말한다. 또한 교사들이나 정부에 책임을 물으라는 것도 아니다. 학교는 다녀야 한다. 그것도 될 수 있으면 최고의 학교를 다녀야 한다. 여기에 대해서는 이론의 여지가 없다. 또 교사와 교육부는 프러시아에서 유래된 나쁜 공교육제도의 피해자라고 보는 것이 맞을 것이다. 그들은 학생들에게 최고는 아니더라도 최선의 교육을 제공하고 있다고 믿고 있기 때문이다.

만일 인문고전을 집필한 위대한 천재들이 우리나라의 학교제도를 보면 뭐라고 말할까? 십중팔구 학생의 두뇌를 죽이는, 창조성을 말살하는, 노예를 만드는, 국가의 미래를 어둡게 만드는, 민족의 운명을 걸고 하루 빨리 개혁해야 할 그 무엇이라고 말할 것이다. 동양철학과 서양철학의 시조始祖라 할 수 있는 공자와 소크라테스에서 볼 수 있듯이 인문고전 저자들이 이상적으로 생각하고 실시한 교육은 교사가 학생들에게 일방적으로 지식을 전달하는 교육이 아니라 스승과 제자가 깊은 대화를 통해 지혜와 진리를 터득하고 발견해 가는 교육이다.

새로운 두뇌를 갖고, 새로운 인생을 살고 싶다면 지금부터라도 하루 또는 일주일에 몇 시간씩 위대한 고전을 집필한 인류의 스승들과 지속적으로 만나 깊은 정신적 대화를 하기 바란다. 그렇게 그동안 받았던 프러시아식 교육을 두뇌에서 털어내고 지혜와 진리를 추구하는 진정한 배움의 세계로 들어가기 바란다.

처음 이 글을 읽고, 왜 선조들은 군자지학君子之學이라고 하지만, 사서삼경 등 경전만 열심히 익혔는데도 지도자로서의 역할을 잘 수행할 수 있었는지에 대한 나의 궁금증이 조금은 해소되었다. 궁금함이 풀리는 기쁨보다는 더 큰 전율을 느꼈고, 너무나 화가 났다. 왜 내가 만난 수많은 '잘나신 선생들'은 이런 사실을 일러 주지 않았는지. 아마 그분들도 대부분 나처럼 이런 사실을 몰랐다고 치기엔 한심스럽고, 우리의 교육제도가 너무 창피하게 느껴졌다. 나 자신도 이제야 깨우친 것이 부끄러웠다. 그 후 강연 때마다 이지성 님의 책을 들고 다니며 내용을 소개하곤 한다.

"오늘의 나를 만든 건 어릴 적 동네 공공도서관"이라고 할 정도의 대단한 독서광인 빌 게이츠는 앞서 소개하였지만, 페이스북의 창립자인 마크 주커버그Mark Zuckerberg, 1984~도 그리스, 라틴 고전을 원전으로 읽는 것이 취미라고 밝힌 바 있다. 또한 일본 소프트뱅크의 손정의孫正義, 1957~ 회장도《손자병법》을 수천 번 읽었다고 하는 등 고전 읽기를 통해 늘 영감을 얻고 이를 혁신으로 이끌고 있다.

원래 인문학humanities은 라틴어의 'humanitas인간다움'에 그 유래를 두고 있다. 다시 말해 인간의 삶과 주변 세계에 대한 성찰에 바탕을 두고 있다. 인간성을 고양하기 위한 실천적 차원의 학습이라고 할 수 있으며, 우리가 흔히 말하는 문학, 역사, 철학을 포괄하는 개념으로 보는 것이 타당하다.

그동안 인문학의 중요성이 등한시 되었던 것은 인문학이 현실적 문제를 해결하거나 효율성을 제고할 수 있는 도구로서는 부족하다는 이유 때문이었다. 즉 당장 문제를 해결하기 위한 아이디어와 해법이 필요한 상황에서 인간본성을 탐구하는 인문학은 쓸모가 없는 것처럼 보인다. 하지만, 인간과 세상에 대한 깊은 이해와 사고를 통해 멀지만 올바른 길을 찾아가는 힌트를 얻을 수 있는 것이다. 이것이 실용학문과 다른 인문학의 효용이며, 세상을 근본적으로 혁신할 수 있는 가치가 된다.

이와 관련하여 인문학이 시대의 총아로 등장한 데는 애플의 공동창업자 겸 CEO로 카리스마있는 프레젠테이션과 끊임없는 도전의 아름다움을 보여 주어 '혁신의 아이콘'으로 칭송받던 스티브 잡스Steve Jobs, 1955~2011의 덕이 크다. 그는 평소에도 "소크라테스와의 한 끼 식사와 애플의 모든 기술을 바꿀 수 있다"라고 말하였다고 한다. 그의 이런 시각은 시대에 뒤처진 산물인양 천덕꾸러기 취급을 받아 오던 인문학을 단숨에 정보통신 및 미디어 분야 최첨단의 중심으로 가져 왔다. 대학을 제대로 마치지 못 했던 그에게 대학생활 중에 가장 가치 있었던 일은 고전 100권 읽기 프로그램에 참여한 것이라고 한다. 그는 IT혁신을 주도하였지만 수시로 인문학적 가치에 대한 확신을 강조하였으며, 결국 인간이 IT혁신의 궁극적 지향점이라는 점을 제시하였다.

우리는 스티브 잡스가 2005년 스탠퍼드대 졸업식에서 행한 명연설을 잘 알고 있다. "Stay hungry, stay foolish늘 갈망하라, 늘 우직하라"라는 메세지는 기업가 정신이 절실한 시대에 도전의 가치를 일깨워 준 명언이다. 그가 남긴 여러 말 중에서도 두고두고 곱씹고 실천하여야 할 덕목이라 여겨진다.

대학 1학년 유학시간에 배운 《대학》과 《논어》의 덕도 있겠지만, 인문학에 대한 동경과 필요성을 느껴 나름대로 이 책 저 책 많이 방황하였다. 그러나 '왜 그래야 하는지'에 대한 명확한 답을 구한 것은 솔직히 최근의 인문학 붐을 통해서였다.

많이 알려져 있지만 처음 듣는 독자들을 위해, 또 하나의 기막힌 사례를 소개한다. 숭실대 남정욱 교수님이 2014년 5월 24일 〈조선일보〉에 기고한 칼럼에서는 명문 시카고대학의 비결에 대해 고전의 힘을 빌려서 설명하고 있다. 석유재벌 록펠러 John Davison Rockefeller, 1839~1937가 세운 시카고대학은 건물 외에는 투자를 안 한 3류 대학에 불과하였다. 그런 시카고대학을 바꿔 놓은 사람은 1929년 5대 총장으로 부임한 로버트 허친스Robert Maynard Hutchins, 1899~1977였다. 총장부임 당시 그는 서른 살에 불과하였고, 대학졸업 후 8년밖에 되지 않았지만 그는 기존에 그가 학습했던 방식과 다른 새로운 시스템을 적용하였다. 그는 다른 대학들과 경쟁하는 대신에 학생들에게 고전 100권을 읽도록 했다. 물론 때 아닌 고전 읽기 강요에 그 반발은 엄청났다고 한다. 그러나 한두 권씩 읽은 고전의 양이 쌓여 가면서 상황이 바뀌었다. 10권, 20권까지는 변화가 없었지만 50권을 넘어 가면서 학생들은 질문하고 토론하며 사색에 잠기는 등 학습 분위기가 완전히 바뀌었다고 한다. 고전 100권 읽기를 통해 지성을 경험한 학생들은 기존의 열등감을 버리고 자신감을 찾았다고 한다. 허친스가 대학개혁을 시작한 지 85년이 지난 현재 시카고대학은 85명의 노벨상 수상자를 배출했다. 1년에 한 명 꼴이니 그 숫자가 정말 놀랍다.

〈우리는 대학에 왜 가는가〉라는 다큐멘터리에 등장하는 세인트 존스 대학은 학과나 전공이 아예 없다. 커리큘럼이라고는 4년간 고전 100권 돌파가 전부이다. 신입생 중 고교 성적이 상위 10% 안에 들었던 학생은 10% 내외로, 상위 10%의 학생들이 100%에 가까운 아이비리그와는 비교도 할 수 없다. 명백하게 우등생과 열등생의 경쟁인데, 4년 후 변화가 일어난다. 세인트 존스에서는 학자와 사상가가 쏟아져 나오는데, 아이비리그에서는 월급쟁이들이 쏟아져 나온다.

남 교수님은 "시카고 대학이나 세인트 존스 대학의 비밀은 '고전'이나 '읽기'가 아니라 '4년'이라는 정해진 시간으로 본다. 두뇌는 서서히 나아지지 않는다. 몰입하여 죽고 살기로 그 기간을 돌파하는 어느 시점에서 머릿속에 창의성이 넘쳐흐르는 전혀 다른 형질의 인간으로 변하는 것이다"라고 쓰고 있다. 딱히 어느 것이 효과를 발휘했을지는 잘 모르겠지만, 결과적으로 고전 100권이 그런 변화를 불러 왔다.

내가 강조하고픈 것은 기존의 대학교육과 커리큘럼은 존중하되 '이런 사실과 사례는 알려 줘야 하지 않느냐'이다. 허친스

총장은 그 시대에 고전 100권 읽기의 유효성을 경험이나 아니면 교육을 통해서 알고 있었던 것이고, 그것을 믿었기 때문에 반발을 무릅쓰고 의지를 관철시켜 훌륭한 결과를 얻은 것이다. 어렴풋이 알았던 고전의 효과가 이렇게 입증되고, 우리의 선조들도 사실상 사서삼경 등 고전 읽기만으로도 군자와 지도자로서의 역할을 하는 데 어려움이 없었던 것 아닌가.

한자를 익히거나 사서삼경을 배움에는 시습時習 즉, 때에 맞춰 배우는 것이 아주 중요하다. 흔히 말하는 타이밍이다. 그것을 놓치면 배우기도 쑥스럽고, 암기력도 떨어지고, 기존 학교제도의 커리큘럼 때문에 시간을 내기도 참 어렵다. 이런 점을 감안하여 적기에 인문학을 접할 수 있도록 지도하는 것은 경쟁과 과도한 지식만이 범람하는 현실에서 우리 아이들을 구하고 고전 문맹에 가까운 기성세대도 살리는 길이라고 굳게 믿는다.

그것마저 알량한 교육관련 법령과 제도, 그리고 당사자들의 밥그릇과 이해관계 때문에 어렵다면, 고전읽기가 그만큼 중요하고 도움이 된다는 사실만이라도 알려 줘 학생들에게 선택의 기회를 주는 게 '수많은 교육종사자들이 자신이 결과적으로 사실을 제대로 알려주지 않았음'에 대한 최소한의 예의가 아닐까.

《대학》에 나와 있지 않은가? '기본란이基本亂而 말치자부의 末治 者否矣'라는 표현이다. 해석하자면 근본이 어지러운데 그 말단이 잘 다스려지는 일은 없다는 뜻이다. 지엽말단의 일로 소모전을 벌일 때가 아니다. 경쟁자들은 우리를 추월하거나 앞서려 총력을 경주하고 있지 않은가. 근본을 생각하고 새로운 발전을 위해 다함께 힘을 합쳐야 할 때다. 그렇지 않으면, 그나마 운 좋게 잘 다스려져 이만큼의 과실이라도 만들어 낸 지엽말단이 가만 있지 않을 것 같다.

더 이상 국민을 볼모로 실험을 하거나, 기존의 답습만으로 나처럼 화나는 인간을 만들지 않기를 간곡히 바란다.

이 많은 사례와 선지자들의 실천결과가 입증해 주는데, 더 무슨 논란이 필요하다는 것인가. 알았으면 소 잃고 울고 있지만 말고 외양간이라도 고치는 게 맞다.

우리나라는 늘 의병이나 국민의 힘으로 누란累卵의 위기를 벗어났고 그 힘이 오늘의 우리를 있게 한 원동력이라 들었다. 교육에서도 당국이 아닌, 철학의 새로운 해석으로 유명한 최진석 교수를 중심으로 문학·과학·예술을 아우르는 21세기의 융합형 인재교육을 목표로 건명원建明苑이 문을 열었다고 한다. 건명원의 기획자이자 산파역을 맡은 배철현 교수가 언론과 가진 인터뷰에 의하면 매주 수요일 저녁 30명의 젊은이들이 북촌마을에 있는 건명원에 모여 4시간의 토론식 수업을 한다고 한다. 한국이 다음단계로 도약하기 위해서는 융합형 인재가 많이 나와야 하고, 이대로 가면 제2의 필리핀이 될 수도 있다는 절박한 심정에서 건명원을 건립하였다는 것이 배철현 교수의 주장이다.

정말 다행이다. 아니 이것이 우리의 저력이다. 새로운 구국의 의병들에게 박수를 보낸다. 젊지 않은 사람도 받아 준다면 나도 도전해 보고 싶다. 구국의 성공을 빈다.

율곡선생이 스무 살 때 자신을 경계하기 위해 지은 〈자경문自警文〉 가운데 "공부는 죽은 뒤에야 끝나는 것이니 서두르지도 늦추지도 않는다"라는 구절이 있다. 그렇다. 공부는 평생 하는 것이다. 그런데 여기서 말하는 공부는 무슨 공부인지 곰곰이 새겨 보기 바란다.

삶, 그리고 인문학

※ 2013년 7월, 서울대학교 인문대학 최고지도자 인문학과정AFP을 졸업하고
  작성한 수료기입니다.

지천명知天命의 나이를 훌쩍 넘어 섰음에도 시간과의 싸움에서
는 늘 지고 마는 삶의 연속인 것은 쉽게 고치기 어려운 중병인
것 같다. 제출기한을 넘긴 것은 지금까지 문사철文史哲과 사서삼
경四書三經을 포함한 동양사상에 대해서 평균인보다는 조금 더 안
다는 자만심과 더 잘 써 보겠다는 욕심, 회사 내에서 부사장 승
진이라는 신분상 변동에 따른 복잡함도 있었지만, 결국은 '내일
병' 때문임을 자인自認하지 않을 수 없다. 바둑의 수 싸움에서 마
지막에 몰려 양해를 구하고 패착을 두거나 별 볼일 없는 졸전
으로 마무리하고 마는 많은 경우처럼 말이다.

많은 인문학 공부의 한 깨달음인 현재의 중요성의 철리哲理를
간과하고 '미룸 병'에 빠진 나약함을 고백함도 단편적인 지적

유희만이 아닌 본격적인 인문학 공부의 타이밍을 놓치고 있다는 아쉬움에서 벗어날 자아비판의 계기로 삼고 싶다는 의지의 표현이었으면 한다.

나의 삶 속에서 인문학은 말 그대로 삶의 의미를 찾아가는 과정과 같았다고 할 수 있다. 대학 초년생 때 접했던 사서四書공부는 젊은 혈기와의 부정합으로 학점 취득을 위한 단편적인 공부일 뿐이었고, 이후 그 가벼움을 벗어나는 데는 많은 시간과 성찰이 필요했다. 그리고 삶의 여러 변곡점에서 '젊은 시절 접한 동양철학이 이거였구나' 하는 깨달음으로 다가오는 경우가 늘어났다. 특히 일본에서 5년간 주재원으로 생활할 당시 나름대로 정한 목표에 따라 일본의 대하소설을 포함한 인문 서적을 접하면서 우리의 것과 비교해 보는 시각과 한일 간의 역사적 관점에서 비판하거나 뒤집어 보는 버릇을 통해 나름의 소중한 체험을 하게 되었다.

이어 오십 초반의 나이에 중국어를 공부하며, 경전을 중국어로 읽으려 노력했던 경험과 2년간의 베이징 생활은 인문학에 대한 나의 열정을 불살라 준 시기였다.

비록 목표만큼은 이루지 못하고 미완의 장으로 남겨 두게 되었지만, 그때의 열정을 잊지 못하고 기회를 엿보던 차에 2013년에 시작한 서울대의 인문학 과정AFP과 휴넷의 사서삼경 공부는 바쁜 가운데에도 새로운 활력을 주는 청량제 역할을 하고 있다. 무엇보다 비슷한 연배로 사고를 공유한 다수의 성공인들과 함께 하는 수업과 3교시의 대화는, 회사 업무를 떠나는 미안함에 도망치듯 참가하는 마음의 스트레스를 날려 주기에 충분하였다.

돌이켜보면, 90년대 말 IMF 경제위기 상황은 개인은 개인대로 조직은 조직대로 국가는 국가대로 최고를 향해 쉴 틈 없이 달려 온 우리에게 무엇이 진정한 문제였는지를 생각하는 기회를 갖게 하였고, 많은 혜안을 가진 이들이 문제의 근본을 인문학적 성찰의 부족에서 찾기 시작하지 않았나 생각한다.

물론 그러한 처방은 숱한 인문학 열풍을 불러오게 되었고, 그것을 AFP_{Ad Fontes Program}가 주도하고 있다고 생각한다. 개인적으로 과정 초기의 의욕에 비교하면 깔끔한 마무리가 되지 못하고 많은 부분을 숙제로 남겨 놓긴 하였지만, 숙제가 있음으로 행복해지는 것도 솔직한 심정일 만큼 인문학이 나의 일부로 들어와 있음에 나름 만족하게 된다. 물론 수기치인을 삶의 지표로 여겨 평생을 학습을 하는 군자의 삶을 추구할 것을 약속하면서 말이다.

최근 북한 핵개발을 위요圍繞한 한중일 3국의 긴박한 사정이 지리적 접근성만큼이나 긴박성을 더하는 때임은 누구도 부인하지 못할 것이다. 한일 간의 독도를 둘러싼 외교마찰에 더해 중일 간의 조어도釣魚島를 사이에 둔 갈등 고조 등 3국 간에는 어느 때보다 심각한 난기류가 격랑처럼 일렁이고 있다. 대통령의 방중訪中을 통해 어느 정도 갈등의 파고를 낮춰 줄 것을 기대하면서, 한중일에서 생활을 통해 나름의 시야를 가진 입장에서는 관심을 가지고 문제해결의 과정을 주목하게 된다.

3국은 어찌 되었건 시대에 따라 가르침과 배움, 갈등과 화해의 파고를 넘나들며 공존해 왔다. 때로는 침략을 통해, 지배 피지배의 관계라는 최고의 관계악화를 겪기도 했고, 아쉽게도 아직까지 갈등의 골에서 헤어나지 못하는 면이 너무 많다.

나의 짧은 지식으로는 3국의 인문학자들이 모여, 수천 년의 역사를 통해 오고간 인문학, 나아가 문화의 원류와 흐름, 기여한 사람 등 국가나 정치 경제적 측면이 아닌 동양학의 원리에 입각한 상호 연구와 노력, 인적 교류를 통해 이런 역사적 은원恩怨을 푸는 실마리를 찾아야 한다고 생각한다.

이러한 맥락에서 이번 과정의 일본 현지답사를 통해 나라와 교토, 오사카의 3대 박물관과 역사적 교류의 정수들을 볼 수 있어 큰 기쁨이었고, 일본 문화의 화려함과 예술성은 물론 나름대로의 역사성과 규모에 놀라는 원우를 많이 보았고, 그간 일본을 조그만 섬나라, 별 것 없는 야만의 나라라는 교육과 인식에 문제가 있었다고 실토하는 경우를 많이 보았다.

실제 일본인들은 우리를 손바닥처럼 보고 산의 혈맥에 쇠말뚝까지 박을 정도로 우리를 속속들이 아는데, 지식인 연然하는 우리들이 아는 일본에 대한 지식의 얕음에 눈 뜬 것으로도 이번 답사의 효과는 있었다고 보며, 이를 통해 세 나라 간의 편견

없는 역사 공부의 중요성도 더욱 절감하게 되었다.

우리가 잘 아는 지피지기知彼知己면 백전불태百戰不殆라는 손자孫子의 얘기를 되새기며 '나를 알고 적을 알면 백 번 싸워도 위태롭지 않다'라고 생각하는 시간이었다.

다행히 이런 방향으로 생각하는 분들이 늘어 가는 것은 상당히 고무적이며, 정부 간 주도의 이니셔티브를 우리가 가져 보는 것도, 중재자의 입장인 우리에게 주어진 기회이자 숙명이라 생각된다. 또한 세 나라의 평화증진과 공동번영을 위해 출범한 역내 외교기구인 한중일 3국 협력사무국TCS을 더 확대할 필요가 있다고 본다.

기업에서 30년을 숨 가쁘게 달려 왔다. 조금은 경쟁과 팍팍한 삶에 지쳐 있는 것이 중년의 위기를 넘기거나 과정에 있는 우리들 모습이 아닌가 생각한다. 그 느낌과 경험에서 강약의 차이는 있겠지만, 이는 과정을 함께 하는 원우들처럼 어느 정도 조직에서 성공한 사람들이 많이 느낄 수 있는 것임을 평소 수업과 친교의 시간인 3교시를 통해 확인할 수 있었다.

그러기에 어려운 시간을 쪼개 도전하고, 한 시간이라도 빠지지 않으려 발버둥치는 모습을 보았다. 그리고 적지 않은 기금을 모아 앞으로도 친교는 물론 인문학 공부의 끈을 놓지 않겠다는 다짐을 볼 때 더욱 확실해진다.

그리고 이것은 과정을 통해, 아니 그간의 빈틈없는 삶을 통해 느꼈던 것을 실천하겠다는 다짐으로 여겨져 참 보기 좋고, 그 방향성을 아주 잘 잡았다고 박수를 보내고 싶다. 그러나 마지막은 항상 실천의 문제, 얼마나 잘 내면화시켜 모두의 바람을 충족시켜줄 수 있을지 원우회 간부들의 고민과 리더십을 기대해 본다.

내기 어려운 시간을 함께하며, 동료, 교수님들의 많은 사랑을 받았음을 부인할 수 없다. 지도와 관심과 배려에 고개 숙여 감사드리며, 그냥 과정을 마무리 하는 잡기雜記 정도로 이해해 주셨으면 한다. 결국 모두에 얘기한 큰 용을 그리려다 미꾸라지를 그리게 되었음을 부끄럽게 생각하면서 글을 마친다.

Part **5**

일본요리

복어

    부산은 우리나라 최대의 항구도시답게 신선한 회를 즐길 곳이 아주 많다. 특히 복 사시미와 복어탕 집은 우리에게 익숙한 상호들도 적지 않다. 그 중에서도 나는 서면에 있는 녹원복국을 좋아한다. 주인아저씨의 서글서글한 인상, 구수한 말씨와 더불어 복어의 본고장인 일본 시모노세키しものせき, 下關에서 제대로 배운 요리솜씨에 반했기 때문이다. 언제나 직접 요리해 주는 복 요리와 한결같이 맛깔스러운 반찬, 특히 간장 병어조림 맛은 일품이다.

    음식문화평론가 윤덕노 님이 〈매경이코노미〉에 기고한 칼럼에 의하면 복어는 천하제일 진미에 해당하지만 독성 때문에 먹어야 할지 말아야 할지를 갈등하게 하는 음식이라고 한다. 한중일 3국의 시인, 선비 심지어 무사들까지 수백 년에 걸쳐 맛있지만 목숨과도 바꿀 수도 있는 복어를 먹을지 말지를 망설였다고 한다.

중국에서는 하늘의 신선과 선녀들이 먹는 산해진미라고 하여 천계옥찬天界玉饌이라고 불렀으며, 특히 수컷의 고환인 정소는 그 맛이 포기하기에는 너무나 유혹적이어서 경국지색傾國之色인 서시西施의 젖가슴살에 비유할 정도였다. 심지어 중국 북송北宋 때의 시인 소동파蘇東坡, 1037~1101는 목숨과 바꾸어도 좋은 맛이라고 했다고 하니 중국인들의 복어 사랑은 극진할 정도다. 우리나라도 별반 다르지 않았다. 조선 후기 동국세시기東國歲時記에는 복사꽃이 떨어지기 전에 파란 미나리와 간장, 기름 등을 넣고 끓인 복어국이 진미라는 표현이 있다. 하지만 복어요리의 아킬레스건이라고 할 수 있는 치명적인 독으로 인해 실학자 이덕무李德懋, 1741~1793는 순간의 기쁨을 얻기 위해 목숨을 거는 일은 하지 말라고 하며, 아예 가훈으로 복어를 못 먹도록 하였다고 한다.

일본인들도 복어를 좋아하였는데, 복어를 설명한 표현이 재미있다. 수면에서 공격을 받으면 공기를 빨아 들여 복부를 빵빵하게 부풀리는 특성에 비유해서인지 '하河' 자, '돈豚' 자를 쓴다. 과거 중국인이 강에서 잡은 복어를 먹었기에 하河를 붙인 것 같다. 우리도 임진강에서 잡은 황복을 최고로 치는 것을 보면 이해가 된다.

복어 회를 비롯한 복어 요리가 발달하였기 때문에 일본인들이 오래 전부터 복어를 먹었을 것 같지만, 한동안 금지되었다가 1892년 이토 히로부미伊藤博文, 1841~1909가 해제한 이후부터 복어를 먹을 수 있었다. 복어를 금하게 된 1592년은 도요토미 히

데요시豊臣秀吉, 1536~1598가 임진왜란을 일으킨 해로서, 그는 병력을 시모노세키 항구에 집결시켰다. 그런데 시모노세키 지역은 일본에서 복어가 가장 많이 잡히는 곳으로, 산골출신 병사들은 복어 독이 치명적이라는 사실을 전혀 몰랐다. 이에 복어를 먹다 죽는 사람이 속출하자 금식령을 내렸으며 이를 어긴 사람은 엄하게 처벌하였다고 한다.

이때부터 300년 동안 일본인들은 복어를 먹지 못하였다. 근대 초기인 1882년에도 복어를 먹으면 구류 또는 벌금형에 처한다는 법령까지 만들었다고 한다. 한일 양국 역사에서 도요토미 히데요시와 이토 히로부미가 갖는 의미를 생각할 때 묘한 역사의 아이러니라는 생각이 든다.

한중일 3국의 관계만큼이나 복어를 두고도 관점이 다른 것은 문화의 차이에 따른 것이다. 결국 문화는 우열을 떠나 차이를 인정하고 받아들이는 수밖에 없다. 그러면 여러 갈등요인이 많이 해소될 텐데 하는 아쉬움이 없지 않다. 특히 한중일 3국간의 높은 파고를 보며 자꾸 되뇌이게 된다.

윤 평론가님의 얘기가 하도 재미있어 옆길로 좀 샜다. 어찌되었든 일본에서 복어요리는 너무 비싸 회로 먹는 경우는 드문데, 우리나라는 아직 먹을 수 있는 가격대라서 다행이다. 그래서 일본 친구들이 한국에 오면 복집을 찾곤 하는데, 아주 만족하고 가는 경우가 많다. 녹원복국도 정기적으로 와서 먹는 일본인 단골손님이 있다고 하는데, 값의 차이를 비교하면 비행기 삯은 족히 빠질 것 같기도 하다.

서울에서 소프트뱅크의 미와三輪 사장실장에게 강남의 청담 복집에서 점심에 복 요리를 대접했더니 "내가 먹은 것 중 최고의 점심이었다"라며 추켜세운 적이 있었다. 그 후에도 출장을 오면 자기네들끼리 수차례 들른 모양이다.

부산에서 복 요리를 먹을 때마다 내가 우스갯소리로 주위사람들에게 들려주던 '복 시리즈'가 있다. 전임 사장님께 들었던 이야기인데 옛날 시골 술도가에서 여러 차례 술을 빚으면 독 안에 찌꺼기가 잔뜩 끼는데 이것을 닦을 때 복 껍질을 썼다고 한다. 그만큼 복어의 알콜 분해력이 뛰어나다는 설명이었다. 주당酒黨들이 견디기 어려운 숙취를 해소하기 위해 복집을 찾는 이유가 여기에 있는 것이다. 또한 남해南海 지역에서는 제사상에 올려 사용한 놋그릇을 복 껍질로 닦는다는 얘기도 들었다.

농담처럼 들릴 수도 있는데, 일본의 어느 복집에서는 주인과 손님이 손가락으로 하나 또는 둘의 수신호를 한다고 한다. 그러면 음식 조리 시 손가락 개수에 따라 복어 알을 하나 또는 두 개 넣어 준다는 것이다. 손님의 상태에 따라 단호히 'No'라고 하기도 한다. 우리가 취하는 모든 외래물질 중 독이 아닌 것이 없고, 단지 양의 많고 적음에 따라 약도 되고 독도 될 수 있다는 이치처럼 약이 되기 위해서는 개인에 맞는 적정량이 있기 때문이라고 한다. 복어 요리사가 단명하는 경우가 많다고 하는데 알을 조금씩 넣어 먹다가 정도를 넘어서 그런 것이 아닌가 싶다. 아이러니하게 요즘은 양식 복어가 많은데, 양식 복어에는 독이 없다고 한다.

복어는 독성이 청산가리의 1,000배나 되는데 딱히 해독제도 없고, 부검을 해도 검출이 잘 안 되기 때문에 살인사건에도 가끔 이용된다고 한다. 중국에서 수입한 복어 독과 관련된 치정 사건이 보도된 언론을 접한 기억도 있다.

일본의 사무라이들이 모인 자리에 누군가 귀한 복어국을 가져 왔는데, 독이 무서워 선뜻 손을 대는 사람이 없었다고 한다. 일행 중 한 명이 "저 다리 위 거지에게 먼저 먹여 보자"라며 제안하였다. 거지는 고맙다며 머리를 연신 조아렸다. 30분 후 거지가 건재한 것을 확인한 사무라이들이 복어국을 다 먹고는 거지에게 맛이 어땠냐고 물었다. 그랬더니 거지가 "다들 드셨어요? 그러면 저도 먹어야겠네요"라고 대답하였다는 재미있는 일화가 있다. 독성을 염려하면서도 복어의 맛을 놓치고 싶지 않은 것은 거지도 마찬가지인가 보다.

너무나 유혹적인 맛 때문에 복어를 '목숨을 건 불륜'에 비유한다는 일본인들도 하나뿐인 목숨만은 어쩔 수 없나 보다. 그래도 어떻게 하겠는가? 복어의 맛을 포기하기 쉽지 않으니. 문득 복어를 최초로 식용食用한 사람이 얼마나 용감했는지 그 용기에 경의를 표하고 싶다.

지일과 극일

한일관계를 둘러싼 줄다리기로 양국관계가 복잡하다. 문제의 본질을 서로 잘 아는 듯 하면서도 정치 지도자들의 입장이나 자국 내 정치상황에 따라 냉·온탕을 번갈아 왔다갔다 하는 현실이 답답하기만 하다.

백제를 포함한 삼국과의 교류로 오랜 기간 '대륙'이라 칭했던 한반도에서 문물이 흘러갔고 근대에 와서는 앞서 서구화西歐化한 일본에서 한국으로 문화와 기술의 흐름이 있었다. 상선약수上善若水를 들먹일 필요도 없이 문명도 물처럼 높은 곳에서 낮은 곳으로 흐르는 것이 순리다. 한 쪽으로만 흐르던 문명의 전파가 때로는 역전되기도 하는 것이 역사의 교훈이다. 그런 양국 관계인만큼 상호 간 긴 호흡에서 문제를 보는 혜안을 발휘할 때다.

서로를 잘 모르는 감정적 대응과 자국 내 일부 강경파들에 휘둘리는 대응적 처방은 문제를 더 복잡하고 꼬이게 만들 뿐이다. 최근 일본의 여론 조사에서 한국에 대해 선호하지 않는다는 답변이 전체의 66.4%에 달하는 등 양국관계가 최악의 상황이다. 지역 내 안정과 역사적으로 볼 때 정치, 경제 모든 방면에서 바람직하지 않다. 광복 70주년이라는 역사적 의미를 가진 해를 맞아 슬로건이나 미봉책에 그치지 않고 책임감 있는 근본적 해결방안을 찾는 대타협을 기대해 본다.

한국인과 일본인은 얼굴만으로는 서로 구분하기도 어렵다. 국립보건연구원 조인호 박사팀의 연구에 의하면 한국인의 염색체를 흑인, 백인, 동양인과 비교한 결과 일본인에 가장 가깝다고 한다. 그럼에도 일본에서 5년여를 살면서 너무나 다른 문화적 차이를 경험하였다.

특히 경조사의 경우 우리와 달리 철저히 상대를 배려하는 전통이 자리 잡았다. 결혼식의 경우 비용 등을 감안하여 초청대상자를 소수의 가까운 친지로 한정하고, 초청을 받은 사람은 반드시 참석여부를 통보해야 한다.

부조금도 피로연 장소의 1인당 비용에 따라 부조를 한다. 예를 들어 비용이 3만 엔이면 하객은 5만 엔을 부조한다. 결혼당사자는 예식이 끝난 뒤에는 정중한 인사와 함께 남은 금액의 반 정도인 1만 엔 수준의 감사 선물을 하는 식이다. 청첩장을 마구 남발하여 잘 모르거나, 그다지 친하지도 않은 이들의 불편한 초청에 고민하다 부조금만 보내는 우리와는 너무나 큰 차이가 있다.

상례喪禮의 경우 대부분 불교식으로 치르는데, 고인을 '호토케 사마ほとけさま, 仏様, 부처님'라고 부르는 게 특이하였다. 화장 문화이기 때문이겠지만, 장례식에서 곱게 치장한 고인故人을 보여 준다. 들어온 조화의 꽃을 따서 관에 넣어 주고, 가족 대표가 조문객에게 감사 인사를 하고 자녀들도 고인과 작별하는 모습이 서구의 방식에 가까이 가 있었다.

우리 입장에서 보면 불효라고 생각할지도 모르지만, 상주들도 식장을 지키면서 밤을 새우지 않고 정해진 예식 시간에 와서 조용히 추모를 한다. 곡哭을 하거나 격한 감정 표현도 잘 하지 않는다. 부조금도 친지, 직장동료에 따라 금액이 정해져 있어 친한 친구 어머니 상이라 고민을 하니 현지 여직원이 직장 관계는 1만 엔이 한도라며 기준 금액이 정해진 자료를 보여 준다.

1만 엔 부조를 한 후 나중에 외국인인 나에 대한 배려인지는 몰라도 그 금액보다 훨씬 비싸 보이는 도자기를 답례로 받고 미안한 마음이 컸다. 그 도자기는 지금도 잘 보관하고 있고 볼 때마다 그 친구를 생각하게 된다.

승진 등 축하의 경우도 우리와 많이 다르다. 두 번째 도쿄 주재원 근무를 마치고 귀국할 때, 오랜 지인인 J-Power의 사와베さわべ, 澤部 회장과 일본 전기신문 후지모리ふじもり, 藤森 논설주간이 도쿄 도내 명문골프장에서 송별회를 해 주었다.

공교롭게도 눈이 오지만 쌓이는 경우가 드문 도쿄에 눈이 소복이 쌓일 정도로 내렸다. 전반을 겨우 마치고, 오찬과 반주를 하며 석별의 정을 나누었다. 그 자리에서 이번에 승진해서 귀국하면 동기회, 동문회 등 각종 모임에 턱을 내야 해서 100만 엔 정도는 들 거라는 얘기를 무심코 하였다. 그들에게는 나름 충격이었던 모양이다. 일본은 승진 같은 경사가 있을 때, 부서원들이 십시일반 돈을 모아 축하한다는 것이었다. 두 번에 걸쳐 5년을 일본에 산 나도 처음 듣는 얘기라 적잖이 놀랐고, 다음 날 전기신문에 후지모리 씨가 그 얘기를 써 더 놀랐다.

몇 가지 예이지만, 서로의 문화적 차이에 놀란 경우가 한두 번이 아니다. 그런데 심정적으로 한국인들은 일본인을 조금은 경시하고, 차이점을 인정하길 싫어한다. 그 반대의 경우 즉, 일본인이 한국인을 보는 시각도 대동소이하다고 본다.

개와 고양이는 꼬리를 올리고 내리는 반가움의 표시가 반대여서 항상 으르렁댄다는 얘기가 있다. 개에 비해 고양이와 고양이의 자존심을 더 좋아하는 일본인들과의 교류에는 항상 차이점을 인정하고 배려하는 마음이 중요하다.

1990년 처음 도쿄에 갔을 때, 지식층에 속하는 한 일본인으로부터 한국 사람도 밥을 먹느냐는 질문을 받고 크게 기분이 상한 적이 있다. 버블이 꺼질 무렵이긴 하지만, 아직 자존심이 코를 찌를 당시 대부분의 일본인들이 한국을 아시아의 한 나라쯤으로 치부하고 있음을 안 것은 조금 시간이 지나서였다.

물론 그들도 전문가들은 우리 사정을 속속들이, 어쩌면 우리보다 더 잘 알고 있다. 오랜 식민지배 기간 동안 빼내간 우리 문헌을 소장하고 분석하여 우리를 들여다 보는 그들이다. 우리 민족의 정기를 꺾기 위해 주요 지형에다 쇠말뚝을 박았을 정도로 말이다.

오사카에 출장을 온 친구로부터 잠깐 만날 수 없냐는 전화를 종종 받았다. 도쿄에서 오사카의 거리가 600킬로미터에 이르고 신칸센新幹線 차비만 3만 엔, 우리 돈으로 약 30만 원 정도가 든다. 상당한 지식인에 속하는 친구가 반가운 마음이겠지만, 그런 전화를 해 올 때 아연실색하며 사실을 애기하고 양해를 구하곤 했다.

일본은 조그만 섬나라라고 많이 들어 온 탓이리라 생각하지만, 넓이가 남한의 4배이고 북해도만 해도 거의 남한만하며, 한반도에는 하나도 없는 3,000미터를 넘는 산이 21개나 되는 큰 나라라고 설명하면 적잖이 놀란다.

서로 상대국을 비하하려는 갈등과 정서를 바꾸고 상호 인정하고 존중하는 선린관계로의 발전을 위해서는 서로를 좀 더 알아야 한다. 아니 우리가 일본을 더욱 공부해야 한다.

지일知日을 해야 극일克日이 가능하다는 당연한 이치는 빨리 깨달을수록 우리에게 도움이 될 것이다. 일본은 있느니 없느니를 가지고 논란을 벌이기보다 제대로 좀 배우고 알아야 한다.

일본 문화의 다양성과 이중성은 임진왜란 직전 일본을 방문하고 돌아온 사절단이 그들의 침략 가능성에 대해 상반된 보고를 한 것으로 지금까지 논란이 되고 있다. 그러나 오늘이라도 당장 일본을 모르는 두 그룹을 일정 기간 파견하여 연구결과를 들으면 크게 차이가 나지 않을 것이다. 즉, 서로 다른 내용의 보고와 주장을 하게 될 가능성이 아주 크다.

한 지역과 나라를 너무 일반화해 어디 출신은 어떻고 하는 식의 편견과 일반화가 가져 온 지역주의의 폐해를 많이 경험한 것이 우리 민족이다. 제발 국가라는 조직도 너무 쉽게 평가하고 일반화하는 오류를 범하지 말자.

소나무 옮기기

요즘은 도심에서도 소나무 조경을 자주 본다. 과문寡聞한 탓인지 모르지만, 내가 알기론 서울 시내 사옥에 소나무 조경을 처음 한 곳이, 현대차의 높은 입찰가로 유명세를 탄 삼성동 한전 본사 건물이다.

일본에서 혼네ほんね, 本音*와 다테마에たてまえ, 建前**처럼 자주 접한 말이 네마와시ねまわし, 根廻し***라는 표현이었다. 소나무 조경을 얘기한 게 이와 관련이 있어서다.

유명한 도쿄 황궁 앞 소나무 조경을 비롯해 일본에서는 소나무를 조경수로 많이 쓴다. 소나무는 옮겨심기가 아주 까다로워 이식을 하려면 오랜 기간을 두고 뿌리 주위를 둥글게 돌리는, 즉 네마와시를 하여 조금씩 작은 원으로 뿌리를 끊어 들어가

---

* 본심에서 우러나온 말이라는 뜻. 언어로 드러나지 않는 내심의 언어라고 할 수 있다.

** 진심이 아닌 말이나 표현이라는 뜻. 언어화되는 분위기를 고려한 포장언어라고 할 수 있다.

*** 나무를 옮겨심기 전에 나무 뿌리의 일부를 잘라내 잔뿌리가 많이 나게 하는 일을 말한다.

마지막에는 흙과 뿌리를 함께 파서 옮겨야 산다고 한다.

일본에서는 업무를 처리할 때 관련 기관이나 부서에 우리 쪽 의견을 사전에 얘기하고 논의를 거친 후에 문서를 보내 처리하는 것이 관행으로 정착되어 있다. 이것이 이식할 소나무의 뿌리를 단계적으로 미리 끊어 안전하게 옮기는 방법과 같아 그렇게 부르는 것이다.

이런 방식은 서양의 문명국에서도 일반화되어 방문이나 취재, 연수를 희망할 경우 충분한 리드 타임을 가지고 요청하는 게 관례임을 볼 때 이는 글로벌 스탠더드라고 볼 수 있다.

지금은 입만 벙긋하면 글로벌 스탠더드이다 보니 많이 개선되었지만, 아직 일방통행식 문화를 더 많이 보는 것이 현실이다. 급할수록 정신을 차리고 예의를 차려야 하는데 말이다.

이름을 대면 누구나 알만한 유명한 분이 현지 특파원으로 근무할 때 하던 얘기가 생생하다. 국내에 무슨 큰 사고나 사건만 터지면 저녁 뉴스에 방송해야 하니 일본의 관련 분야 권위자를 인터뷰해 보내라고 한다는 넋두리였다. 동사무소 서기를 만나려 해도 2주 전에 공문을 보내 정해 주는 시간에 방문해 일을 처리하는 게 일본문화인데, 어찌 당일에 처리할 수 있느냐는 얘기다. 처음에는 어렵다고 하니, 왜 당신은 자꾸 못한다고만 하냐고 해서 일단 알았다고 하고 버틴다고 했다.

나도 늘 겪던 어려움이라 쉽게 공감하였다. 1990년도만 해도 최고의 기술력을 보유한 일본 전력회사로부터 관련 자료를 당장 입수하여 보내라는 지시가 비일비재했다.

우리나라도 독일 법체계에서 형성된 대륙법 체계를 받아 들여 만든 일본 법령과 규정을 답습하여, 유사한 법체계를 갖고 있다. 대부분의 법조문이 형태와 내용에서 일본과 유사하였고, 기술관련 규정은 부끄러울 정도로 더 심하였다.

우리보다 앞서 서구 선진문물을 도입해 시행착오trial & error의 과정을 거친 일본의 기술은 우리에게 그대로 적용해도 될 정도였으니, 사안마다 일본 사례가 필요했던 것이다.

일본 전력회사는 우리처럼 안면이 아니라, 창구가 국제협력 부서로 일원화되어 모든 정보를 통제, 관리하는 시스템을 갖고 있다. 전 세계 전력회사의 요청을 서너 명이 처리하는 도쿄전력 실무자들의 입장을 너무나 잘 알기에 양쪽을 절충해 일하는 것은 쉽지 않았다. 하루는 담당 과장이 정색을 하고 한전과의 관계를 끊어야겠다고 해 화들짝 놀란 적도 있다. 한전이 요청한 사항만 처리해도 다른 일을 못 한다는 푸념이었다.

지금은 우리의 기술수준이 높아져서 초고압과 승압, 해외분야는 그들이 우리한테 배우러 오기도 한다. 그에 맞춰 물론 우리 측 요청도 크게 줄어들었다. 정말 상전벽해다.

어느 일본 대기업 경영자의 충고가 새롭다. 초기 일본 기술자들은 미국에 연수를 가서 짧은 영어로 휴일도 없이 어쩌면 하나라도 더 배울 수 있을까 노심초사했다고 한다. 식사를 대접하면서까지 열심히 기술을 배워 왔는데, 한국 유수의 기업에서 온 연수자들은 배우려는 마음보다는 주말에 관광할 궁리만 하는 걸 보고 관계를 끊었다는 얘기다. 배우려는 자세를 제대로 갖춘 사람에게 하나라도 더 가르쳐 주고 싶어지는 게 인지상정 아니겠는가. 지금은 아득한 1990년대 초반의 얘기지만, 당시 나도 연수를 주선하고 상대 기관의 유사한 불만과 푸념을 들을 때 민망한 적이 한두 번이 아니었다.

관광 등 딴 생각은 좀 이해가 가지만, 비싼 돈 들여 연수를 오면서 올 때마다 동일한 질문만 한다는 것이다. 국제협력부서에서 실무 부서와 어렵게 미팅 약속을 잡고, 담당 부서에서도 바쁜 가운데 연수를 수락했는데 짜증을 낸다는 것이다. 제대로 된 조직이라면 앞서 다녀 온 연수내용을 충분히 숙지해 보고하고, 다음 연수자는 새로운 것을 질문하고 배우려는 노력이 필요하지 않는가라는 반문이었다. 내 고개가 저절로 떨구어져 '죄송합니다_{すみません}'를 반복하며 상황을 모면하곤 했지만, 지금 생각해도 참으로 한심한 일이었다.

지금은 우리 기술 수준이 높아져 기술연수 명목의 출장이 크게 줄었다. 많은 저개발국 에너지 관련 직원들을 대상으로 연수프로그램을 운영 중인 지금, 그때를 떠올리며 격세지감을 느낀다.

스시

1990년도 첫 일본근무를 할 때 우리 가족의 외식은 주로 신주꾸新宿의 회전초밥집이었다. 집에서 걸어서 갈 수 있는 거리에다 번화가로 눈요깃거리도 많았지만, 나와 아내는 물론 아이들이 스시すし, 鮨·鮓, 壽司는 차음를 아주 좋아해서였다. 지금은 서울에서도 쉽게 접할 수 있지만, 처음 보는 회전초밥집은 신기하기도 했고 값도 적당했다.

지금은 우리나라 초밥집도 접시마다 가격이 달라 은근히 눈치를 보며 고르지만, 당시 우리 단골집은 종류에 관계없이 120엔 동일가격이었다. 그래서 비싼 아와비あわび, 鮑, 전복는 회전대에 두지 않고 주문을 하면 내 주었는데, 우리 두 딸이 눈치없게 가기만 하면 '아와비 구다사이!あわび ください, 전복 주세요!'를 외쳐 대 민망한 적이 한두번이 아니었다. 외국인 가족이 그것도 유치원 꼬마들이 자꾸 말하니 주인도 웃으면서 만들어 주기는 했지만, 주위의 눈치가 많이 보였다.

스시가 지금은 사쿠라さくら, 벚꽃만큼이나 세계 각국에서 일본을 대표하는 아주 비싼 요리로 통하지만, 처음엔 길거리 패스트 푸드였다. 식초す,酢에 절인 어육魚肉을 밥めし,飯과 함께 눌러 산미酸味를 살린 것이라고 고지엔廣辭苑 사전은 정의하고 있다. 우리가 흔히 먹는 손으로 꾹 누른 니기리にぎり,握り,옮겨쥠 스시와 스시용 밥인 샤리しゃり,舍利에 어육을 덮어 먹는 찌라시ちらし 스시, 고등어와 같이 상자에 넣어 만드는 하코箱,상자,함 스시 등 종류도 다양하다.

한국에서 20년째 초밥을 만들어 온 63빌딩 일식당의 초밥요리사인 다카시마 야스노리高島康則의 인터뷰 내용에 따르면 일본은 7세기부터 생선초밥을 만들어 먹었다고 한다. 당시는 붕어와 같은 민물생선의 내장을 제거한 다음 소금에 절인 후 밥을 채워 삭혔다고 한다. 조리방식이 사뭇 우리의 식혜와 비슷했다.

이후 16세기부터 도시락 같은 틀에 밥과 생선살을 담아 짧게는 며칠, 길게는 몇 달씩 숙성시켜 먹었다. 그러나 성미 급한 에도江戶,현재의 도쿄 사람들은 이 시간을 참지 못하고, 에도성 앞 포장마차 주인들이 식초로 간한 밥에 생선살을 올려 팔기 시작한 것이 18세기 중반이라고 한다. 만들어서 판매까지 단 하루도 채 걸리지 않았으니, 당시로서는 '패스트 푸드fast food'라고 할 수 있다. 인기를 끌자 성 안에도 가게가 생겨났다. 손님들은 가게 앞에서 먹거나 포장을 해 가 집에서 먹었다. 지금은 샤리 30그

램에 생선 15그램이 표준인데, 당시 초밥은 넉넉지 않은 노동자들이 식사대용으로 먹었기 때문에 지금보다 2~2.5배 커서 두세입으로 나눠 먹을 정도였다고 한다.

냉장고가 없던 시절이라 날생선을 사용하지 않고, 간장에 절인 참치나 초절임 전어, 데친 새우나 오징어를 사용했다. 그러므로 현재 우리가 먹는 식의 초밥, 즉 날생선을 얹은 초밥은 역사가 50년에 불과하고 샤리의 양도 제2차 세계대전 이후 작아졌다고 한다.

다카시마 씨에 의하면 오늘날 한국과 일본의 초밥문화는 큰 차이가 없지만 몇 가지 면에서 다르다고 한다. 우선 일본인은 붉은 살 생선을 선호하는 반면, 한국인은 흰 살 생선을 좋아한다. 또한 한국인들은 선어鮮魚보다는 활어活魚를 좋아한다. 선어는 숙성과정에서 아미노산이 분해되어 감칠 맛이 난다. 반면 활어는 탱탱하고 쫄깃한 맛을 가진다. 물론 일정기간 숙성된 초밥과 회가 생선 본연의 맛을 더 잘 느낄 수 있다며 선어를 찾는 이들이 늘어나고 있지만, 아직은 활어가 우세하다고 한다. 밥에 정성스레 식초를 비벼 넣어 샤리를 만들고 숙성한 선어를 사용해 장인정신을 가지고 만드는 일본의 초밥과 밥솥에서 적당히 들어낸 밥에 덜 녹은 참치를 얹어 주는 한국의 그것과는 아직 차이가 크다.

초밥을 가장 맛있게 먹으려면 카운터 좌석이 낫다고 하는데, 그 이유는 초밥은 생선이 마르기 전 2~3분 안에 먹어야 가장 좋

단다. 우리의 음식은 비빔밥처럼 양념을 듬뿍 넣고 섞어 먹는 것이 많아 된장이나 초장을 사용하는데 비해 생선 자체의 맛을 즐기는 일본인들은 깊은 산 맑은 물에서 자라는 와사비(わさび, 고추냉이)를 주로 이용한다. 요즘은 튜브에 든 일본제품도 많이 있지만, 과거 일본친구들이 우리나라에 올 때 회는 좋은데 초장과는 먹기 어려워, 와사비를 휴대해 온다고 일러 주었다.

또한 잘 만든 초밥은 겉은 단단하지만, 속은 부드러워야 한단다. 일본에서 회를 싸게 먹으려면 비오는 날에 단골집에 가라고 한다. 선어회를 시간대별로 먹을 양을 정해 미리 녹여 놓기 때문에 비가 내려 손님이 적게 오면 덤으로 듬뿍 낸다는 것이다. 일리 있는 말이다.

스시를 즐기는 입맛만큼이나 양국민 간에는 차이가 많다. 그 차이를 인정하고, 상호의 문화를 존중하는 자세만이 일의대수一衣帶水의 이웃이 지향해야 할 바임을 양국의 오랜 역사는 말해 주고 있다. 일시적인 양국의 분위기나 리더의 기분이 좌우할 문제가 아니다. 통찰을 통한 바른 역사 인식과 미래지향적 상생 노력, 혜안의 발휘가 절실한 시점이다.

홍어와 낫또

　서남해 해상세력의 삼별초에의 동조와 왜구와의 연대를 우려해 고려 말에 섬을 비우는 공도空島 정책이 행해졌다. 그 영향으로 주로 항몽의 근거지였던 진도, 거제도, 흑산도 등의 섬 주민들이 육지로 옮겨 왔고 이 정책이 조선 초기에는 더 강화되었다.

　역설적이지만 이 조치의 영향으로 흑산도 주민들이 나주목의 영산포로 이주하며 가져온 물고기가 상해 모두 버렸는데, 그중에서 당시에도 비싸고 귀했던 홍어는 버리기는 아깝고 먹을만 해서 먹기 시작한 게 요즘 우리가 즐겨 먹는, 톡 쏘는 맛이 일품인 삭힌 홍어이다. 지금도 흑산도에서는 삭히지 않은 홍어 회나 무침을 주로 먹는 것을 봐도 알 수 있다.

　나주에서 생활하며 홍어를 자주 접한다. 톡 쏘는 맛이 가장 강한 '코'와 내장인 '애'도 먹을 수 있게 되었다. 값이 싸서 많이 보급된 칠레 산 홍어와 영산포 홍어를 비교하면, 구수함과 씹히는 살점의 맛이 천양지차다. 수십 마리의 살찐 홍어를 바닥에 늘어놓고 삭히는 숙성장은 보기에도 장관이다.

일반적으로 우리가 즐기는 삼합三合은 삭힌 홍어와 돼지고기 그리고 묵은 김치를 함께 먹는 방법으로 요즘은 아주 일반화된 음식이다. 이 음식의 유래가 재미있다. 홍어는 예전부터 고가의 음식이었고, 남도 지방에서는 큰 일에 빠져서는 안 될 귀한 몸이었다고 한다.

그런데 귀한 홍어만 먹으면 눈치가 보여, 돼지고기에 김치도 한 점씩 먹었는데 그 맛이 괜찮아 세 가지를 한꺼번에 먹기 시작하였다. 그 맛이 아주 좋아 천지인天地人의 의미를 담은 삼합으로 이름이 지어졌다는 얘기다.

얼마 전 지인知人이 장흥 삼합을 자세한 설명서와 함께 보내와 먹은 적이 있다. 장흥산 소고기와 표고, 키조개의 관자를 함께 구워 먹는데, 홍어에 덜 익숙한 나에게는 훨씬 맛이 있었다. 이렇듯 음식의 종류와 그 문화는 꾸준히 진화하는 모양이다.

삭힌 홍어와 유사한 게 일본의 낫또이다. 지금은 유일한 발효식품에 건강식으로 자리매김하여 일본인 누구나 즐기는 대중음식이 되었다. 요즘은 사시미와 스시를 비롯한 일본음식의 세계화와 함께 여유있는 외국인들도 좋아하게 되었다.

그런데 낫또의 유래 또한 삭힌 홍어만큼이나 재미있다. 오사카와 교토를 중심으로 한 서西에서 동東으로 새로운 개척지를 찾아 전쟁을 하는 일이 잦았다. 요즘 전차처럼 당시 가장 중요한 전투 수단은 말이었다. 기동력과 전투력 면에서 말은 보병 몇 사람에 필적하였다. 그래서인지 말은 귀하게 여겨졌고, 먹이로 콩을 주었다고 한다.

그런데 습기가 많은 일본 기후와 장마 탓에 먹이로 준비해 간 콩이 발효 즉, 뜨게 되어 말이 먹지 않게 되니 버리기는 아깝고 해서 사람이 먹기 시작한 게 낫또의 유래라고 한다.

낫또의 고향은 도쿄 북쪽의 미또水戸라는 곳이다. 관동지역에서 먹기 시작하였고, 교토의 귀족들은 '말 먹이를 사람이 어찌 먹냐?'라며 처음에는 먹지 않았다고 한다. 각종 김치류 등 발효식품이 다양한 우리와 달리 낫또는 이제 일본의 유일한 발효식품으로 그 진가를 발휘하고 있다. 바이킹으로 부르는 일본 호텔의 조찬 뷔페buffet에 빠지는 것을 본 적이 없다. 참고로 뷔페는 불어로, 원래 그 음식은 바이킹 해적들이 먹던 방식이다. 음식을 따로 차리기 어려운 좁고 길쭉한 그들의 해적선 특성상 음식을 넣은 통에서 먹고 싶은 음식을 골라 먹는 것이 뷔페의 시작이니 바이킹으로 부르는 게 맞는 표현 같기도 하다.

일본 생활을 오래 하다보면 가끔 구수한 담북장, 즉 청국장 생각이 난다. 이럴 때 낫또를 사다 두부와 김치를 넣어 끓이면 푹 띄운 청국장의 깊은 맛은 아니지만, 그런대로 먹을 만한 청국장이 된다.

필요는 발명의 어머니인 것처럼 음식도 그 지역의 풍토와 습성에 맞춰 계속 변화하고 발전하면서 특유의 문화를 형성한다. 외국에 가면 된장과 김치만 고집하지 말자. 그곳 풍토에서 오랜 세월을 거치며 형성된 음식을 즐기는 것도 그들의 문화를 존중하며, 맛과 풍류도 즐길 수 있는 여행의 요체라는 생각이 든다. 음식은 가리지 말고 골고루 먹는 게 좋다지 않는가. 청국장의 깊은 맛이 유난히 생각난다.

사바사바

　냉장 시설이 없을 당시 소금을 듬뿍 친 염장으로 두메산골에서도 맛 볼 수 있었던 몇 안 되는 생선. 귀한 단백질원으로 서민의 밥상을 즐겁게 하였던 자반고등어, 우리가 좋아하는 고등어의 일본 이름이 사바さば이다.

　어렸을 때를 추억해 보면 어머님이 5일장에 나가 큰 맘 먹고 사 온 고등어 몇 마리에 기분 좋았던 기억이 새롭다. 언제나 소금 덩어리 자반이 아닌 생 고등어를 사 와 무를 듬뿍 넣고 푹 조린 고등어의 쫄깃한 식감이란 글로는 표현하기 어려울 정도다. 할아버지가 혹시나 다 드시면 어쩌나 하고 몇 점 안 드시고는 다 먹었다고 상물림을 해 주시기를 숨죽여 기다리던 손주들에게 옛 추억으로 남아 있을 것이다.

　그 영향 때문인지 아직도 가장 좋아 하는 생선이 고등어이다. 내가 밥맛이 없다고 하면 단골로 밥상에 오르지만, 한 번도 싫다고 내색한 적이 없다.

고등어는 성질이 급해 잘 죽기 때문에 회로 먹기가 어렵다. 제주도의 전문횟집에 가야 맛볼 수 있었던 고등어회를 지금은 비행기로 당일 공수해 와 서울에서도 몇 곳에서 즐길 수 있게 되었다.

회의 본 고장이라 할 일본에서도 고등어회さばずし, 사바즈시가 나오는 집은 신선도 면에서 최고로 친다. 후지산 인근에서 운동을 하고 고향이 인근의 누마즈沼津인 지인이 가져 와서 먹었던 고등어회 맛은 지금도 잊을 수가 없다.

사바사바さばさば란 형용사는 속어로 시원시원한, 상쾌한, 후련한 등의 의미를 가지고 있다. 하지만, 우리나라 사람 대부분은 좋지 않은 의미로 알고 있다. 즉 윗사람에게 비굴하게 아부하는 사람을 칭하거나, 뒷거래로 문제를 해결하는 경우를 뜻하는 비속어로 쓰이는 경우가 많다.

일본문화에 밝은 지인이 일러 준 사바사바는 일제 식민지 치하에서 먹을 게 별로 없던 궁핍한 시절, 순사에게 잡혀 간 사람이 고등어 두 마리, 즉 한 손(사바사바가 고등어 두 마리라는 의미)을 주고 풀려났다고 해서 유래되었다고 한다. 이 이야기를 들려주면 모두 신기해하고 재미있어 한다.

먼 과거가 아닌 우리들의 어린 시절만 해도 감사의 표시로 설탕과 계란 한 꾸러미를 선물하였던 기억을 더듬어 보면, 일제 강점기의 고등어 한 손은 큰 선물이었음을 알 수 있다. 아첨이나 아부한다는 일본어는 고마스리ごますり라고 참깨를 간다는 표현이 있다.

2014년 7월 2일 자 〈한국경제〉 고두현 논설위원의 〈천자칼럼〉에 고등어에 관한 유사한 내용이 있어 인용한다. 고두현 위원에 의하면 고등어는 우리 국민들이 가장 좋아하는 '국민생선'이라고 한다. 값이 저렴할 뿐만 아니라 양질의 단백질과 오메가 3 지방산 등 각종 영양소가 풍부하여 노화방지와 성인병 예방에 효과가 있기 때문이다.

우리와 마찬가지로 일본인도 고등어를 좋아한다. 요즘은 전용수족관 덕분에 쉽게 즐길 수 있지만, 과거 고등어회는 보통 사람이 평생 먹기 어려운 음식 중의 하나였다. 어떻게 보면 유별날 정도이다. 운송 중에 썩는 것을 방지하기 위해 고등어를 식초에 담근 후 초절임으로 먹었다고 한다. 고등어를 도쿄까지 싣고 가던 '고등어 길'도 잘 보존되어 있다. 오죽하면 고등어를 뇌물로 건넨 것에서 사바사바라는 속어가 나왔을까.

독자들에게 팁을 주자면 크기가 큰 고등어가 맛있는 고등어이고, 시기적으로는 9~10월 등 가을철 고등어가 좋다고 한다. 이맘때 고등어는 가장 살이 쪄서 며느리에게도 안 준다는 말까지 있다. 불에다 굽는 고갈비, 소금에 절인 간 고등어·자반고등어, 무를 넣은 조림 등 고등어를 즐기는 요리법도 다양하다.

우리 사회 어디를 가나 각 분야의 숨은 고수들이 많고 그들이 사회를 지탱하고 움직인다고 생각하는데, 이 글을 쓰며 더욱 절감한다. 나의 생각과 지식을 객관화하는데, 고두현 위원 같은 전문가의 덕을 많이 본다.

과거 역사문제를 둘러싼 현해탄의 파고가 가장 높은 이때 우리가 무심코 쓰는 일본식 표현 하나도 이제 다시 생각해 봐야 할 때다.

또한 우리가 자주 쓰는 표현 중에 하나가 '노가다'라는 말이다. 일본어의 노카타野方, 공사판의 막벌이꾼에서 유래하였다. 노카타는 머슴을 높여 부르던 것으로, 농사일에 관한 것을 말할 때 쓴다. 그렇기 때문에 내가 은연중에 '노가다'라는 표현을 하면, 발음을 혼동한 일본인들은 아직도 한국에는 머슴제도가 있냐며 의아하다는 표정을 보이기도 하였다.

언어는 시대상황에 따라 변화하기 마련인데, 일제 강점기에 사용하던 일본식 어휘가 광복 70년이 도래하는 현재까지 화석화된 표현으로 남아 있는 경우를 다수 발견하며, 묘한 아이러니를 느낀다.

우연히 신문을 보다가 건설회사에 근무하는 K씨의 하루 일상을 일본식 표현으로 작성한 내용이 있어서 옮겨 본다. 다소 과장된 표현이기는 하지만, 괄호안의 표준말이 없어도 무슨 뜻인지 이해하는데 어려움이 없을 정도니까 우리말에 살아 있는 일본어 잔재가 놀라울 정도이다.

아침도 먹는 둥 마는 둥 출근길에 나선 K씨의 하루는 어머니의 쿠사리(꾸중)로 시작된다. 간지나게(멋지게, 분위기 있게)

양복을 차려 입었지만, 갓 입사한 그의 임무는 주로 선배들의
미나라이(보조·견습) 업무에 불과하다. 그럴싸한 잇폰(한 건)
으로 가오(체면)를 세우고 싶지만 회사에서는 좀처럼 기회가
오지 않는다. 아침부터 거래처 여직원이 계약서를 보내 주지
않는다고 땡깡(생때)이다. 여자지만 전화로 불만을 제기하는
모습을 보면 정말이지 무데뽀(막무가내)다.

신마이(신참)인 K씨의 입장에서 느긋한 점심식사는 사치다.
다대기(양념장)로 간을 한 우동(가락국수) 한 그릇으로 점심
을 때우고 선배와 함께 건설현장으로 출장을 나갔다. 현장에는
노가다(공사판 노동자)들이 단카(지게)를 짊어지고 벽돌을 실
어 나른다. 수시로 곤조(성질)를 부리는 십장(현장반장)의 비
위를 맞추는 것도 시타바리(후배)의 몫이다. 차량을 운전하고
회사에 돌아오면서 계기판을 보니 엥꼬(기름통 바닥이 들어난
상태) 표시등이 뜬다. 주유소에 들러 기름을 만땅구(가득) 넣
고 빠꾸(후진)를 하다 실수로 뒤에 오는 차량에 부딪쳤다. 맙소
사 범퍼에 기스(흠)가 났다. 이쯤 되면 멘붕(정신적 공황상태)
이다. 퇴근 길에 군대 친구들을 만났다. 총기 수입(손질)부터
추운 겨울 나라시(땅을 평탄하게 하는 것)하던 이야기, 점호시
간에 늦어 연병장을 마와리(돌다) 돌았던 일까지 이제는 아련
한 추억으로 남아있다. 자정을 넘긴 시각에 지하철 막차를 타
기 위해 역으로 뛰어 들었다. 아다리가 맞았는지(운이 좋아서
인지) 막차에 몸을 실을 수 있었다. 오늘 하루도 이렇게 시마이

(끝·마무리)다.

다소 길지만 하루의 일상을 일본식 문장과 표현으로 표현할
수 있다니 신기하기까지 하다. 문화침탈의 영향은 크고 무서울
정도다.

야쿠자

일본에 살다 보면, 주기적으로 야쿠자의 의리와 배신을 다룬 드라마나 영화가 히트를 치고 이따금 야쿠자들 간의 나와바리 なわ·ばり, 繩張り, 영역, 세력권 등을 뜻함 싸움 보도를 접하게 된다. 어떻게 경찰 등 사법 당국과의 전쟁에서 이리 오랫동안 존속하는지 그리고 무엇을 해 먹고 사는지가 늘 궁금했다.

일본의 야쿠자 중 최대 조직은 1915년 고베神戶항에서 폭력조직으로 출발해 1만 6,000명의 조직원을 둔 야마구치구미山口組이다. 그 외 스미요시카이住吉會와 이나가와카이稻川會로 전체 인원이 10만 명에 이른다. 1960년대에 도쿄까지 장악한 야마구치구미가 100주년 기념식을 고베에서 열었다고 한다.

〈포춘〉에 따르면, 야마구치구미의 2014년 수입이 800억 달러로 글로벌 기업 히타치의 959억 달러에 이어 일본 매출 8위 규모라고 한다. 〈뉴스위크〉와 〈산케이신문〉이 100년 생존비결로 현대기업의 경영모델을 도입한 것을 들고 있다. 실제로 이들은 연예기획사와 부동산 투자 등 합법적인 사업까지 영역을 넓혔다. 싼 값에 부동산, 주식, 미술품을 사들여 지하 시장에서 비싸게 되팔고, 부실채권 정리 사업에 뛰어 들고, 인터넷 기업까지 운영한다.

〈한국경제〉 고두현 논설위원에 의하면, 야쿠자는 마약은 잘 건드리지 않는다고 한다. 비슷한 성격의 중국 삼합회三合會, 이탈리아 마피아 및 미국의 갱단 등이 총기나 마약을 취급하고 이로 인해 치명타를 입는 것과 대조적이다. 심지어 그들은 마약추방운동을 벌이고, 다양한 사회공헌 활동을 한다고 한다. 보통 시민들처럼 불우이웃도 돕고 동네 청소하는데 참여하고, 재난이 발생하였을 때는 심지어 자위대보다 먼저 현장에 달려가서 지원의 손길을 아끼지 않는다고 한다. 고 위원에 따르면 100년에 걸쳐 와해되지 않고 생존할 수 있었던 노하우라고 할 수 있다.

원래 '야쿠자'라는 단어는 일본에서 시작된 하나후다花札, 즉 우리의 화투에서 '집고 땡'과 비슷한 산마이さんまい, 三枚를 할 때 끗발이 망통인 893의 첫 글자 즉, 야쓰8 큐9 산3의 앞 발음에서 유래한다. 893망통처럼 인생에서 불필요한 '따라지 인생'이라는 표현이다. 가장 권위 있는《고지엔대사전》에도 등재되어 있다.

야쿠자란 나름대로 생존을 위한 처절한 노력을 하는 것 같지만, 그 존재 자체가 왠지 음습하게 느껴지고 씁쓸하다.

화투花札, はなふだ, 하나후다는 원래 일본에서 약 250년 전에 도박용 품으로 주로 게이샤げいしゃ, 藝者, 기생들이 무료한 시간을 달래는데 쓰던 놀이 기구라는 것이 통설이나, 다이묘だいみょう, 大名* 정원의 꽃 등을 그린 것으로 보아 높은 신분의 여성이나 자녀들의 우아한 놀이였다는 에바시 다카시江橋崇 법정대法政大 명예교수의 연구도 있다. 설날에 하는 트럼프와 유사한 카루타カルタ, 포, carta라는 게임도 있다. 요즘 일본은 화투를 거의 하지 않아 구하기가 어렵다. 출장자의 성화에 못 이겨 화투를 사려다 난처했던 경우가 여러 번 있었다. 설령 구하더라도 우리가 사용하는 얇고 코팅된 세련된 게 아니고, 어릴 때 사용했던 목 화투처럼 두꺼운 종이로 만든 투박한 것뿐이었다. 할 수 없이 국내에서 여러 벌을 사다가 대처했던 기억이 난다. 그도 그럴 것이 과거 가장 큰 화투회사였던 닌텐도가 세계 게임 산업을 주도하고 있을 정도로 변신을 하였으니 말이다.

지금은 음식을 주문하고 나오기를 기다리며 몇 판씩 돌리곤 하던 고스톱 문화가 사라진 것 같다. 한때는 일본이 일부러 한국을 망하게 하려고 화투놀이를 수출했다는 말이 돌 정도로 성행했던 기억이 새롭다. 노름꾼, 타짜 등 여러 사회문제를 야기하기도 했다.

---

* 넓은 영지를 가진 무사를 뜻하며 특히, 에도시대에 봉록이 1만 석 이상인 무가(武家)를 지칭한다.

화투의 달月과 해당 월의 꽃이 3월 벚꽃, 6월 목단 등 우리의 음력과 유사한데, 일본에서 개발된 것이라 그들의 계절을 따랐기 때문이다.

12월 비 광光에 관한 일화도 재미있다. 서예가인 오노도후おのどうふう, 小野道風, 894~966가 글쓰기에 진전도 없고 해서 서예 배우기를 포기할 요량으로 놀러 나갔다. 우산을 쓰고 개울을 건너다 빗속에서 개구리가 버드나무 가지에 뛰어 오르려다 실패하곤 하다가 불어오는 바람을 이용해 마침내 나뭇가지에 뛰어 오르는 것을 보았다. '하찮은 미물인 개구리도 저렇게 열심인데 개구리보다 못해서야'라고 대오 각성하고 정진하여 일본의 3대 명필이 되었다는 얘기를 묘사한 그림이란다. 여기서 비는 버드나무를 뜻한다.

명필 한석봉과 어머니의 고사故事를 듣는 기분이다. 모든 큰 성취는 뼈를 깎는 인고忍苦의 노력을 통해서 가능하다는 평범한 이치를 화투장을 통해 다시금 상기하게 된다. 아이러니가 아닐 수 없다.

요즘은 치매예방에 좋다고 시골 마을회관마다 어른들이 모여 10원 짜리 고스톱을 친다고 하는데, 나도 치는 방법은 잊어버리지 말아야겠다. 내가 아는 지인은 퇴근 후 집에서 부부 간에 고스톱을 즐긴다는데, 그것도 대화의 좋은 방법일 것 같다. 담배도 백해무익은 아니라고 하지 않는가.

만사 과유불급過猶不及이 문제인 것이다.

까마귀와 까치

처음 일본에 가서 인상적이었던 것이 까마귀_{からす, 가라스}가 아주 많다는 것이었는데, 특히 공원에 떼를 지어 몰려다니며 어린아이들을 위협할 정도로 위험하다. 우리는 흉조라 해서 싫어하는 새이지만 일본 까마귀는 잘 먹어서 그런지 크기가 우리나라 까마귀의 2배쯤은 되는 것 같고 광택이 날 정도로 새까맣고 별로 싫어하지도 않는 것 같다.

일본 최초의 서양식_{西洋式} 공원인 도쿄 중심의 히비야_{日比谷} 공원에 가면 마치 비둘기 떼처럼 자주 보게 되는데 사람도 별로 무서워 않는다. 《고지엔대사전》에 보면, 잡식성인 까마귀는 대체로 인가_{人家} 주변에 서식하며, 가을과 겨울에는 야간에 집단으로 수면을 한다. 옛날에는 구마노_{熊野}신의 사자라고 알려지기도 하고, 우는 소리가 불길하다고 여겼다고 하는데 이는 우리와 같은 인식인 것 같다.

우리의 경우, 고구려의 시조인 주몽이 고구려의 상징으로 삼

족오三足烏 깃발을 사용한 것이 드라마를 통해 널리 알려지면서 까마귀에 대한 인식이 좀 바뀐 것 같기도 하다.

까마귀가 아주 영리하여 먹이를 구하기 위해 도구를 사용한다는 연구결과가 있다. 실제로 가정집에 배달된 우유가 빈 병으로 남아 있어 추적한 결과 까마귀의 짓으로 밝혀지기도 했다. 철사같이 뾰족한 것으로 뚜껑에 구멍을 내고 마시는 모습이 CCTV 화면에 잡힌 것이다.

까치는 한때 길조로 여겨져 모 은행에서는 행조行鳥로 지정하고, 텃새라서 멀리 날지 못하는 까치를 제주도에 방사하기도 했다. 재미있는 것은 완도에는 까치가 없는데, 까치가 육지에서 한 번에 날아갈 수 없는 거리이기 때문이란다. 제주도 정전의 상당 부분이 까치를 옮겨 놓은 그 은행에도 책임이 있다고 볼 수 있는 근거이기도 하다. 물론 혹자는 제주도에 까치를 들여온 것은 아시아나항공이라는 이야기가 있기도 하다.

지금은 정전의 주범이며 좋은 과실만 콕콕 찍어 놓아 과수 농가가 가장 경원시하게 되었다. 하지만 까치는 오랫동안 우리와 친숙한 조류로서 까치가 울면 반가운 손님이 온다고 알려진 길조吉鳥이다.

전기회사와 까치는 천적관계이다. 왜냐하면 정전의 삼분의 일 가량이 산란기에 까치가 알을 낳을 집을 전선 부근에 급조하면서 젓가락, 때로는 망가진 연탄집게 같은 쇠붙이를 쓰기 때문이다. 나뭇가지도 비가 오면 물기 때문에 도체가 되어 합선으로 정전을 발생시키곤 한다.

그래서 한전은 부득이하게 까치집을 털어 내거나, 공기총으로 까치를 잡기도 한다. 이런 직원들을 동물보호에 반한다고 경찰에 신고하기도 한다. 지금은 까치의 문제점을 많이 알아서 신고하는 일은 줄어들었다. 한전은 봄철 까치 산란기에는 직원이 총 출동하여 까치집을 털어 내고, 엽사가 잡은 까치를 마리당 수천원에 사들이기도 한다. 전기라는 문명과 까치라는 자연이 생존을 위해 다투는 슬프지만, 재미있는 이야기이다.

일본에는 까치가 큐슈九州지방에만 서식하는데, 이름이 까치가라스이다. 우리말의 까치와 가라스鳥 즉 까마귀의 합성어이다. 텃새인 까치가 본토까지는 날아가지 못해서일 것이다. 한반도에서 까치가 일본으로 어떻게 건너갔을지, 아니면 처음부터 큐슈에 살았는지 연구해 본다면 재미있을 거라고 생각한다.

내가 까마귀와 까치에 대해 생각을 많이 하게 된 연유는 역시 삶의 방편인 일 때문이었다. 조류鳥類에 의한 정전문제가 심각해 일본은 어찌 대처하는지 알아보라는 많은 질문과 재촉이 왔다. 결론적으로 일본은 까치의 서식지가 큐슈로 제한되어 있고, 까마귀가 가끔 정전을 유발한다는 얘기가 있을 정도이다.

1990년 처음 일본에 주재원으로 가서 도쿄 일원에 큰 정전이 있다는데 왜 보고를 않느냐고 거꾸로 서울로부터 추궁을 당한

적이 있다. 부랴부랴 알아 본 바는 나에게 아직까지 충격으로
남아 있다.

전기는 무선이 아닌 유선으로 공급하는 특성상 필연적으로
정전을 수반할 수밖에 없는 사업이라는 설명이었다. 그러므로
태풍 같은 자연재해 시에 정전은 당연히 발생하는 것이라 굳이
언론에서 취급하지 않는다는 것이다. 그러고 보니 당시 정전현
황에 대해 도쿄전력을 통해 얘기를 들었지, 현지 신문이나 방
송의 정전보도를 보질 못했다. 그래서 본사에 정전보고를 하지
못했는데, 정전에 민감한 우리는 특파원의 보도를 통해 먼저
알고 있었던 것이다.

크게 한 방 먹었다. 25년여가 지난 지금도 세계적으로 우리의
정전시간이 가장 짧지만, 잠시라도 정전이 되면 각종 보도와
민원전화로 한바탕 홍역을 치르는 게 전기회사의 현실이다. 전
기는 전선을 따라 흐르고 대부분의 정전은 자동차의 전주충돌
이나 까치 등의 사유로 발생한다. 그러면 현장에 가는 데 30분,
전선을 잇는 데 30분 정도는 필요하고 이는 당연한 것으로 받
아 들여야 한다. 전력회사의 전기수급계약상에는 '고의나 중과
실이 아닌 불가피한 정전에 대해 전력회사의 책임을 묻지 않는
다'라고 규정하고 있다. 그런데 현실은 계약조항보다는 감정이
앞선다.

미국 뉴욕 맨해튼이 72시간 대정전으로 상점 약탈 등 소란이
난 적이 있다. 모든 것을 소송으로 처리하는 소송의 나라 미국

이지만, 당시 소송은 적법절차를 안 지킨 슈퍼마켓 대상 1건밖에 없었다는 것은 놀라운 사실이다. 오래 전에 중국인 등을 동원해 마천루를 세울 당시의 기술로 지하에 묻은 선로에 대한 책임을 현재의 전력회사에 오롯이 묻기는 어렵다는 이유였다고 한다. 미국의 합리성이 돋보이는 케이스이다. 그래서 선진국인가 보다.

가는 말, 오는 말

일본을 좀 안다고 하는 분은 일본인이 속마음은 아닌데 겉으로만 친절을 가장한다고 생각하며 혼네本音와 다테마에建前*를 이야기하기도 한다.

첫 일본 생활에서 가장 놀란 것이 물건을 살 때나 음식점에서는 물론이고, 유치원장이 원생에게, 교사가 학생에게, 부모가 자녀에게 '오네가이시마스おねがいします, 잘 부탁드립니다'처럼 경어敬語를 사용하는 것이었다.

식당에서 그들이 즐기는 도시락おべんとう을 먹고 난 뒤에는 뚜껑을 모두 닫고, 원래의 모습으로 만들어 놓는다. 먹고 난 음식을 치우는 이의 마음을 헤아려 주는 것이다. 내 돈 주고 먹으니 막말은 기본이고, 요즘은 음식점에서 담배를 피울 수 없어 그

---

* 일본인들은 자신의 속마음을 드러내 놓고 말하는 것을 성숙하지 못하다고 생각한다. 그래서 분위기를 고려한 '포장언어'와 '본심'이란 두 개의 코드가 존재한다. 여기서 속내의 기호가 혼네(本音)이고 포장언어라 할 수 있는 것이 다테마에(建前)이다.

럴 수 없겠지만, 식기에 담뱃재까지 터는 몰염치를 자주 보아 온 우리네이다.

맛있는 음식을 만들어 준 주인과 종업원에게 감사하는 마음으로 깨끗이 그릇을 정리하고, '고치소사마데스ごちそうさまです, 잘 먹었습니다'라고 정중히 감사를 표하는 마음 씀씀이와 돈 값 타령이나 하며 종업원을 무슨 하인 부리듯이 하는 것의 인식차이는 너무나 크다. 그런 사소한 것이 모여 문화의 차이를 낳고 그 문화의 차이가 사회의 성숙도에 대한 척도라 생각하니 오싹한 마음마저 든다.

처음에는 그들이 과하다 싶기도 하였지만, 이런 배려와 존중이 사회를 부드럽게 하는 원동력이고 성숙된 사회의 매너라는 것을 아는 데는 시간이 좀 걸렸다.

고관대작이나 양반층이 아랫사람에게 반말로 하대를 하거나 마구 행동하는 것은 한중일 삼국의 역사 드라마를 보면 판박이처럼 아주 유사하다.

TV드라마가 우리처럼 많지 않은 일본이지만, 그래도 매년 작품마다 신드롬을 일으키는 NHK의 대하드라마에 나오는 시대극의 영주와 사무라이, 지배계층인 사무라이와 상인, 일반 백성들의 관계는 조선시대의 사극에서 하는 말투와 큰 차이가 없다.

중국어 공부와 휴식을 겸해 즐겨 찾는 CCTV의 역사극이나, 사극 전문채널의 공자, 손자병법, 삼국지 등 어떤 드라마를 보아도 말투와 스토리의 전개까지 흡사하다.

　중국은 오래된 유교의 폐해를 지적하여, 공자를 중심으로 한 유교교육을 한때 중단하였다. 공산주의의 동지同志의식으로 무장된 평등교육을 실시하고, 남녀 간에도 차별을 없애고 동일하게 노동을 한 영향인지 유교적 요소가 문화에서 아주 옅어졌다.

　지금은 유교도 복권되었다. 각국에 공자학원을 세워 중화문화의 우수성을 알리는 첨병역할로 해당국과 갈등도 불러일으키기도 한다. 천자의 제향에 쓰이던 팔일무八佾舞나 각종 제사의식 등 전통이 우리에겐 온존되어 있어, 중국이 우리 성균관에서 팔일무를 배워 갔다는 얘기는 참 재미있기까지 하다.

　일본 근무 초창기 때, 여러 지인들이 부러워하며 말한 것이 한국의 전통 얘기였다. 며느리가 아침마다 부모님께 문안인사를 드리고, 갖은 예의를 다 하는 전통이 일본에서는 사라졌는데, 한국에서는 그대로 보존되고 있는 것 같아 부럽다는 얘기였다.

　당황한 것은 오히려 나였는데, 한국도 많이 바뀌어 일부 전통을 고수하는 집안 외에는 보기 드문 일이라고 설명해 주었다. 어떻게 그리 알고 있냐고 되물으니, 자기들이 아는 재일교포들의 집안에서 그런다는 것이었다.

　그런가 보다. 전통과 문화는 팔일무처럼 수입된 외국에서 생명력이 더 강해지고, 잘 지켜지며 보존되는가 보다. 자기들이 만든 문자지만, 번체자繁体字라고 무시당하는 한자가 우리나라와 대만, 홍콩에서는 건재하는 것도 아이러니다. 우리가 조상들의 서책을 제대로 못 보듯이, 복잡하고 IT화에 부적합하다고 간체자簡体字를 고집한 중국도 곧 후회하리라는 생각이 든다. 아니나 다를까 벌써 그런 보도를 자주 접한다.

애기가 옆길로 빠졌는데, 일본도 메이지유신을 전후해 아시아를 넘어 서양문물을 적극적으로 받아들이는 탈아입구脫亞入歐 정책으로 선진문물을 받아들여 자국화한 결과 지금은 글로벌 스탠더드에 가까워졌다.

우리가 일본의 것이라고 알고 있는 문화와 제도(자동차의 오른쪽 운전과 의원내각제, 입헌군주제 등 정치체제)는 오랜 전통을 가진 섬나라 영국에서, 기술과 법제도는 주로 독일에서 받아들인 것이다. 일본인들이 영국에 가면 언어 외에는 거의 불편을 느끼지 않을 정도라는 게 두 차례 런던에 가 본 나도 이해할 수 있었다.

이렇게 중국과 일본은 동기는 다르지만, 평등과 수평문화로 많이 바뀌었다. 우리는 반상班常과 위계位階를 중시하는 유교문화를 덜 떨쳐 낸 탓인지, 지나치게 위아래를 구분하고, 타인보다 조금이라도 위라고 생각하는 순간부터 상대를 얕보거나 반말을 하는 경향이 아직도 남아 있다.

일본도 도꾸까와 막부幕末 3대 쇼군이며 암행으로 전국을 돌며, 악을 퇴치하는 수호황문水戸黄門이라는 드라마로 유명한 미쓰나리 공 또한 유교를 받아들이려 적극 노력하였다. 그러나 이는 실패로 끝났는데, '유교가 현해탄을 건너지 못하고 물에 빠지고 만 것'이 일본으로서는 큰 행운이었다는 일본 친구의 얘기가 큰 울림으로 다가온다.

요즘 우리사회를 뒤흔들고 있는 유행어가 '갑甲질' 또는 '갑甲질 문화'이다. 조금만 권한을 가졌거나, 속칭 을乙이 아닌 갑甲이라 생각하면 유세를 부리고 권력을 행사해 잇속을 챙기거나 상대의 마음을 아프게 하는 것의 총칭일 것이다.

앞서 언급한 배려와 존중의 수평문화가 아닌, 위계를 따지는 수직문화가 아직까지 온존해 있기 때문이 아닐까. 가정과 유치원, 학교에서부터 존경어를 쓰며, 상호 존중하고 배려하는 문화를 익힌다면 사회가 훨씬 부드러워질 것이고, 최소한 갑질문화는 없어질 것 아닌가 생각한다.

나는 처음 대하는 부하직원에게도 가급적 존댓말을 쓴다. 일부러가 아니라 조금은 몸에 밴 습관이다. 그러다보니 후배에게 서운하다는 얘길 들은 적도 수차례 있다. 물론 어느 정도 가까워지면 편하게 얘기하지만, 공사公私를 불문하고 서로 존중하는 게 순리라는 생각에는 변함이 없다.

조그만 생각과 문화의 차이가 가져오는 결과는 실로 크다. 우리가 너무 쉽게 하는 표현 중에 '군대 3년은 버티면 된다' 라는 말이 있다. 정말로 무서운 말이다. 지금은 2년 정도로 줄어들었지만 나는 3년 3개월을 복무했다. 3년이건 2년이건 '개긴' 사람과 무언가 목표를 가지고 보낸 사람과의 차이는 하늘과 땅만큼 차이가 난다고 생각한다.

'개기는' 데 이골이 난 친구는 사회에 나와서도 문제아로 남을 가능성이 아주 크다. 무언가를 적극적으로 하려 들기보다 주어진 일에도 요령만 피우면 조직에서 속칭 '왕따'나 '은따'가 되는 것은 시간문제이다. 큰 조직에서 36년을 살다보니 그런 친구는 눈에 바로 들어온다. 인생의 선배라는 사람이 "군대 3년 개기라"고 함부로 할 얘기가 절대 아니다.

말이 나온 김에 좀 더 하자. 일본 근무를 하러 오는 주재원 유형은 대체로 두 가지로 분류된다. 영어권 외의 경우는 대체로 유사하고, 내가 경험한 중국어권도 마찬가지다.

'어차피 외국어니까, 적당히 통하면 되는 것 아니냐'는 부류와 '기왕에 나온 것인데 똑 부러지게 해서 5분 정도 얘기해도 외국인인지 구분할 수 없을 정도로 열심히 하자'는 부류이다. 주재원 기간이 끝난 뒤의 차이는 설명할 필요도 없다. 전자는 일본 친구 만나는 게 부담스럽고, 후자는 언제나 즐겁다. 나는 다행히 좋은 선배를 만나, 후자의 길을 걸었다. 고마울 따름이다.

종합상사에서 구매담당과 영업담당의 외국어 실력은 시간이 지날수록 차이가 난다고 들었다. 구매담당자는 외국어를 모르거나 적당히 알아도 된다. 한국인이 중간에 있으니 불편함이 없다. 하지만 영업담당자는 제품을 완벽하게 알아야 함은 물론 외국어도 경어와 겸양어까지 구사해야 한다. 제품의 장점을 충분히 설명한 뒤 정중하게 "잘 부탁드립니다"고 해도 사줄까 말까한 게 영업현장이다. 하물며 외국인이 문법이나 형식을 제대로 갖추지 않고 "잘 부탁해"라고 하면 사줄 것 같은가.

유치원 교육이건, 군대건, 주재 근무이건 시작의 조그만 생각 차이가 한 개인은 물론 사회의 문화도 좌우한다.

가덕도

　대구와 등대, 자생 동백군락이 유명하고 더덕이 많이 난다고 해서 이름이 붙여졌다는 가덕도加德島. 마산과 창원을 오가다 지금은 부산으로 편입되고 최근에는 거가대교 건설과 가덕도 신공항 논쟁으로 유명세를 탄 섬이다.

　옛 봉수대가 있었던 연대봉 등산과 오직 가덕도 대항에서만 맛볼 수 있다는 싱싱한 대구회의 기억이 새롭다. 상큼하고 쫄깃하게 씹히는 식감이 부산 해운대 동백섬횟집에서나 맛볼 수 있는 이시가리いしがれい, 石鰈, 돌가자미 다음쯤은 되는 맛이었다. 대구탕은 누구나 쉽게 맛볼 수 있도록 대중화되었지만, 대구회는 2월 무렵에 미리 예약을 하고 가야 맛볼 수 있는 귀한 별미였다.

　2년여를 부산에 살면서 터득한 것 중의 하나가 산의 높이에 관한 것이다. 가덕도 연대봉을 비롯하여 일본 총독부의 왕실재산 국유화를 막기 위해 이산李山이라는 표석을 세워 국유화를 막았던 기장의 아홉산과 해운대의 장산, 영도할멈의 전설이 서린 봉래산 등은 지도에 표시된 높이만으로 가볍게 보았다가는 큰 코 다친다.

내륙의 이름 있는 산들은 등산 출발점이 상당한 높이에 있는 게 일반적이다. 하지만 부산은 바로 옆이 바다라 해발 0미터에서 등산을 시작하는 것과 마찬가지여서 훨씬 높게 느껴진다.

연대봉 등산에서 동행하였던 후배가 오랜만에 한 산행으로 등산화 바닥이 벌어져 우스꽝스럽게 끈으로 동여매고 힘들게 뒤따르던 모습이 생각난다. 그러고도 장교 출신이냐고 놀렸더니, 방공포병 출신이란다. 보병과는 달리 진지부대 안에서만 근무하였으니 그럴 만도 하였다. 그 뒤 등산을 열심히 했는지, 그 후로는 산행에 힘들어 하지 않고 잘 오른다.

위에 언급한 산은 물론 영남 알프스를 대부분 주파하고 인근의 가야산과 지리산도 올랐다. 건강한 성취감을 주는 명산이 가까이 있어 부산은 참으로 좋은 곳이다. 산과 바다에서 나는 온갖 맛있는 것들을 값싸게 즐길 수 있는 것은 덤이다.

정년을 가까이 두고 부산에서 기관장을 한 분들이 은퇴 후에 부산에서 살겠다는 분들이 많다. 우선 싸고 싱싱한 먹거리가 많다. 지금은 많이 올랐지만, 서울 강남의 아파트를 팔고 부산에 거처를 마련하면 조금은 여유 있는 노후를 즐길 수 있다.

여기서 가덕도 얘기의 본론으로 들어가고자 한다. 일본어 공부삼아 한국어와 일본어로 된 관광안내 책자를 함께 보곤 한다. 외국에서도 마찬가지인데, 일본어 설명이 영어보다 더 명확하게 이해되기 때문이기도 하다.

일본어로 된 부산관광 안내책자를 보다가 우연히 가덕도에 일본해군 진지 터가 있다는 내용을 알았다. 궁금한 것을 참지 못하는 성격 탓에 책자에서 언급한 대항 근처 해군진지가 어디쯤인지 주민들에게 물어 보았다. 내가 관심을 가지니 일행들이 나서 두루 수소문해 보았지만, 모두 모른다는 대답이었다.

포기한 채 마을 뒷길을 돌아 나오다, 특이한 곳이 눈에 띄어 들어가 보니 바로 내가 찾던 일본군 진지 터였다. 꽤 넓은 연병장과 여러 개의 지하 벙커, 돌에 새겨진 부대 표시까지 잘 보존되어 있었다. 일본인들은 관광객들까지 그 사실을 알고 속으로 자부심 같은 것을 느끼기도 하였을 텐데, 우리는 역사의 현장을 바로 옆에 두고도 정말 모르는지, 아니면 외면하는지 모를 일이었다.

싫든 좋든 역사는 사실대로 기록·보존되고 후세에게 가르쳐야 한다. 승리의 기록뿐만 아니라, 패배의 뼈아픈 기록을 통해서도 교훈을 새겨야 한다. 오히려 승리보다 패배의 역사를 통해 더 큰 반성과 깨달음을 얻는다고 본다. 위와 같은 역사의 현장은 잘 보존해 학생들의 탐방 코스에도 넣어서 바른 역사의식을 가질 기회를 주어야 한다.

우리는 일본에게 일제 식민 통치의 반성과 위안부 문제의 성의 있는 해결을 지속적으로 요구하고 있다. 이는 그들의 반성은 물론이고, 우리의 아픈 역사를 바로 기록하고 교훈을 얻고자 함이리라. 대부분 승자의 기록만으로 점철된 편향된 역사서歷史書의 바른 해석이 필요한 연유이다.

저 멀리 희망봉을 돌아 먼 항해를 하고 온 러시아 발틱Valtic 함대를 천혜의 요새 진해만에서 숨어서 기다리던 일본 함대 총사령관인 도고 헤이하치로とうごう へいはちろう, 東郷平八郎의 이야기가 생각난다. 그는 러일전쟁의 승리로 일약 세계적인 명장 반열에 오르게 되었다.

도고 헤이하치로는 1905년 5월 27일 50여 척으로 구성된 러시아 발틱 함대가 베트남 후안홍 항을 출발하여 블라디보스톡Vladivostok 항으로 가기 위해 대한해협으로 방향을 잡았다는 보고를 받았다. 도중에 위치한 이끼시마에 있는 부대로부터이다. 이에 진해만을 출항해 대마도와 울릉도 사이에서 러시아 함대를 완전히 격파하고 일본 역사상 최대의 승리를 거두었다. 그 승리로 일본은 서구의 열강들과 어깨를 나란히 하고 제국주의 일원이 되었다.

이런 도고 원수가 출병 전에 이순신 장군을 신神으로 제단에 모시고 승전을 기원하는 의식을 올렸다고 한다. 러일전쟁 축하연에서 한 기자가 "각하의 업적은 영국의 넬슨 제독, 조선의 이순신 제독에 비견할 만한 빛나는 업적이었습니다"라고 칭찬하자 즉각 그 기자를 야단치고는 "나를 이순신 제독에 비교하지 말라. 그분은 전쟁에 관한한 신의 경지에 오른 분이다. 이순신 제독은 국가의 지원도 제대로 받지 않고, 훨씬 더 나쁜 상황에서 매번 승리를 이끌어 내었다. 나를 전쟁의 신이자 바다의 신이신 이순신 제독에게 비유하는 것은 신에 대한 모독이다"라고 말하였다고 전해진다.

일본에서 군신軍神으로 여겨지는 도고 원수의 이 얘기는 그들이 이순신 장군을 조선과는 별개로 한 인간이자 명장으로서 존경했다는 것을 보여준다. 장군의 전법은 각국 해군전사戰史에서 중요한 전략교범과 연구대상이 되었다. 당시 조정의 장군에 대한 평가가 인색했음은 차치하고, 적들마저 신격화해 마지않는 장군에 대해 현재의 우리는 얼마나 깊은 연구를 하고 교훈으로 삼고 있는지 스스로 돌아보게 된다.

연일 터지는 해군의 방산비리 관련 보도를 보면서, 그저 영화 '명량'이 던져 준 여운처럼 우리 민중의 뇌리만 차지하고 있는 건 아닌지 걱정이다. 그나마도 없는 것보다 낫다. 최근 방영 중인 TV 사극 징비록에서 제대로 그려지기를 기대해 본다.

내가 다닌 여러 나라에서도 뼈아픈 역사의 현장을 통해 후세들에게 교훈을 주고 경각심을 불러일으키는 곳을 자주 보았다. 제발 지자체들이 엉뚱한 생색내기 전시행정이나 예산 쓰기 경쟁보다, 역사를 의식한 바른 행정과 역사 교육에도 관심을 가졌으면 한다. 큰 예산도 들지 않을 텐데 말이다.

바른 역사 교육 속에 한 민족의 미래가 있다. 친일이라 비아

냥거려도 좋다. 나는 지일知日을 해야 극일克日이 가능하다고 굳게 믿는다. 그들보다 우리를 잘 알아야 함은 당연하다. 그들에 대해서도 공부해야 한다. 결코 쉬운 일이 아니다. 이 일을 게을리 해 몇 차례 치욕을 당하고도 과연 제대로 성찰하고 대비하고 있는지 반문해 본다.

지피지기知彼知己면 백전불태百戰不殆이다. 하고 싶은 말을 좀 하고 나니 가덕도 산행이 준 숙제를 조금은 한 것 같아 속이 후련하다.

Part **6**

중국요리

7,000만

중국은 4개의 7,000만이라는 숫자가 좌우한다. 2007년부터 만 2년간 베이징에서 근무하며 여러 차례에 걸쳐 들은 얘기다. 문명의 용광로인 중국을 한마디로 잘 대변하는 재치 있는 말이라 생각한다.

한국보다 100배나 넓고 미국보다 더 큰 중국을 일반화해 표현하기는 정말 어렵다. 오죽하면 '중국에 일주일 출장을 다녀오면 잘 안답시고 책을 한 권 쓰고, 한 달이면 리포트 하나, 일 년이 지나면 한 자도 쓰지 못한다'는 말이 있겠는가. 어디가, 얼마만큼이 중국인지 하는 표현의 어려움을 단적으로 멋지게 표현한 말이라 오래도록 기억에 남고 자주 인용한다.

첫 번째 7,000만은 중국공산당원 숫자이다. 지금은 가입하려면 추천과 엄격한 검증 등을 거쳐야 하기 때문에 한 대학 졸업생 중 몇 명이 되지 않는다고 한다. 과거에는 군인과 농민 등 흔히 말하는 무산계급이 쉽게 가입하였던 모양이다. 2014년 6월

통계 기준으로 8,750만에 달하는 등 지금은 거의 9,000만에 육박하고, 출세의 지름길이라 여겨서인지 젊은이들의 지원이 크게 늘었다고 한다.

두 번째는 화교 숫자이다. 중국이 지금은 첨단기술과 자본력으로 G2의 위상을 뽐내고 있지만, 10여 년 전만 해도 지금과는 상전벽해만큼이나 차이가 났다. 그런데 어찌 원자폭탄과 수소폭탄을 만들고 위성을 우주에 쏘아 올리는 최고의 기초과학 기술을 자랑할 수 있는지 의문이었다. 어렵게 해외에 진출해서 크게 성공한 화교들의 자본과 기술이 그 뒤에 있었음을 알기까지는 조금 시간이 필요했다.

세 번째는 부자들의 숫자이다. 알리바바의 마윈과 샤오미의 레이쥔 등 세계 최고의 부자가 축적한 부의 양과 각국 부동산 시장을 좌우하고 백화점을 싹쓸이하는 왕성한 구매력에 놀라곤 한다. 그래도 아직은 공산주의인데 어떻게 당의 눈치도 보지 않고 스스럼없이 자유롭게 해외에서 구매를 할 수 있을까 놀랍기도 하다. 우리도 해외출장에서 무엇을 좀 사려면 600달러 규정 때문에 눈치를 보는데 말이다.

중국 산시성의 석탄 부자들은 베이징에서 아파트를 채가 아닌 동으로 사고 오피스 건물도 전체를 사서 임대하는데, 내가 근무한 사무실도 그런 빌딩에 세 들어 있었다.

한번은 잘 아는 중국인의 딸 결혼식에 초대받은 적이 있다. 베이징 외곽의 고급 호텔을 통째로 빌려 수백 위안짜리 폭죽을

中辰/小!

계속 쏘아 대고, CCTV 아나운서를 사회자로 불렀다. 견디기 힘들 정도의 긴 시간 동안 서양식, 중국식, 한국식으로 의복을 갈아입어 가며 식을 진행하였다. 결국 보다가 중간에 나오고 말았지만, 그 후에도 고향인 산시山西에 가서 결혼식을 다시 거행하고 사위의 고향인 서울에서도 한다니 입이 벌어질 지경이었다. 어디가 자본주의 사회인지 순간 착각이 들었다. 구매력이 넘치는 7,000만 부자들의 영향력은 정말 무시무시하다. 최근 상황을 보면 제주도를 점령할 기세가 아닌가.

마지막으로, 중국 야간 업소의 여자 종업원 숫자가 7,000만이라고 한다. 지금은 어떤지 모르겠지만, 소수민족을 포함한 54개 민족의 여성들이 망라된 숫자이고 그들을 만나 볼 수 있는 기회의 장이기도 하다.

7,000만이라는 수치는 조금씩 계속 바뀌지만 그 기본은 동일하다고 본다. G2 등극에 따른 자부심과 함께, 시진핑習近平, 1953~ 주석의 개혁정책에 따라 긍정적인 방향으로 빠르게 변화하는 중국은 우리에게 많은 시사점을 던져 준다.

우리도 짧은 시간에 많은 것을 이루고 바꾸었다. 그게 삶의 순리順理이고 이치理致라면, 퍼스트 무버first mover로서 앞을 향해 뻗어 나아가야 하는 것 또한 숙명이다. 과거의 성취와 환상에서 깨어나 정신 똑바로 차리고 바른 길을 제대로 달려야겠다.

장어와 암

수많은 협회 중에 양만협회가 무엇을 하는 곳인지 궁금했던 적이 있다. 한자 문화권에서 한자를 등한시한 인과응보라고나 할까. 요즘 지명이나 책을 읽으면서도 헷갈릴 때가 많다.

법을 전공하고 중국과 일본 근무를 통해 남보다 한자를 조금 많이 알고 있는 입장이 아니라고 하더라도 한글전용이 결코 반갑지만은 않다. 내가 태어난 경북 상주시에 있는 이안利安이라는 지명도 굳이 파자를 하지 않아도 벼 화禾에 칼 도刂, 편안할 안安 자가 쓰여 벼가 많이 재배된 살기 좋은 고향임을 알 수 있다.

장어 만鰻 자를 보자. 물고기 어魚에 날 일日, 넉 사四에 또 우又 자로 파자할 수 있다. 하도 맛있어서 하루에 네 번 먹어도 또 먹고 싶은 물고기라는 의미로 해석한 것이 재치 있다. 이에 더해 예나 지금이나 정력이라면 사족을 못 쓰는 남정네들이 장어에 곁들여 산딸기로 만든 복분자주를 함께 마시며, '정력에 아주 좋아 하루저녁에 네 번 관계를 가져도 또 하고 싶을 정도'라는 재담을 늘어놓는다. 한 번 들으면 잊어버리지 않을 정도로 기발하다.

나는 한자가 가진 표의문자 특유의 의미 함축, 그리고 의미 확장력을 좋아한다. 큰 힘 들이지 않고 1,800여 자만 익히면 어휘력과 표현력을 풍부하게 할 수 있을 뿐만 아니라 사고력 확장에도 큰 도움이 된다. 일본어를 통역하고 중국어를 어렵게 배우면서 더욱 절감한 사실이다.

우리말의 70%가 한자어다. 그래서 정확한 국어의 구사를 위해서 한자를 공부해야 한다는 '한자의 국자화國字化, 나라글자 만들기 운동'을 추진 중인 진태하 인제대 석좌교수님의 주장에 전적으로 동의한다. 국어를 전공하다 멀리 돌아 국어를 잘 이해하기 위해서 한자공부가 필요하다는 논리가 아주 설득력 있게 다가온다.

흔히 한자가 어렵다고 이야기하지만 교수님에 의하면 학습지도가 잘못되었기 때문이라고 한다. 한자의 기본 단어는 300자 정도에 불과하고 자형字形을 보여 준 뒤 이를 활용하여 화학기호 방식으로 가르치면 흥미를 유발할 수 있다고 한다. 예를 들어, 나무 목木 자를 기본자형으로 한 후, 수풀 림林, 빽빽한 수풀 삼森의 방식으로 덧붙여 가는 방식이다.

과거와 같이 구태의연하게 열 번 스무 번씩 써보라고 해서 한자를 배운다면 따분하다고 느끼기 마련이다. 한자가 가진 상형문자로서의 형태와 표의문자로서의 의미를 충분히 고려하여 학습방법을 정한다면 재미있게 배울 수 있는 언어가 바로 한자이다.

왜 국가정책이라는 이름으로 한자 사용을 막는지 모르겠다. 우리처럼 끼인 나라이면서 누구나 부러워하는 강소국 스위스도 4개 국어를 공용어로 사용하고 있다. 독일의 한 강소기업의 경우 CEO가 되기 위해선 4개 국어 구사, 타 회사 5년 이상 근무경력 등 철저한 검증을 거쳐야 한다고 한다. 여기서도 외국어는 중요한 요소인 것이다. 백낙환 박사님에 의하면 오히려 한자병기漢字併記는 동양 문화권 안에서 한자 사용을 통해 오히려 우리의 문화를 알리는 계기가 될 수도 있다.

진태하 교수님에 의하면 삼황오제三皇五帝 중 한 분인 황제黃帝의 사관史官으로 새의 발자국을 보고 한자를 만든 창힐蒼頡이 동이東夷족이라고 한다. 공자孔子도 동이족이라는 주장을 빌리지 않더라도 중국이 한자 정체자 대신 간체자를 사용함에 따라 우리가 한자 문화권을 리드할 수 있는 기회가 생겼는데 이를 활용해 보는 것은 어떨까? 한번 시도할 만한 충분한 가치가 있을 것이다.

나는 외는 데 '도사'라는 소리를 듣는데, 《천자문》이나 사서四書는 외우지 못한다. 지금까지 수차례 시도했지만 잘 되지 않는다. 쉽게 학습할 타이밍을 놓친 것이다. 어릴 때 배울 수 있는 기회를 주지 않은 학교가 원망스럽다. 선조들은 자랑스럽게 책거리까지 해 주면서 사서삼경을 외우게 하여 군자의 학문인 인문학을 자연스럽게 젊은이들에게 가르쳐 주지 않았는가.

앞에서도 언급하였지만, 프로이센이 영국이나 프랑스보다 뒤떨어진 기술과 국력을 만회하기 위해 만들었다는 6·3·3·4제 교육제도가 독일과 일본을 거쳐 우리에게 왔고, 현재의 교육제도로 정착되었다는 이지성 님의 《리딩으로 리드하라》라는 책을 읽고 분개한 적이 있다. 프로이센의 교육제도는 본질적으로 리더를 위한 교육이 아닌 말귀 잘 알아듣는 공무원, 군인, 노동자를 만들기 위한 교육이었다. 지금까지 이것을 당연히 여기고 강요받았다면, 사실 여부를 떠나 얼마나 화가 나는 일인가. 우리의 교육자들은 그 사실을 제대로 알기나 하고서 암기만 요구하는 교육을 금과옥조처럼 강요하고 있는지 의문이다.

너무 나간 것 같다. 다시 본론으로 돌아와, 암癌 자는 또 어떤가. 참 재미있다. 세 입으로 산더미처럼 마구 먹어 대서 생기는 병이 암이란다. 다른 말을 보탤 것도 없이 정확한 표현이지 않은가. 누가 만든 글자인지 참으로 대단하지 않은가. 이게 한자의 묘미다.

쿵푸, 니엔수, 뱅꾜

같은 한자 문화권이지만 한중일이 사용하는 단어 표현에는 미묘한 차이가 있다. 그 차이를 알아보는 재미 또한 쏠쏠하다.

우리에게는 책을 읽고 깨우친다는 의미의 '공부'가 중국어에서는 이소룡의 정무문이나 소림사 영화 등에서 익숙한 '쿵푸工夫'이다. 즉 육체적 단련에 주로 쓰이는 표현이다. 우리의 공부에 해당하는 어휘는 '니엔수念書'이다. 잘은 모르지만, 글을 생각한다는 니엔수가 우리가 생각하는 공부에 더 가까운 것 같다.

일본어 표현은 '뱅꾜勉强'이고, '공부하다'가 '뱅꾜스루べんきょうする'이다. 근면과 강함이 함께 있어 왠지 강제성을 띠는 느낌이다. 아니나 다를까, 중국어에서 '미엔치앙勉强'이란 단어는 싫은 것을 강제한다는 의미이다.

우리가 대부분 잘 아는 친구親舊, 펑요우朋友, 도모다찌友達도 같은 사례이고, 그 외에도 표현의 미묘한 차이를 자주 접하게 된다. 이런 표현의 차이가 결국 문화적 상이함을 낳았지만 이것으로 언어 표현의 우열을 가릴 수는 없다. 이를 상호 인정하고 존중하는 것이 한자와 인문학이라는 공통의 자산을 가진 3국이 갈등과 불신의 파고를 넘는 지혜가 아닐까 생각한다.

한자의 종주국인 중국의 표현이 표준일 것 같지만 꼭 그렇지만도 않은 것 같다. 서양 문물을 먼저 받아들인 일본이 우리가 현재 사용하는 용어의 대부분을 만들었기 때문이다. 서양의 학문을 받아들이며 history를 '역사'로, philosophy를 '철학'으로 번역한 나라가 일본이다. 번역에 들인 공을 생각하면 저절로 고개가 끄덕여진다. 글자와 학문 그리고 문화의 발달은 별개인 것이다.

물이 높은 곳에서 낮은 곳으로 자연스레 흐르듯이, 학문과 기술도 수준이 높은 곳에서 낮은 곳으로 흐르는 게 순리이고 역사적 사실이 이를 증명해 주고 있다. 근세에 들어와 일본이 신문물과 학문을 받아들이기 전에는 화약, 나침반 등의 4대 발명품을 만든 중국이 기술과 문명을 리드하였다.

한반도가 중국과 일본 사이에서 가교架橋 역할을 하였다. 중국에서 우리를 거쳐 일본으로, 때로는 일본에서 우리를 거쳐 중국으로, 아니면 양 당사국 간의 교류를 통해 문물은 자연스럽게 흘렀다. 중간에 끼인 한국은 때로는 사대事大로 섬기거나 섬길 것을 종용받기도 했으나, 수많은 침략의 아픈 역사를 겪으면서도 꿋꿋하게 정통성을 유지해 왔다.

한중일을 둘러싼 파고가 어느 때보다 높다. 일본의 우경화와 중국의 급성장이 지역 정치와 경제의 균형을 위협하고 있다. 현재의 정세가 일본 지배하에 놓이게 된 구한말舊韓末의 상황과 흡사하다는 경고음을 자주 듣는다. 정신을 바짝 차려도 걱정인데, 우리네 지도자들의 인식과 대응은 그에 상응하지 못하는 것 같아 안타깝다. 결국 국익이 아닌 사익이나 특정 정파의 이익 추구가 식민 지배라는 치욕으로 이어져 민생을 도탄에 빠트렸을 뿐만 아니라 아직까지 제대로 사과와 보상도 받아 내지 못하고, 연세 든 할머니들이 그들의 명백한 잘못에 대한 사과를 받으려고 수요 집회에 나서고 있는 게 현실이다.

근저에는 경제력을 바탕으로 한 국력이라는 요소가 똬리를 틀고 있다. 쉽지는 않겠지만 지금이라도 정신을 바짝 차리고 국익을 위해서 국민 모두 혼연일체가 되어 인식의 전환과 실사구시實事求是의 철저한 구현이 필요하다고 본다.

서복

　중국지사장으로 근무하던 2008년, 한중친선협회 이세기 회장님으로부터 서복徐福의 불로초에 대한 얘기를 들은 적이 있다. 이 회장님은 베이징에 가면 중국 외교부에서 내주는 오성홍기를 단 중국 외교부 차량을 주로 이용하였다. 예나 지금이나 중국 정부에서 그만큼 예우를 하였다.

　우연하게 지인을 통해 회장님과 만난 뒤로 중국 방문 시 사적인 자리는 내가 자주 수행하는 영광을 안았다. 개인적으로는 중국의 저명인사들과 만날 수 있는 더할 나위 없는 기회였고, 그분들과 격의 없이 교류하는 이 회장님의 활약상이 무척 부러웠다. 나도 노력하여 한중 우호의 가교 역할을 해야겠다고 다짐하곤 했다.

　이 회장님은 내가 만든 중국 관련 보고서가 대사관에서 분석한 자료보다 훨씬 낫다고 칭찬하고 격려해 주시면서 본인이 중국 지도자와 교류하면서 느꼈던 경험과 중국에 대한 많은 가르침을 주셨다.

장쩌민, 후진타오 전 주석은 물론 현재의 시진핑習近平, 1953~ 주석과 여러 상무위원들과 교류하셨던 이야기를 듣다 보면 시간 가는 줄 몰랐다. 특히 2005년 시진핑 당시 저장浙江성 당서기가 방한하여 제주도를 방문할 때 수행자에 관한 정부와의 이견으로 본인이 직접 안내하였다는 비화와 함께, 서복과 제주에 얽힌 얘기를 들려주셨다.

나도 1996년 회사에서 국제협력부장으로 일할 당시 CEO의 원전 수출 전략에 맞춰 중국 에너지부 차관이나 전력회사 사장들을 여러 차례 안내한 적이 있었는데, 그때마다 제주를 일정에 포함해 달라는 요청을 받았다.

당시만 해도 중국 손님들이 회에 익숙하지 않아 저녁 메뉴는 한식으로 하고, 우리끼리 다시 2차로 회를 먹으러 나갔다. 문배주를 준비했다가 3베이杯, 5베이에 모두 다운이 되어 복도를 헤매던 일도 있었다. 차관이 비서의 사진을 열심히 찍어 주던 모습, 누가 위인지 구분이 안 될 정도로 상하 간에 자유롭게 큰 소리로 떠들며 깨끗한 제주에 감탄하여 '풍광수려風光秀麗'라고 외치며 즐거워하던 모습이 인상 깊었다. 일주일을 함께 다니다 보니, 중국어는 모르지만 그들이 무슨 얘기를 하는지 눈치로 감을 잡을 수 있었다. 한국말이 중국 윈난성 일대인 월越의 발음과 비슷하다고, 당시 일행을 이끌었던 동북전력의 장귀행張貴行 사장이 일러 주었다.

장 사장은 그 후 나의 초청으로 조그만 우리 아파트를 방문하여 차를 마시면서 여러 얘기를 들려주었다. 당시 중국 대표단은 통상 일본을 일주일 거쳐 오는 경우가 많아서 일본어 통역이 동행하였는데, 우리는 일본어로 대화를 했고, 대화는 완벽할 정도로 잘 이루어졌다. 중국의 외교부 고위 관료들 중에는 일본통이 많아 방한시 만나서 대화하는 중 중국어 말문이 막히면 일본어로 의사소통을 하곤 한다. 참 재미있는 일이다. 중국인들의 일본에 대한 감정이 우리보다 더 나쁘다는 것은 TV를 보면 알 수 있다. 언제든 채널을 돌리면 일본군의 만행을 다루는 드라마를 볼 수 있다. 한 나라 말을 하게 되면 나라는 싫어도 말은 좋아하는 게 인지상정인 것 같다. 이것이 문화의 힘이라고 생각된다.

지금은 체제가 많이 바뀌었지만, 당시 수행한 직원들은 동북전력의 직원이 34만 명이나 되고 사내 조직에 "화장장만 없고 다 있다"고 자랑하였다. 수풍수력을 북한과 같이 운전해 발전된 전기를 절반씩 나누는데, 북한이 전기를 자주 훔쳐 써서 골치가 아프다고 하기도 했다.

일주일을 함께 지내니 내가 조직에서 인정받는 이유를 알겠다며 치켜세워 주고, 아파트 값을 묻고는 젊은 나이에 성공했다며 격려도 해 주었다. 본인은 자가自家가 아닌 사택만 있다는 속마음도 내보이셨다.

참으로 정감이 가는 좋은 분이어서 다음에 만날 때는 꼭 중국어로 얘길 하겠다고 약속했었다. 차관으로 공직을 마감하고 관련 단체의 장으로 계셨는데, 베이징 근무 초기인 2007년에 산시성 태원에서 베이징으로 오는 비행기 안에서 우연히 뵙고 반가워하며 서툰 중국어로 얘기를 나눈 게 마지막이다.

잠시 이야기가 옆길로 빠졌는데, 나도 안내를 하면서 왜 그분들이 제주도를 찾는지 그 이유가 궁금했다. 이 회장께서도 그게 궁금하여 학자답게 분석하고 연구하다 서복徐福에 관한 얘기를 알게 되었다고 한다. 의약, 천문, 지리에 능하였던 서복은 천하를 통일한 진시황에게 "신선이 사는 동해의 섬에 가서 불로초를 구해 오겠다"고 하였다. 동남동녀童男童女 수백 명을 데리고 간 곳이 제주도이고, 중국으로 되돌아간 지점이 서귀포西歸浦, 즉 서쪽으로 돌아간 포구라는 것이다. 이를 증명하는 것이 '서불과지徐市過之'라는 글이다. 서복의 다른 이름이 서불徐市인데 정방폭포 옆에 서불과지徐市過之, 즉 '서불이 이곳을 지나갔다'는 글을 남긴 것이다.

이 회장님의 설명이 재미있다. 1997년 국회 문광위원장 시절 서귀포시에 중국 관광객 유치를 위해 서복공원을 만들면 어떻겠냐고 했을 때, 어디 외국인 이름의 공원을 만드느냐고 시의회가 펄쩍 뛰었다고 한다. 어렵사리 설득해 공원을 조성하고 휘호를 잘 써 주지 않기로 유명한 원자바오溫家宝 총리 방한 시에 공식 석상에서 정중하게 중국어로 요청해, 나중에 주한 중국대사를 통해 휘호를 받았다는 일화를 들려주었다. 그 휘호를 들고 산둥성 당서기에게 협조를 부탁해 태산석泰山石에 서복공원 휘호를 새기고, 동상도 산둥성과 서복공원에 하나씩 세웠다고 하니 그 수완에는 혀를 내두를 지경이다. 모든 게 오랜 벗을 중시하고 신뢰를 다져 온 결과라 더욱 값지다. 운송비에 관한 얘기까지 끝이 없다.

2015년 3월, 서귀포에서 열린 전기자동차박람회 만찬에서 서울대 차세대융합기술연구원을 맡아 현역으로 활약하시는 손욱 회장님의 짧은 건배사가 인상적이다. 서복과 제주도 그리고 불로초에 얽힌 설명과 함께 서복은 천문, 의학에 밝은 당대의 최고 과학자였는데 결국 불로초를 구하지 못했다는 이야기였다. 그런데 21세기의 불로초는 바로 EV전기자동차라는 의미 있는 멘트로 좌중을 휘어잡았다.

결국 서복은 불로초를 구할 수 없다는 사실을 깨닫고 귀국하여, 친척들에게 성을 바꾸고 먼 지역으로 가도록 하였다. 자신은 가솔들을 이끌고 닝보寧波항을 떠났다. 그 이후의 행적에 관해《후한서後漢書》〈동이열전東夷列傳〉에 진시황의 명령을 받은 서복이 봉래산 불로초를 구하는 데 실패하자 사형당할까 두려워 돌아가지 못하고 정착한 곳이 이주夷洲 및 전주澶洲였다는 기록이 있다. 이주와 전주가 지금 대만의 옛 이름이어서, 이것이 한족이 대만에 이주한 최초의 기록이라고 한다.

이에 반해 일본은 서복이 일본 규슈 사가佐賀현에 상륙하여 농업, 의약, 어업 등 선진문화를 전파하였다고 주장한다. 이를 입증이라도 하려는 듯 서복의 최초 상륙지와 무덤, 서복을 모시는 신사, 여러 개의 서복학회가 활동하고 있다고 자랑한다. 또 일본에는 후쿠오카福岡 등 '복福'이 들어가는 7개 성姓이 있는데 원래 서복의 일곱 아들 이름이었다고도 한다. 이것이 역사적 사실인가에 대해서는 한중일 3국 전문가 사이에 의견이 분분하다. 분명한 것은 일본의 정사인 고지키古事記나 니혼쇼키日本書記 등에 서복에 관한 언급은 없다고 한다. 일본이 서복전설을 확산시키는 것은 자기네 문물이 중국에서 직접 전래되었음을 강변하기 위한 것으로 보인다. 그들이 입버릇처럼 얘기하는 조선반도가 아닌 그냥 반도에서 문물이 전래되었다고 하는 것과 일맥상통한다.

2014년 7월 4일, 나도 한중친선협회 자문위원 자격으로 참석한 서울대 강연에서 시진핑 주석이 "불로초를 찾아 동쪽 제주로 온 서복"을 언급함으로써 제주도래설濟州渡來說을 뒷받침하였다. 김두규 교수가 2015년 1월 17일 〈조선일보〉에 기고한 칼럼에 의하면 시진핑 주석을 서복공원으로 안내한 분이 바로 어렵게 서복공원을 조성한 이 회장이었다고 한다. 저장성 닝보寧波가 서복이 불로초를 구하기 위해 2차 항해를 시작한 곳이고, 제주 감귤이 원래 저장성 원저우溫州에서 온 밀감이란 설명문을 읽고 시진핑 주석이 아주 기뻐하였다고 한다.

서복이 《후한서》의 기술記述처럼 대만에 정착했는지, 대만에 살다 다시 일본으로 갔는지 아니면 일본에 살다가 대만으로 갔는지는 계속 연구가 필요할 것이다. 사가현의 설명에도 "원주민의 딸인 오다쯔阿辰와 행복하게 살다가 서복이 잠시 이 땅을 떠나게 되어, 오다쯔가 병이 나 세상을 떠났다"는 주목할 만한 대목이 나온다. 이에 관한 객관적 연구가 더 필요하다고 본다. 역사 연구는 당연히 목적의식을 버리고 객관적 사실에만 입각하여야 함은 두말할 필요도 없다.

2002년 월드컵 축구와 관련해 재미있는 얘기를 중국 친구한테 들었다. 중국이 첫 경기에서 졌는데, 그 이유가 서귀포에서 경기를 했기 때문이란 것이다. 도시 이름이 '서쪽으로 돌아가는 항구'라서 지고 돌아갈 수밖에 없었다는 항변 아닌 항변이었다.

2010년 당시 일본 소프트뱅크의 2인자이자 중의원 3선 의원 출신의 시마 사토시島聰 사장실장과 제주도를 방문했을 때였다. 성산일출봉을 함께 올랐는데, 중국 관광객이 많은 것에 놀라면서 내가 그들과 중국어로 얘기를 나누는 것을 부러워했다.

토속 음식점에서 식사를 하며, 중국인들이 제주도를 좋아하는 이유를 서복 선생과 관련지어 얘기해 주니 아주 흥미 있게 들으며 궁금증이 풀렸다고 좋아했다. 수행한 젊은 간부들에게 "당신들은 일본어밖에 못하지 않느냐"고 하면서 박 본부장(당시 나의 직책)을 좀 본받으라고 해서 쑥스러웠다. 그 친구들은 소프트뱅크의 지주회사에 근무하는 손정의 회장의 후계를 꿈꾸는 200여 명의 젊은 엘리트들 중 선두 주자인데 말이다. 어찌

되었든 그 후로 그들은 나의 팬이 되었다.

　진시황에 대해 애증愛憎을 함께 갖고 있는 중국인들이 불로초와 서복의 얘기가 있는 아름다운 제주를 좋아하는 것이 이해가 된다. 특히 제주도를 다녀간 중국 지도자들의 승승장구로 고위 간부는 물론 푸이다이富一代, 자수성가한 중국의 부자 1세대들이 자녀 교육과 힐링을 위해 많이 찾고 있다. 그래서인지 중국 고관들이 즐겨 찾고, 무비자에 투자이민까지 받아 주니 제주도를 더욱 좋아하는 것 같다.

삼한사미

눈이 커서 그런지 자주 눈이 **뻑뻑**하고 유난히 황사黃砂에 약해 자주 목이 칼칼해지는 나는 차 안에서도 마스크를 하곤 한다. 서울에 황사경보가 발령된 것이 4년 3개월 만의 일이란다. 주로 봄철에 발생하는 황사의 특성상 2월에 경보가 발령된 것은 2009년 2월 이후 처음이다. 나주도 예외가 아니다. 창 너머 위용을 자랑하던 무등산도 사라져 버렸다.

어릴 때 꽁꽁 언 손을 호호 불며, 야단을 맞으면서도 철사를 대충 얽어 만든 썰매를 타고 찬바람 부는 논두렁을 헤매던 기억이 새롭다. 요즘처럼 기능성 의류가 있었던 것도 아니고 이 것저것 무명옷을 두껍게만 껴입던 시절이라 무척이나 추웠다.

삼한사온三寒四溫, 3일은 춥고 4일은 따뜻한 날이 반복되는 것이 겨울 대륙성 기후의 특징이라고 열심히 외웠다. 이제는 삼한사온이 아니라 삼한사미三寒四微라는 것이다. 한반도의 겨울이 한파 아니면 초미세먼지로 바뀌었단다. 미세먼지가 한파, 폭설과 함께 겨울의 계절적 특징으로 자리 잡기 시작했는데, 특히 온화한 날씨에 기승을 부린다. 대륙성 고기압의 확장으로 북풍이 불면 물러났다가 바람이 잦아들어 춥지 않으면 스모그가 일어나는 것이다.

우리나라의 대표적인 미세먼지 전문가인 이종태 고려대 교수에 의하면 PM10은 일반적으로 미세먼지라고 부르는 2.5~10㎛ 사이에 해당하는 수준으로 호흡을 하더라도 코와 기도를 거치면서 걸러진다고 한다. 반면 PM2.5로 불리는 지름 2.5㎛ 이하의 초미세먼지는 머리카락 굵기의 30분의 1 정도인 작은 입자이다. 그러므로 약 30%가 폐의 깊숙한 곳까지 침투하게 되며 시간을 두고 쌓이면서 몸에 갖가지 질병을 일으킨다고 한다. 덧붙여 이 교수님은 PM2.5의 초미세먼지는 크기도 문제지만, 자동차와 화력발전, 공장의 굴뚝 등으로부터 인위적으로 만들어지기 때문에 화학적으로 독성을 띠는 경우가 많다고 한다.

2015년 1월 9일 〈중앙일보〉의 보도 내용에 의하면, 2008년부터 중금속이 많이 함유된 초미세먼지의 비중이 갈수록 높아져 환경부 대기환경연보 3년 치를 분석한 결과 경기도 인구의 64%가 미세먼지 기준 초과 지역에 살고 있는 것으로 확인됐다.

한편 '겨울 스모그는 중국 탓'이란 통념도 변하고 있다. 서울시 기후 환경본부가 초미세먼지 농도에 중국, 몽골 등이 원인인 경우가 30~50%에 그치고, 오히려 서울과 수도권에서 발생하는 비율이 더 큰 45~55%를 차지한단다. 우리가 알고 있는 통념과 크게 다르다.

2002년부터 최근 10년 동안의 황사 발원지와 이동 경로에 관한 국립기상연구소의 통계를 보면, 몽골의 고비사막이 49건, 중국 북동 지역 18건, 네이멍구고원 13건, 중국 측 고비사막이 12건, 황토고원이 1건 등으로 몽골에서 발생한 것이 가장 많다. 무조건 중국 탓만 하며 불필요한 마찰을 일으킬 게 아니라 발생지와 발생 원인에 대한 데이터를 분석해 잘못 알고 있었던 것은 제대로 알리는 등 과학적이고 면밀한 대응이 필요하다.

미세먼지의 공습이 반복되고 있다. 미세먼지의 절반을 발생시키는 자동차와 그중에서도 1급 발암물질인 블랙 카본을 배출하는 경유 차량의 사용을 줄이는 혁신적이고 전면적인 자동차 규제가 필요하다고 환경부와 서울시의 공청회가 밝히고 있음은 다행이다.

10년 전인 2005년 1월 27일 자 〈중앙일보〉는 "서울 초미세먼지, 미국 기준치의 3배"라는 제하에 문제점과 폐해를 지적하고 있다. 이로부터 벌써 10년의 시간이 흘렀다. 새해 들어 미세먼지와 더불어 초미세먼지 예보를 시작하였지만 측정 장비가 턱없이 부족하다고 한다. 환경기준을 강화해 미세먼지 발생을 줄이도록 하는 정부 정책의 조속한 시행이 절실하다.

2007년부터 베이징에 2년간 근무할 때 겨울 난방철이 되면 동네마다 집단난방공장의 굴뚝을 타고 오르는 시커먼 연기 기둥을 보며, "이거 숨을 쉬어도 되는 거야?"라고 자조적인 농담을 한 적이 있다. 정말로 시커먼 연기가 30분이면 하늘을 뒤덮는다. 지금은 나아지고 있지만, 당시 주재원은 물론 가족들도 며칠씩 해가 보이지 않는 뿌연 하늘을 보면 우울증에 빠진다고들 했다.

우리가 사업을 벌이던 정주鄭州와 태원太原은 정도가 더 심해 태양은 고사하고, 난방철에는 달을 보고 살고, 달도 보이지 않는 날도 많다고 할 정도였다. 한번 가 보니 그 말이 실감났다. 정말 해가 달처럼 뿌옇게 보이는 날이 대부분이었다. 지금은 달라졌지만, 사업을 하러 간 입장에서 그들이 쓰지 않는 마스크를 사용하면 유난을 떠는 것 같아 보여 하는 수 없이 그냥 다녔다.

중국은 석탄이 발전 연료의 90% 이상을, 난방 및 공장용 에너지 수요의 60% 이상을 차지하는 등 세계 석탄 소비량의 절반을 사용한다. 석탄 사용을 줄여 만성적인 대기오염도 줄이고 국제사회의 리더십도 확보하기 위해 탈脫석탄프로젝트에 속도를 내고 있다. 2014년, 9.8%를 차지하는 비화석연료, 즉 청정에너지 비중을 2020년까지 15%로 높인다는 야심 찬 계획이다.

겨울철 추위가 심한 회하淮河 북부의 경우 난방용 석탄 사용으로 오염이 심해 남부보다 기대수명이 5.5년이나 짧고, 연간 25만 명이 스모그 등 초미세먼지 영향으로 조기에 사망한다는 통계만 보아도 그 심각성을 알 수 있다. 쉽지는 않겠지만 계획의

빠른 성공을 빈다. 아울러 이웃인 우리도 직간접의 영향을 받으므로 필요하다면 공동 대응 방안도 강구해야 할 것이다.

한편, 중국 발전 사업에 투자한 관계로 앞서 언급한 산시성 성도省都인 태원太原에 자주 들렀다. 2014년 기준으로 중국 전체 석탄 생산량의 약 26%인 9.8억 톤이 생산되고, 지상 유물의 70%가 산시성에 있다고 자랑하는 유서 깊은 곳이다. 중국 경제를 좌지우지했던 진상晋商, 산시 상인의 고향으로 유럽에까지 차茶를 팔고 어음을 융통시켰으며, 그 결과로 당시의 글로벌 상품인 은銀을 막대한 양으로 보유하였다. 거상巨商이었던 상常 씨나 교喬 씨 등의 장원莊園은 그 화려함과 크기 그리고 독특한 운영 형태로 인해 설명을 들으면 지금도 입이 벌어질 정도다.

태원에서 경험한 식초가 참으로 재미있다. 세계사를 배울 때 황토고원黃土高原을 접하고 왜 그런 이름을 붙였는지 아주 궁금했었다. 최치원 선생의 〈토황소격문討黃巢檄文〉에서 나온 것일까 등 엉뚱한 생각까지 하였다.

태원에 가자 의문은 곧 풀렸다. 타클라마칸과 고비사막 등에서 발생한 황사가 날다 중간에 떨어져 쌓여 생긴 것이 황토고원이고 그 높이가 200미터에서 2,000미터에 이른다는 말에 입이 딱 벌어졌다. 나무도 잘 자라지 않는 낮은 구릉들이 눈에 새롭게 들어왔다. 그 정도 높이까지 쌓이려면 얼마나 오랜 시간이 흘러야 하는 건지…. 그 아래서 살아야 하는 고통이란. 그런

환경이기 때문에 음식점마다 식초가 비치되어 있고, 누구나 식사 전에 식초를 한 컵 마시는 게 일상화된 그들이었다.

우리도 중국 황사에 불만이 많지만, 그 발원지와 주요 통과지에 사는 사람들의 고통도 이만저만한 게 아니었고, 그 속에서도 방편을 찾아 지혜롭게 살아가는 게 인간이다.

중국의 황사 기록은 기원전 1150년까지 거슬러 올라가는데, 우리 조상들은 바람에 쓸려 날아드는 황사를 '흙비'라고 불렀다. 신라 아달라왕 때인 174년에 흙비인 토우土雨와 적우赤雨가 내렸다는 기록이 있다. 《조선왕조실록》에도 세종 9년1427년에 "짙은 흙비가 종일 내렸다"는 기록과 성종 9년 4월 1일에 흙비를 보고 조정에서 논의하는 내용이 나온다. 당시의 황사는 중금속이 없어 농사에 도움이 되었다는 설도 있다.

〈문화일보〉박학용 논설위원이 2015년 2월 25일 자에 기고한 칼럼〈오후여담〉에 의하면 더 큰 문제가 있다. 중국의 급속한 산업화가 가져온 각종 폐기물과 대기오염으로 인한 산성비가 그것이다. 과학적으로 1센티미터 두께의 토층이 생성되는데 약 200년 가량의 시간이 걸린다는데, 이처럼 지난한 과정을 거친 토양이 최근 급속도로 오염되고 있단다. 중국은 농지의 10%와 기타 용도로 개발된 땅 대부분이 훼손되었고, 우리도 오염된 토양이 2005년 2.5%에서 2015년 4.6%로 2배 이상으로 늘고, 2020년에는 10%에 육박할 것이라는 전망이다. 그 죄과로 원인 제공자인 인간에게 내리는 흙의 저주가 황사라니 걱정이다.

그럴 만도 하다. 자위관嘉峪關과 둔황敦煌의 중간에 있는 위먼玉門의 사막 지역에 우리가 투자한 풍력발전소를 방문할 당시다. 둔황에서 혜초의 《왕오천축국전》이 발굴된 모래사막 속의 막고굴莫高窟을 보고 자위관으로 돌아오는 승용차 안에서 수 미터 앞이 안 보이게 황사가 솟아오르고 차창을 덮치는 것을 경험했다. 비사주석飛沙走石, 모래가 날고 돌이 구르는 현상을 나타내는 말이라는 사자성어처럼 갑자기 구르는 돌에 자동차를 타고 가다 위험한 경우에 부닥치기도 한다는데 다행히 그러지는 않았다. 다만 그것이 2~3일 후면 한반도에 이른다고 생각하니 자연의 위력은 참으로 대단하다. 노자의 천지불인天地不仁이 생각난다. 하늘과 땅은 만물을 생성화육함에 있어 억지로 어진 마음을 쓰는 것이 아니라 자연 그대로 맡길 뿐이라는 뜻이다. 잦아지는 자연재해는 결국은 자연을 거스르는 인간에게 책임이 있다는 점을 명심해야 하겠다.

지도자

중국 주도의 아시아인프라투자은행AIIB 가입과 미국이 희망하는 사드THAAD 배치, 아베 총리의 미국 상·하원 연설 문제로 미국, 중국, 일본 간의 국익을 염두에 둔 치열한 외교 전쟁이 서울을 중심으로 숨 가쁘게 전개되고 있다. 대부분 국가들이 전략적 판단과 계산하에 속내를 숨기면서 상대의 전략 파악에 혈안이지만, 때로는 속내를 드러내 놓고 압박하기도 한다.

중국 공산당을 중심으로 국정을 운영하는 당黨·국가國家 중심체제인 중국의 최대 정치 행사는 양회兩會이다. 즉 전국인민정치협상회의政協와 국회 격인 전국인민대표대회全人代가 그것이다. 2015년 3월, 국가의 비전을 제시하고 13억 중국인의 미래를 좌우할 양회에서 다룬 핵심 의제들을 보면 개혁심화改革深化의 원년元年으로 사회 전반의 '개혁의 제도화' 문제를 집중 논의하였다.

핵심 키워드를 보면, 첫째가 사개전면四個全面, 그간 지속적으로 추진해 온 전면적 소강小康 사회, 즉 1979년 덩샤오핑鄧小平이 제시한 의식주 문제가 해결되는 온포溫飽와 부유한 단계의 중간 정도로 현대화된 중국을 건설한다는 목표가 있었다. 또한 개혁 심화, 의법치국依法治國, 엄중치당嚴重治黨 등을 제시하였다. 2014년 중국 공산당의 사정·감찰 총괄 기구인 중앙기율위원회가 저우 융캉周永康 전 정치국 상무위원을 포함한 10만여 명의 공직자 처벌에 이어 2015년에는 부패 척결의 영역을 군과 국유기업, 대학으로 확대하겠다는 방침이다.

두 번째가 창객創客으로, 중국 정부와 민간의 전폭적인 창업 지원책으로 신세대 혁신 인재들을 위한 창업 생태계를 조성함으로써 인재 창출과 실업률을 낮추고 장기적으로는 경제 성장까지 견인하겠다는 야심 찬 계획이다. 리커창李克強 총리가 10여 차례 중요성을 언급하고 400억 위안의 창업투자기금도 설립하였다. 중국 산업구조의 고도화와 지속 가능 성장을 위해서는 '기업가 정신'이 되살아나야 한다고 강조하고 있다.

세 번째가 신상태新常態로, 초고속 성장이 어려운 상황을 직시하고 지속 가능한 중속中速 성장의 경제정책 제시와 산업구조의 고도화를 위한 환경 조성을 들고 있다.

네 번째가 일대일로一帶一路로, 육상과 해상의 실크로드 건설을 위해 향후 10년간 최소 8조 8,000억 위안을 투자하여 과거의 영광을 재현하겠다는 초대형 국가 프로젝트를 확정하고 그를 위해 AIIB를 추진하고 있고, 영국을 비롯한 각국이 참가를 속속 선언하고 있다.

마지막으로 스모그 문제로, CCTV의 전직 앵커 차이징柴靜의 환경 다큐 〈돔천장 아래서〉가 공개 하루 만에 1억 건의 클릭으로 사회문제가 되고 있는 환경문제를 제시하고 있다. 60%에 달하는 전국 지하수 오염, 19.4%에 이르는 경작지 오염과 매년 심해지는 대기오염 문제 해결을 위한 제도적 보완책도 논의한다고 한다.

장황하게 양회에서 논의한 핵심 의제들을 설명한 것은 이를 통해 중국이 나아갈 방향을 알 수 있을 뿐만 아니라, 그 핵심 의안들의 시의적절성과 이를 결정하는 지도자들의 경륜이 어떻게 함양되는지를 알아보고 싶어서다.

우리가 자주 인용하는 공자, 노자와 같은 성현들의 군자지학君子之學이자 인문학의 보고寶庫인 중국 사상과 철학은 우리가 익히 듣고 배우려 노력해 왔지만 그 학문적 깊이와 넓이는 실로 무궁무진하다. 이를 익히고 현실 정치에 적용하려고 여러 군주들이 노력하였지만, 성공 사례는 부침한 수많은 왕조와 중국의 오랜 역사를 통해서도 참으로 드물다. 그만큼 지도자의 길이 어렵다는 반증일 것이다.

그런 가운데 우리 시대에 가장 추앙받는 인물로 '영원한 2인자'로 불린 인물이 있다. 헨리 키신저Henry Kissinger, 1923~ 국무장관이 그의 저서 《중국 이야기》에서 "대화를 나눌 때 공자 같은 자연스러운 우아함과 일반인을 뛰어넘는 지혜를 갖췄다"라며 극찬한 저우언라이周恩來, 1898~1976 전 총리이다.

중국 〈인민일보〉의 보도를 옮긴 것으로 보이는 "저우언라이 '6無' 중국인 심금 울렸다"라는 제하로 〈동아일보〉에 실린 구자룡 특파원의 글이 마음에 닿아 옮겨 본다.

첫째는 사망 후 유골을 남기지 않은 것으로 "재 한 줌도 남기지 말라"는 유언대로 유족들은 농업용 비행기에 유골을 싣고 저우 총리가 젊었을 때 혁명 활동을 했던 톈진을 지나 보하이渤海만 상공에 뿌렸다.

둘째는 자식을 두지 않은 것. 중국에는 '세 가지 불효가 있는데 가장 큰 것이 자식 없음'이라는 말이 있다. 부인 덩잉차오鄧穎超, 1904~1992 여사가 유산한 뒤 아이를 갖지 못했다.

셋째가 관료티가 없다는 것인데, 1949년부터 건국 후 초대 총리가 된 후 1976년 숨질 때까지 약 27년간 총리를 지낸 저우 총리는 '세상에서 가장 평민화된 총리'라는 평가를 받았다. 해외 출장 중인 저우 총리가 현지 대사관에 내복 빨래를 부탁했는데 여기저기 꿰맨 누더기가 다 된 옷을 보고 대사 부인이 눈물을 흘렸다고 〈인민일보〉는 소개했다.

넷째로, 한 번도 누구와 당파를 이뤄 본 적이 없는 '무당파無黨派 정치인'이었으며, 다섯째가 고생스러운 일은 도맡아 하였지만 누구도 원망해 본 적이 없었다고 한다.

마지막으로, 그는 죽으면서 아무 말도 남기지 않아 말로 정치적 파장을 일으키는 것을 막았다고 〈인민일보〉는 칭송했다.

관영 매체라는 한계와 망자亡者에 대한 너그러움 등 여러 요소가 있을 수 있지만, 내가 들은 저우 총리에 대한 중국인들의 평가와 크게 다르지 않다. '6無'의 평가를 읽으니 놀라움과 함께, 이런 지도자가 있기에 숱한 역사의 질곡과 어려움 속에서도 중국이 G2 반열에 오를 수 있지 않았나 생각한다.

다음은 여러 차례의 어려움으로 부도옹不倒翁이라고까지 불리며 오늘의 중국이라는 거대 시스템을 만들었다는 중국 최고 지도자 덩샤오핑鄧小平이다. 그는 마오쩌둥毛澤東, 1893~1976 사후死後 격하운동이 일어나자 우리가 일반적으로 알고 있는 공칠과삼功七過三, 공이 7이고 과오가 3이다을 주장하며 합리적이고 너그러운 지도력을 보여준 것으로 유명하다.

그는 중국에 시장경제를 도입하면서 '삼보주三步走'라는 목표를 세우고 실천하였다. 그 제1보가 '원바오溫飽'로 인민이 먹고 입는 문제를 해결하는 초보적 단계이다. 제2보인 '샤오캉小康'은 생활 수준을 중류 이상으로 끌어올리는 것이며, 제3보가 '다퉁大同'으로 중국의 현대화를 실현하는 것이다. 지금 자세히 보면, 놀랍게도 중국은 벌써 그 원대한 목표의 제3보를 걸으며 사회주의 시장경제를 실현해 가고 있다.

자본주의든 공산주의든 쥐만 잡으면 된다는 말로 중국공산당의 흐름을 바꾼 그 유명한 흑묘백묘론黑猫白猫論, 그의 생각을 관철하기 위한 남순강화南巡講話, 협상 상대로 '철의 여인'으로 불리던 마거릿 대처Margaret Thatcher, 1925~2013 총리가 덩샤오핑의 '천재적 발상'이었다고 회고한 일국양제—國兩制 구상과 홍콩 반환 등 수많은 업적을 남겼다.

그중에서도, 중국 개혁개방의 설계자답게 "중앙고문위원회를 만들어 노간부老幹部들이 일정 연령이 되면 물러나는 원칙을 만들고 스스로도 물러나 젊은 지도자를 키운 것, 간부들에게 정치, 경제, 사회, 문화 등 각 부문을 순환하면서 단계별로 행정 경험의 기회를 주고 발탁을 병행하는 시스템을 만든 것이 덩샤오핑의 진정한 위대함"이라고 중국에서 만난 지인이 일러 주었다. 그 말은 아주 인상적이어서 나의 뇌리에 똑똑히 남아 있고, 지방 출장 등을 통해 여러 사례를 직접 들을 수 있었다.

그런 위대한 지도자 덩샤오핑의 마지막 소원은, 1997년 7월 1일 중국으로 돌아오는 홍콩 땅을 살아서 밟는 것이었으나, 반환 시점을 불과 5개월 남겨 두고 덩샤오핑은 향년 93세, '백년소평百年小平'이라 불리며 한 세기를 살아 낸 거인으로 자신이 기틀을 다진 부유한 나라인 중국에서 눈을 감았다. 한 줌 재로 변한 그의 유골이 홍콩 앞바다에 뿌려져 그제야 그토록 기다리던 홍콩땅을 밟을 수 있었다.

내몽고 발전개혁위원회 양철성梁鐵城 주임과의 만남은 나에게 많은 반성과 깨우침을 주었다. 중국은 아직 계획경제의 골격을 유지하고 있기 때문에 공공사업에 대한 발전개혁위원회의 파워가 여전히 세다. 주위의 소개로 어렵게 만난 양 주임은 나와 동년배였는데 그 내공이 아주 대단했다. 각 방면에 대한 해박한 지식과 자신감에는 당황스러울 정도로의 공력功力이 무서운 장풍掌風처럼 밀려오는 것을 느꼈다. 중국 근무 후 처음 느끼는 신선한 충격이었다. 몽골식 '파오包'에서 전통음악과 함께한 식사와 술은 아주 인상적이었고, 오랜만에 만난 고수와의 격의 없는 대화는 참으로 즐거웠다.

나중에 들어 보니 양 주임은 우리가 투자한 남한 면적에 해당하는 9만 제곱킬로미터나 되는 츠펑赤峰시의 시장과 또 다른 지역의 시장을 거쳤다는 것이다. 나도 40여 개국을 돌며 내공을 좀 쌓았고 남에게 별로 꿀리지 않는다고 생각하며 중국을 누볐는데, 처음으로 적수를 만난 것이었다. 그도 그럴 것이 시장이라지만, 한국만 한 넓이의 땅에서 삼권을 두루 행사하는 중국 지도자의 경험과 겨우 에너지 분야와 주변을 아는 것은 큰 차이다. 이는 나에게 정신이 번쩍 드는 계기가 되었고, 그 뒤로 제대로 중국 공부를 하게 되었다. 이 자리를 빌려 양 주임께 감사드린다. 다시 파오에서 만나 몽골 전통 노래와 술에 흠뻑 취하며, 과거 내가 느끼고 깨우친 바를 오래된 친구로서 얘기하며 다시 한번 내공을 겨뤄 보고 싶다.

비공개로 경쟁 세력 간 타협으로 이루어지는 중국의 지도부 선출은 흔히 밀실 협상의 결과라고 지적하기도 한다. 그럼에도 놀라운 건 중국 지도부 인사들의 능력이 한결같이 출중하다는 데 이견이 없다는 점이다. 그렇다면 이런 중국의 지도자는 어떻게 만들어지는 것일까.

2012년 6월 20일에 실린 〈'5678' 코드에 숨은 중국 리더십의 비밀〉이라는 제하의 〈중앙일보〉 최현규 특파원의 기사가 이를 잘 설명해 준다. 검증된 국가 지도자를 키워 내는 인사 원칙으로, 출생 연도에 따른 단계별 행정 경험 기회 부여, 직급 안배를 통한 철저한 검증과 동시에 능력을 인정받으면 중앙으로 발탁하는 것이 핵심이다. 5년마다 열리는 18차 당대회를 앞두고 실시한 31개 성급省級 행정 단위의 대대적인 지방 인사 결과를 분석하였는데, 이번 인사의 가장 큰 특징으로 연령별 직책 안배와 고학력자의 지도부 진출을 들고 있다.

80년대 이후 출생자는 '촌村' 단위 당대표를 시작으로 정계에 입문하였다. 2008년부터 매년 리더십이 뛰어난 대학생들을 선발해 재학 시절 2~3년간 농촌에 내려보내 촌 당위원회에서 행정 경험을 쌓게 하는데, 이들이 바로 그 '촌관村官' 출신들이다.

70년대 출생자는 성급 부청장(부국장) 직급에 포진했다. 부청장과 현급縣級 지도자의 80%에 이른다. 무려 100여 명이 중국 권력의 핵심 계파인 성급 공청단共靑團 서기와 부서기 등 요직을 차지하고 있다.

60년대 출생은 성省 당위黨委 부서기나 청廳급 서기, 성급 당위에 중점 배치되었다. 당 서기나 성장 바로 아래 직급이다.

가장 중요하다고 볼 수 있는 50년대 출생자는 성급 단위의 당 서기나 성장省長을 맡았다. 물론 차세대 리더로 지목받는 몇몇 사람은 예외다. 중요한 것은 앞서 설명한 덩샤오핑이 설계한 시스템이 제대로 작동하고 있는 것이다.

이러한 연령과 부문별 안배에 따른 검증 과정에서 당성黨性과 능력, 태도의 3박자를 갖춰야 한다는 데 별 이견이 없다.

당성은 기본으로 당 이념에 충실하고 당 중앙과 입장을 일치시켜야 한다. 다음이 능력으로, 중국의 관리들이 가장 목을 매는 것이 자신의 능력 입증이다. 능력을 보이려면 업적을 제시해야 하는데, 중국 최고 지도부에 입성하기 위해서는 지방의 성省정부 수장首長을 포함해 장관급 자리를 최소한 두 번 이상은 맡아야 한다. 바로 이때 자신의 실적을 과시하고 인정받기 위해 갖가지 방법을 동원하며 무진 애를 쓴다. 그 다음이 태도로 업무 태도, 청렴도, 이미지 등 한마디로 사람 됨됨이에 대한 평가다. 다른 사례는 지면상 줄인다.

그런데 이 3박자 갖추기에서 가장 중요한 게 바로 '검증'이다. 초급 간부 때부터 공장과 지방, 중앙 부처 등 앞서 말한 각 부문의 자리를 두루 돌게 하며 지속적인 검증을 실시한다.

이때 눈여겨보는 것이 세 가지 사항이다.

첫 번째는 전문성이다. 자기 일을 얼마나 꿰고 열심히 하느냐를 의미한다. 우리가 잘 아는 원자바오溫家寶, 1942~ 전 총리도 지질 기술자로 11년 동안 간쑤성甘肅省 오지에서 일하면서 전문성과 해박한 지식에 기반을 둔 업무 브리핑을 통해 능력을 인정받아 중앙으로 발탁되었다.

두 번째는 창조성으로, 창의적 아이디어와 행동이 중요하다. 국제적으로 부상하는 중국의 리더가 되기 위해선 국제적 안목을 갖춰야 하는데 세 번째로 보는 능력이 바로 외국인과의 교류, 소통 능력이다.

이 같은 세 가지 사항을 염두에 두고 당성과 능력, 태도에 대한 검증을 반복적으로 실시하는 것이다. 중국이 민주적이지는 않지만, 능력 있는 지도자를 뽑을 수 있는 배경이다. 중국 주재 경험으로 언제나 탁견을 전해 주는 〈중앙일보〉 유상철 중국전문기자의 기사를 참고하였으며, 감사의 마음을 전한다.

중앙당교中央黨校 예두葉篤 교수의 "국가의 명운을 좌우하는 리더는 하루아침에 나타나는 것이 아니라 수십 년 동안 다양한 경험과 학습을 거쳐 만들어지기 때문에 연령별 직급 안배를 통해 부단한 검증 과정을 거쳐야 한다"는 발언은 고비 때마다 지도자 선출이나 청문회 시비로 소란스러운 우리에게 시사하는 바가 크다.

내부의 치열한 경쟁과 검증이라는 어려운 과정을 거치면서 성장한 지도자들이, G2로 성장한 경제력을 바탕으로 국내는 물론 해외에서도 당당하게 거침없는 행보를 하는 모습이 새롭게 보인다.

끝으로, 중국 문인文人의 꿈인 '제왕의 스승帝師' 역할을 무려 세명의 지도자에 걸쳐 하고 있는 왕후닝王滬寧, 1955~•의 지도자론에 대해 언급하고자 한다. 현재 시진핑 주석의 중국꿈中國夢••을 디자인하고 있는 그는 1995년 장쩌민 시절 발탁되어 장쩌민의 삼개대표론三個代表論•••과 후진타오의 과학발전관科學發展觀••••이라는 이론적 틀을 제공하며 국가정책을 수립하는 등 지난 20년의 중국을 디자인하였다. 향후 10년 역시 왕후닝이 설계하는 대로 중국의 부상浮上이 이루어질 것으로 전망된다. 그가 1995년에 펴낸 저서 《정치적 인생》에서 언급한 지도자의 자질을 보면 죽음 앞에서도 변치 않는 신념信念, 동서양을 넘나드는 학문學問, 우러러보지 않을 수 없는 인격人格, 멀리 내다보는 시야視野, 불요불굴不撓不屈의 의지意志, 모든 냇물을 받아들이는 바다와 같은 도량度量, 대세를 파악하는 능력能力을 들고 있다. 얼마나 대단한가. 이런 생각들이 있어 13억의 중국이 힘차게 전진하는 것이다. 생각하니 작금의 우리 현실이 뼈아프게 다가온다.

---

* 현재 중앙정책연구실 주임이며, 중국 권력 서열 25위 안에 드는 중앙정치국 국원.

** 중화민족의 위대한 부흥, 중국을 세계의 중심으로 만들겠다는 비전.

*** 첫째, 당은 선진적 사회생산력의 발전이며 둘째, 선진문화의 전진 방향을 제시하며 셋째, 최다 인민의 전체 이익을 대표한다는 정책.

**** 오로지 경제 성장만 추구했던 정책에서 벗어나 분배는 물론 사회, 환경 등 모든 분야를 함께 챙겨 지속 가능한 발전을 이루겠다는 정책.

Part **7**

디저트

자화상

지금은 아련한 미련과 추억으로 남지만, 그 흔한 신작로도 없어 십여 리 논둑길을 걸으며 그래도 배운다는 즐거움에 추위나 더위에도 아랑곳하지 않고 다녔던 초등학교. 가방도 아닌, 책과 공책 몇 권에 도시락 하나 든 책보를 등에 메고도 불평 없이 넘나들던 큰 고개마을인 대현大峴. 지금은 모두 추억이 된 깜부기, 삐삐, 밀, 콩, 수박 서리를 하다 야단맞던 일.

학교를 파하고 돌아와 뒷산에 소를 풀어 놓고 산 아래 위를 다니며 놀거나, 가재나 개구리를 잡아 구워 먹고, 씨름과 산태타기를 하다 보면 어느새 해가 넘어가고 있었다. 개울에 삭힌 감을 며칠 뒤 찾아 먹는 재미도 쏠쏠했다. 하지만 소죽을 끓일 꼴을 한 다래끼 베어 오는 숙제는 왜 그리도 싫었던지. 낫질이 서툴러 지금도 꼴을 베다가 생긴 상처가 손에 훈장처럼 여러 곳에 남아 있다. 뒤뚱거리며 지게를 지고 나무를 해 온 일, 누나 친구들과 소꿉놀이를 하면서 미나리를 캐러 가다 바위에서 굴러 이마에 큰 상처가 나 온 동네를 발칵 뒤집어 놓은 일, 장마철 새로 산 검정 고무신을 물에 빠뜨리지 않겠다고 우산살에 넣고 물살이 센 개울을 건너다 기우뚱하여 떠내려가는 신발을 주우려다 균형을 잃고 쓰러져 물에서 세 바퀴 구른 기억밖에 없는데, 내가 "사람 살려"라고 소리소리 질러 물가에서 족대로 고기를 잡던 분이 건져 주어 구사일생한 일 등등.

비 오는 날은 내가 소에게 풀을 먹이러 가지 않고 아버지가 들에 갈 때 몰고 가 풀을 먹이곤 하였다. 대신 그날은 신나는 날. 군것질거리도 없던 시절, 호박과 풋고추, 갖은 야채를 섞어 엄마가 구운 부침을 솥뚜껑 옆에 둘러앉아 익기가 무섭게 집어 먹는 맛이란. 지금처럼 간식거리와 먹을 것이 넘치는 환경에서 자라는 아이들은 상상도 못할, 모든 것이 모자랐던 시절의 정겨운 추억이다. 궂은비가 올라치면 아내에게 부침을 해 달라고 조르는 버릇이 생긴 것도 이 때문이다.

평생의 업業이 된 전기가 농어촌 전화電化사업의 막바지인 1970년대 초였던 중학생 때 들어왔으니, 컴컴한 호롱불 아래서 잘도 버티고 살아왔다. 5학년에 들어서야 《동아전과》를 접했던 시절이라 공부의 절대량이 적었던 시절이어서, 교과서를 몇 번 보면 한 반뿐인 학급에서 1, 2등은 했고 병석에 있으면서도 장손長孫인 나를 향해 "너 잘 살게 해 놓고 죽어야 하는데"라는 할아버지께 자랑 겸 재롱을 떨기도 한 어린 시절이었다.

한 반이었던 초등학교를 뒤로 하고 7개 반이 있는 읍내의 중

학교 입학시험에 학교에서 두 명만이 합격한 일, 어려운 살림에도 중학교에 보내 준 부모님을 위해 효도를 하겠다는 일념으로 공부했던 일, 무엇인지도 모르고 들어가 매를 벌긴 했지만, 즐거웠던 밴드반과 방송반 시절.

그렇게 시간이 흘러 고등학교는 운 좋게도 10개 반까지 있는 서울로 유학을 가게 됐다. 시간이 흐르긴 흐른 모양이다. 10반인지 12반인지 헷갈려 짝꿍이었던 오규에게 전화로 물어보니 10반이었다고 한다. 중학생 때는 이모님 댁, 고등학생 때는 외가에 거처하며 남 몰래 눈물을 훔치던 기억도 없지 않았고, 성장통을 느낄 호사는 엄두도 못 낼 생활이었지만 인생을 배우는 중요한 배움의 장이었다.

서울로의 탈출에 성공한 나는 또 한 번의 도약을 꿈꾸었다. 이제는 국제화 시대인데 해외로 나가고 싶었다. 하지만 서울 유학도, 한 집에 기숙하며 많은 도움을 준 외사촌 형인 신영국 문경대 총장을 비롯해 누님, 형제들의 도움으로 때운 내가 해외유학은 엄두도 못 낼 일이었다.

법대에 진학한 뒤 사법시험에라도 붙어야 되겠다는 일념으로 고시반 생활을 하며 분전했지만 벽을 넘지 못했다. 공부를 지속하기 위해서는 대학원에 가야 했고, 그러기 위해서 택한 공기업 입사가 평생의 직장이 되었다. 입사 후 늦게 장교로 입대해 3년 3개월간 쌓은 리더십과 군생활의 경험은 지금의 나를 지탱해 준 원동력이 되었다.

복직하여 1년 만에 그 어렵다는 과장시험을 거쳐, 해외연수와 사장 수행비서의 경험을 쌓았다. 그리고 간절히 기도하면 그 에너지가 우주에까지 닿아 소망이 이루어진다는 론다 번 Rhonda Byrne, 1951~의 베스트셀러《시크릿》의 주제처럼, 30대 초반에 당시에는 쉽지 않은 도쿄 근무의 꿈을 이루었다.

일본의 버블이 붕괴되기 시작한 시점이었지만 젊은 나이에 여러 선진문물과 기술, 제도를 접하면서 많은 자극을 받았고, 그만큼이나 나의 부족함을 느끼고 채우려 노력하였다. 그래서 사기업의 주재원과 견주어도 결코 뒤지지 않겠다는 각오로 이를 악물고 일본어 공부와 회사 업무에 임했고, 속으로는 나와 동갑인 원숭이띠를 전부 모아도 100위 안에 들겠다는 목표를 세울 정도로 내 인생에서 가장 큰 도약을 한 기간이었다.

1990년에 시작한 해외생활은 나와 가족에게 큰 배움의 장이었고 삶의 바른 방향을 설정하는 계기가 되었다. 두 번에 걸친 5년 여의 도쿄생활과 2년의 베이징생활은 인생의 큰 도전이었지만 가능성 또한 무궁무진했다.

무모하리만치 과감하게 도전했던 일본어와 중국어를 습득함은 물론 나아가 일본과 중국 문화에 대한 이해의 폭을 넓힐 수 있었고 근무 중에 수많은 귀인들을 만나면서 지금의 친구들을 얻을 수 있었다.

유명 정치인이나 고위 관료도 해외에서 만나면 다들 좀 자유롭고 편안한 기분을 갖게 되는 게 일반적이다. 그분들과 허물

없는 대화와 교류를 통해 배우고, 깨달은 바가 삶의 방향을 설정하는 데 큰 도움이 되었고, 질을 높여 주었다. 난생 처음 접하는 식은 땀 나는 숱한 상황을 처리하고 극복하며, 어떤 어려운 일이 닥쳐도 밀고 나가 해결하는 근성도 몸에 익혔다.

이런 과정과 경험을 통해 얻은 맷집과 사내 교육원에서의 리더십 강의는 나의 생각을 정리하고 체화體化하는 좋은 기회였고, 교육 과정 개발을 위해 수강한 여러 강좌는 이 글을 쓰는 계기가 되었다. 결코 쉽지만은 않았지만 남들이 볼 땐 순탄하게 한 편으로 윗분의 인정도 받으며, 때가 되면 조직의 승진 사다리를 올랐다. 함께한 모든 동료와 믿고 따라 준 직원들, 그리고 때에 맞춰 모자라는 부분을 채워 주신 여러 윗분들께 이 자리를 빌려 깊은 감사를 드린다.

나주 한국전력 본사에서 열린 고흐Vincent van Gogh 전시회에서 그의 삶과 작품을 접할 수 있었는데 그의 자화상이 마음 깊이 다가왔다. 힘든 삶과 노동자, 탄광촌의 어려움을 그린 초기 작품과, 가장 많이 등장하는 운명의 여인 시엔Sien 그리고 자기학대에 가까운 강박증으로 친구도 없고 모델을 구할 수도 없어 자신을 그렸다는 서러움과 고독, 외로움이 묻어나는, 1886년 봄부터 1889년 가을까지 그린 강렬한 눈빛을 한 다양한 모습의 자화상自畵像 40여 점.

1년 내내 빛이 좋은 아를Arles에서 그린, 불꽃이 타오르는 듯한

붓 터치 방식의, 우리 눈에 익숙한 '고흐만의 화풍'을 볼 수 있었다. 고갱과 다툰 끝에 자신의 귀를 자른 후 발작과 입원의 연속이었던 생 레미Saint-Remy의 정신병원에서 몰입을 통해 탄생한 그의 대표작들.

어려운 상황에서도 굴하지 않는 그의 그림에 대한 열정과 몰입을 배울 수 있는 아주 인상적인 기회였고, 부끄럽지만 이 글의 제목도 '자화상'이라 감히 거장의 일생을 들먹여 보았다.

사족이지만, 말미에 요즘 그의 대표작 '밤의 카페 테라스'가 예수님과 열 두 제자를 그린 것이라는 최근 보도를 어떻게 생각하느냐고 물었다. 해설자 왈, "그것은 고흐에게 물어보아야 알 수 있을 텐데 그럴 수는 없고, 결국 보는 사람의 자유로운 상상에 맡길 수밖에 없지 않겠냐"는 명답에 무릎을 쳤다.

영화 〈글래디에이터〉에서 무사 막시무스를 연기해 아카데미 남우주연상을 받는 할리우드 스타인 러셀 크로우에 대해 우리는 잘 알고 있다. 그는 호주와 미국 할리우드를 넘나들며 30편이 넘는 영화에 출연한 스타로서, 감독으로서 첫 데뷔작인 영화 〈워터 디바이너〉를 홍보하기 위해 2015년 1월 우리나라를 찾았다. 이때 언론과 가진 인터뷰를 보면 그가 얼마나 성공을 갈망하였는지가 잘 나타나 있다.

지금은 전 세계인의 사랑을 받는 스타지만 그에게도 무명시절이 있었다. 30년 전 그는 공연이 있는 날이면 새벽 5시에 일어나 공원에 가서 모래에 소원을 쓰고 그 위에 솔잎을 덮었다. 당시 그는 가진 것이 아무것도 없었지만, 열정만큼은 그 누구에게도 뒤지지 않을 자신이 있었다고 한다. 그는 그렇게 연기에 대한 소망을 다짐하였으며, 이러한 절제와 열정을 오늘날 성공의 원동력으로 들고 있다.

미국의 조사에서도 전체 부富의 80%를 가진 10%의 성공한 사람들을 조사한 결과 모두 확실한 목표를 가지고 그것을 기록한 사람들이었다고 하지 않는가.

조금 이른 감이 있겠지만, 지금의 나를 만들어 준 원천도 도전이라는 목표 의식과 그 기록이 아니었을까 한다. 스티븐 코비의 '7 Habits' 교육을 받은 이후 인생의 목표를 세우고 기록해 왔다.

학사가

학사장교는 1981년부터 시작되어 현재 59개 기수 4만 7,000
여 명의 장교를 배출하였고 행정고시 등 고시 합격생을 중심으
로 유정복 인천시장, 전병헌 새정연 최고위원 등 다수의 국회
의원과 수많은 차관급 이상 고위 공직자는 물론 BBQ의 윤홍근
회장을 포함한 기업인 등 다수의 지도층 인사를 배출한 인재의
산실로 성장하였다.

나는 대학원과 회사를 다니다 늦깎이로 1982년 제2기에 입
대하여 영천 육군3사관학교에서 3개월의 혹독한 훈련을 마치
고 소위로 임관하게 되었다.

입교 후 2주차 독도법 교육에서 금지된 이동주부_{훈련장 주변에서 빵}
_{이나 음료 등을 파는 아주머니}를 이용하다 6명이 함께 적발되어 퇴교 직전
인 벌점 30점을 받고 시작한 군 생활에서 얻은 보람은 우연한
기회에 학사가를 작사한 것이었고, 이는 평생의 명예임과 동시
에 나를 위요한 굴레이기도 하다.

학사가

작사 박규호(2맥)
작곡 박재갑(2맥)

겨 레 위 해 솟 구 치 는 학 - 사 의 젊 은 투 혼
조 국 위 해 피 어 오 른 학 - 사 의 젊 은 기 상

우 리 는 선 구 자 다 호 국 의 간 성
우 리 는 동 량 이 다 겨 레 의 파 수

젊 은 지 성 넘 치 는 기 백 조 국 에 바 쳐
굳 센 의 지 불 타 는 정 열 나 라 에 바 쳐

거 대 한 민 족 혼 의 횃 불 이 되 - 리
장 구 한 민 족 사 의 횃 불 이 되 - 리

(후 렴) 아 - 아 젊 은 꿈 불 타 오 른 상 아 탑

영 원 하 라 무 궁 하 라 대 한 의 학 사

342

우연이라 함은, 군대에서 자주 하는 기념사업의 하나로 임관 기념으로 쌍홍교雙虹橋, 즉 쌍무지개 다리를 만들고 이를 기리는 비석에 새길 헌시獻詩를 무조건 한 편씩 제출하라는 명령이 떨어져 썼기 때문이다. 쓸까 말까를 고민하며 몇 번이나 머릿속에 되뇌다가, '이왕 쓸 바에는 제대로 해 보자'고 신경을 좀 써 옆의 시詩를 제출하였다.

이 시가 채택되어 내용을 조금 축약하여 3사관학교 교정에 헌시비獻詩碑가 세워졌고, 당시 학교장이 이 시에 곡을 부치면 좋은 노래가 되겠다고 하여 같은 내무반에 호적이 늦은 탓으로 서른 살에 입대하여 본인도 힘들면서 어려운 훈련 때마다 특유의 우렁찬 목소리로 우리를 위로해 주던, 지금은 고인이 된 성악가 박재갑(계명대 음대를 졸업하고, 경남여고에서 음악교사를 하다 입대) 형이 작곡을 하게 되었다. 8명이 함께하던 한 내무반의 고문관(?) 노땅 두 명에 의해 지금의 학사가가 탄생한 것이다.

광주 보병학교로 옮긴 초기에 기합을 받을 때면 다른 군가는 부르지 않고 이 노래만 부르다 혼이 난 적도 여러 차례 있었지만, 지금은 공인公認이 되어 면면히 이어지고 있다. 덕분에 굴레란 표현처럼 학사장교 모임에는 자주 불려 나가, 작사자로 선창先唱을 하게 되었고 지금도 총 동문회의 직능 부회장을 맡고 있다.

풍류

1990년도 도쿄에 주재원으로 있으면서 일본 전력회사 친구들로부터 아주 재미있는 얘기를 들었다. 예전에 오사카 출장은 일반적으로 1박 2일로 먹고 마시느라 가난뱅이가 된다는 '구이타오레 くいだおれ, 食い倒れ, 먹다가 망한다'의 진면목을 느낄 수 있었다고 한다. 그런데 1964년 신칸센이 개통된 후 '히가에리 ひがえり, 당일' 출장으로 바뀌면서 출장의 재미가 덜 하다는 얘기였다.

같은 샐러리맨 입장에서 충분히 이해가 되었다. 출장지에 가서 지역의 특색 있고 맛있는 음식도 맛보고 때론 술 한잔 기울이며 밤 문화도 즐기고 싶은 마음이 생기는 것은 아주 자연스럽다. 비즈니스 상대와 때로는 의견이 부딪치기도 하지만, 이러한 인간적인 교류를 통해 서로를 이해하게 되고 그만큼 업무의 깊이와 폭도 더할 수 있었다. 하지만 요즘은 그런 교류의 기회가 줄어들어 비즈니스가 무미건조해졌다는 얘기다. 특별한 경우가 아니면 아침 일찍 출발하여 업무를 보고 오후에는 돌아오는 바쁜 일정을 소화해야 하니 그러한 인간적 관계는 고사하고 귀사歸社하여 출장 보고서 쓰기도 바쁘다는 것이다.

우리의 경우 1990년대 초만 해도 해외출장의 기회는 극히 적었다. 오랜만에 해외에 나가면 업무도 보겠지만 주말을 이용해 문화탐방이란 명목으로 조금 여유를 가지던 때였다. 상사들도 해외에 처음 가는데 하루 이틀 정도는 해외 문물도 보고 배워서 오라고 묵인해 주거나 권장하기도 하였다. 이런 경험은 업무를 떠나 삶의 귀한 배움으로 자리 잡게 되며 이 책 또한 작지만 소중했던 자투리 시간을 활용한 내 경험의 산물産物이라고 할 수 있다.

처음에는 부자 나라인 이들이 왜 해외출장에 그리 박한지 의문이었다. 한국에 출장 가 봤냐고 물어보면 십중팔구는 출장이 아닌 개인여행으로 다녀왔다는 것이다. 그것을 이해하기까지는 얼마 걸리지 않았다.

당시만 해도 미국과 어깨를 나란히 할 정도의 선진국인 그들은 기술이나 제도 면에서 최고 수준이었으므로 굳이 해외출장이나 연수를 가서 기술이나 제도를 배워 올 것이 별로 없었다. 그래서 해외출장 대부분이 주로 국제회의 참가인데, 그것도 회의 일수에 왕복 일정만 더해 주는 식이었다. 그들도 한때 일본제라면 미국에서 싸구려의 대명사로 업신여김을 받았고, 이를 따라잡고 극복하기 위해 기술을 배우러 다닐 때는 우리와 마찬가지였다. 하지만 세계 최고 수준의 기술과 제품을 생산하고 각국에서 그들의 선진문물을 배우러 오던 1990년대 초만 해도 콧대가 하늘을 찌를 형국으로 변해 해외연수의 기회가 크게 줄어들었다.

회사의 업무 효율성과 생산성은 크게 향상되었겠지만, 그렇지 않아도 국내 정치와 일본문화 우월이라는 국수적인 성향의 교육을 받은 젊은이들이 회사 주선으로 해외 경험을 쌓을 기회가 적은 것은 아쉬워 보였다.

나는 지금도 해외출장을 가는 젊은 부하들이 하루 이틀 업무 외에 현지의 문화를 경험하는 것이 개인이나 회사를 위해서 필요하다고 생각한다. 그 정도는 교육 훈련 투자비로 여기면 된다. 국민들이 선진국의 라이프스타일, 즉 글로벌 마인드를 갖추면 국익에 얼마나 큰 도움이 되겠는가.

사라진 우리의 멋과 풍류를 일본의 국내외 출장 사례를 통해 조명해 본다는 게 사설이 길어졌다. 먼 옛날이 아닌 나의 초등학교 시절만 해도 고향인 상주 이안에서 버스를 타면 충주, 장호원, 이천을 거쳐 마장동까지 14시간이 걸렸던 기억이 난다. 방학 때 엄마와 같이 외갓집에 한 번 가려면 익숙지 않은 버스 휘발유 냄새 때문에 문경새재에서는 당연하고 그 후로도 몇 번은 검은 비닐봉지에 똥물까지 토하는 고통을 모자가 감내해야 할 정도로 먼 길이었다.

그렇게 힘들었지만, 처음 가는 버스역마다 다음 출발시간을 기다리며 간식도 사 먹고 타지 사람들도 많이 볼 수 있어 좋았다. 지금 생각하면 말 그대로 시간의 미학을 배우는 귀중한 교육의 장이었다. 그렇게 힘든 나들이였지만 서울 구경 간다는 하나만으로도 모든 힘듦은 고통이 아닌 즐거움이었다. 지금은 승용차로 두 시간이면 족하게 되었지만.

문경새재 얘기가 나왔으니 늘 하던 얘기를 좀 하면, 과거 경상도 일대의 선비들이 과거를 보러 가자면 꼭 지나가던 길이 문경새재, 즉 조령鳥嶺이었다. 산이 하도 험해 나는 새도 쉬어 간다는 의미일 것이다. 또 임진왜란 때 신립 장군이 파죽지세破竹之勢로 북상하는 왜군을 천혜의 요충인 조령에서 막았어야 하는데, 이를 뒤로하고 충주 탄금대에서 배수의 진을 치고 싸우다 패하는 바람에 도성이 빨리 함락되고 말았다는 얘기에서는 비장함도 느끼게 하는 이름이다.

선비들이 왜 꼭 조령을 거쳐 서울에 갔는지가 재미있다. 왼쪽의 추풍령秋風嶺은 추풍낙엽처럼 낙방이 연상되고 오른쪽의 죽령은 미끄러진다는 의미 때문에 기피했기 때문이다. 문경聞慶이란 지명은 '기쁘고 상서로운 일을 가장 먼저 듣는다'는 의미, 즉 문희경서聞喜慶瑞라는 말에서 유래하였다. 어사화를 달고 금의환향하는 모습을 영남에서 가장 먼저 보고 듣는 곳이란 의미이다.

본인은 물론 가문의 명예까지 달린 과거 길이라 비록 긴장되고 힘든 여정이었겠지만, 자연을 벗 삼아 풍류를 즐기고 여러 날에 걸쳐 괴나리봇짐을 메고 오가며 얻는 깨달음이 적지 않았으리라. 과거에 수차례 떨어지고 집에 갈 면목이 없는데, 오며 가며 들렀던 주막집 여식과 눈이 맞아 중간에 눌러앉은 선비도 꽤 많았다는 얘기는 덤이다.

우리도 경부 KTX의 개통을 계기로 바야흐로 전국이 일일생활권에 접어들게 되었다. 신칸센 개통과 함께 일본의 일상이 표변하였듯이 KTX 개통과 함께 우리의 생활도 그에 못지않게 변했다. 과거 같으면 1박 2일로 다녀오던 지방출장이 당일로 바뀌어서 하루 묵고 오려면 좀 궁색한 변명이 필요하게 되었다.

교육기간 중 방문한 울릉도의 군수郡守가 하던 말이 생각난다. 울릉도에 고속 페리선이 다니다 보니 아주머니들이 울릉도에서 돈 벌어 포항이나 대구에 있는 백화점에 가서 돈을 쓴다고 아쉬워하던 이야기다. 거가대교가 개통되니 거제도의 돈 많은 이들이 부산에 쇼핑하러 몰린다는 얘기와 일맥상통한다. 어쩌겠는가. 현실 타령만 말고 타개책을 찾는 게 지자체와 지역 주민들의 몫이라고 생각된다.

모 국회의원이 얘기하기를, 대구만 해도 과거에는 갑자기 연락이 와서 지역구 행사에 참석해 달라고 하면 일정상 곤란하다는 변명이 통했는데, KTX 개통 이후 어렵게 되었다는 것이다. 한 시간 반이면 갈 수 있는데 유권자의 표를 먹고 사는 입장에서 변명거리를 찾기 어려워졌다는 것이다. 내가 있는 나주도 2015년 4월 초에 KTX 호남선이 개통되었다. 이제는 서울에서

약 두 시간이면 도착하니 주말마다 내려오던 지역구 일정이 주중에도 다녀갈 수밖에 없어 더욱 바빠지게 되었다는 지역 출신 국회의원의 엄살도 마찬가지다.

문명은 인간에게 편리함을 주는 대신 더 많은 노력과 정성, 시간을 요구하는가 보다. 잘살게 되고 소득이 높아지면 그만큼 조직에서의 삶은 팍팍해지는 것을 실감하는 게 요즘의 현실이다. 때론 그놈의 선진국이 천천히 되었으면 좋겠다는 엉뚱한 생각을 하는 것은 나 혼자인지 의문이 든다.

동국대 서인범 교수는 저서 《연행사의 길을 가다》에서 조선 시대 조공을 위해 중국에 다녀온 사신使臣에 관한 이야기를 하고 있다. 당시 사신들은 평안도 의주에서 중국 선양, 산하이관을 거쳐 베이징에 이르는 장장 2,000여 킬로미터의 거리를 걸어 다녔는데, 이는 출발하여 돌아올 때까지 반년이 걸릴 정도의 긴 여정이었다. 정사, 부사, 서장관을 비롯하여 군관과 역관, 하인과 말몰이꾼까지 300~600명에 이르는 대규모 행렬이었고, 평균 500명으로 계산할 때 700년간 거의 90만 명에 달하는 인원이었다. 사행使行의 길은 이렇게 멀고 험난한 여정이었던 것이다. 지금과 같이 잘 닦인 포장도로도 없는 험난한 산길을 더위와 추위를 무릅쓰고 무작정 걸어야 했던 고충은 이루 말로 표현할 수 없었다.

그럼에도 조선은 끊임없이 사절단을 중국에 보냈다. 서 교수님에 따르면 고려 말까지 포함하여 우리 사신이 중국을 다녀온 횟수는 총 1,797회에 이른다고 한다. 중국이라는 거대국가 중심으로 짜인 국제관계의 틀에서 조공은 불가피하였을 것이다. 또한 조선 후기 실학파가 그러했던 것처럼 지적인 한계를 극복하고 지식을 충족시키려는 욕구에서 중국이라는 거대한 대륙이 담고 있는 다양한 문화와 지식을 배우고 싶은 욕구도 있었다. 한중수교 20년을 맞아 2012년 〈중앙일보〉가 취재한 내용에 따르면, 사대의 시각에 기인한 모화慕華의 좁은 틀을 넘어 냉정한 관찰자의 입장에서 연행록을 남긴 노가재老稼齋 김창업 1658~1721, 담헌湛軒 홍대용1731~1783, 그리고 우리에게 잘 알려진 연암燕巖 박지원1737~1805 선생이 대표적인 사례일 것이다.

〈연행의 길, 자주의 길〉이라는 부제가 붙은 2012년 10월 20일 자 〈중앙일보〉 특집기사에 의하면 수많은 연행 사절 중 이계耳谿 홍양호洪良浩, 1724~1802 선생을 으뜸으로 치고 있다. 선생은 영·정조 시대에 살면서 홍문관과 예문관의 대제학까지 올라 문명文名을 떨친 학자였다. 두 번의 연행길에 올랐던 선생의 세계를 보는 안목은 탁월했다고 한다. 선생은 중국이 세계의 중심이라는 기존의 가치관을 강력하게 부정하고, '중국이라는 곳도 먼 우주에서 바라보면 손 안의 손금 한 줄에 불과하다'는 논리를 전개하였다. 당시의 시대상을 감안할 때 이것만 해도 얼마나 대단한 탁견인가.

이어지는 글이 나의 마음을 사로잡아 그대로 옮긴다. 선생은 자신에 앞서 수많은 선비가 다녔던 연행에 대해 다음과 같은 정의를 내린 적이 있다. 선생에 의하면 천하를 돌아다니는 방식에는 족유足遊, 목유目遊, 심유心遊가 있다고 한다. 족유는 허실虛實을 제대로 살피지 못하고 그냥 발로 다닌 것을 말한다. 목유는 허실을 제대로 보며 같음同과 다름異을 살핀 것이다. 가장 높은 경지로 평가한 심유는 도시를 살피고 백성을 관찰하면서 치治와 란亂을 보며, 아울러 상대가 성盛할지 쇠衰할지를 간파하면 그것이 바로 마음으로 살피는 것이다. 목유도 어려운데 심유를 제대로 할 수 있을까?

열린 마음과 눈 그리고 내가 지니지 못한 것에 대한 자각을 통해 지식을 축적하고, 게다가 남에게 함부로 휘둘리지 않는 자주적 입장을 바르게 견지堅持하라는 의미일 것이다.

나도 그런 마음으로 7년 여의 해외 근무를 했다. 누구보다 현지화는 뒤로 한 채 시간 낭비만 하는 공사公私 조직의 주재원들을 한심스럽게 보며, 출장자들에게 일본말로 심득心得 사항을 일러 주곤 했다. 그것이 바로 이계 홍양호 선생이 제시한 심유心遊였음을 안 것만도 큰 행운이다.

지금은 비행기로 두 시간 남짓이면 갈 수 있는 베이징. 2년을 살며 중국을 좀 배웠다고 생각했는데, 두 시간이라는 여행 시간의 짧음만큼이나 온축된 지식의 얕음이 안타깝다. 훗날 기회를 만들어 멋과 풍류도 느끼고 자신과의 싸움도 해 가며 시간의 미학을 배울 수 있는 사신들의 여행길을 꼭 한번 걸어 보고 싶다.

자식 타령

　명절의 여운이 아직 가시지 않은 정월 초사흘이기 때문인지 대형마트와 요즘 유행하는 커피전문점을 빼고는 아파트 주변의 상점들은 여전히 문을 열지 않았다. 차를 운전하여 고향에 들러 차례와 성묘를 마친 후 서울 집에 갔다가, 이 글을 쓴답시고 운전의 피로감만 씻어 내고 KTX를 타고 바로 광주에 내려왔다. 혼잣살이 석 달째다. 남들은 '그 나이에' 하고 안쓰러워하지만, 혼자 지내는 재미도 제법 쏠쏠하다.

　우선 방임으로 흐르지만 않으면 무한대의 자유를 누릴 수 있다. 자고 싶으면 누우면 되고, 배가 출출하면 냉장고를 뒤져 이것저것 넣어 끓이면 된다. 맛은 뒷전이다. 내 배만 채우면 되니까. 그리고 내가 만든 음식에 불만도 있을 수 없다. 결국 내 책임인 거니까.

　글을 쓰다 보면 괜한 욕심이 발동한다. 자연스럽게 순리대로 진행하면 되는데, 이런 주제를 넣을까, 저 주제는 뺄까 고민이 되기 마련이다. 또한 집안 정리 문제로 아내와 티격태격하곤 하는데, 혹시 시간이 지나 쓸모 있을지도 모르고 나중에 기념이 될 만한 물건이라고 생각하는데 아내는 집이 비좁다고 자꾸 버리려 하니 언쟁이 생긴다. 35년이 지난 낡은 아파트에 과년한 딸 둘과 함께 사는 탓을 해야 할지. 따로 살다가 합치다 보니 무슨 짐이 그리 많은지. 늘 나의 오래된 신문 스크랩과 책이 문제다. 여느 집처럼 아빠는 항상 후 순위지만 그래도 나름 선방하고 있다. 이 책을 쓸 만큼의 자료는 온전히 보관할 수 있었으니까. 10년을 넘게 끌고 있는 아파트 재건축이라도 빨리 진행되어 싸움(?)을 그만하면 좋겠다.

오늘도 배가 출출해서 냉장고를 뒤져 아내가 챙겨 준 머리통만 한 무의 밑동을 싹둑 잘라 썰어 넣으니 냄비의 절반을 차지한다. 광주 명선헌 박 사장이 보내 준 최고의 맛이라는 보쌈김치의 겉 포기도 숭숭 썰어 넣었다. 그런데 큰일이다. 물은 끓는데 무는 아직이다. 한번 베어 먹어 보니 서걱거린다. 서둘러 라면과 스프, 계란도 호기롭게 하나 깨어 넣고 무가 익을 때까지 옆에서 기다린다.

라면을 끓이는데 문득 휴대폰 벨이 울린다. 회사 상사로 만나서 나를 입사 때부터 챙기고 CEO가 될 사람으로 인정해 주던 언제나 반가운 광희 형님이다. 설에 보낸 조그만 인사에 대한 답례다. 라면 끓이다 소리를 잘 못 듣고 늦게 받았다고 하니, 특유의 너털웃음이다.

어찌 되었든 라면은 붙는데 무는 아직이다. 무의 서걱거림이 덜 해짐을 기다리며 불을 끈다. 면발이 불었지만 그래도 먹을 만하다. 아니 맛있다. 시원한 무와 최고의 보쌈김치, 그리고 특유의 젓갈 맛이 일품인 광주 김치까지 더하니 환상적이다. 무의 약간 서걱거리지만 씹히는 맛이 일품이다. 나는 무로 부친 무전을 아주 좋아한다. 고향 상주의 배추전과 함께 차례 때마다 어머니가 부쳐 주는 무전은 내 독차지다. 올 설에도 그랬다.

요즘처럼 땡감보다 더 떫다는 상대적 박탈감이 세상을 풍미하는 시대에, 분수를 알고 스스로 만족하기란 말처럼 쉽지 않다. 특히 남에게 지기 싫어하고 내 자식만을 최고로 만들겠다는 일념뿐인 우리네 엄마들이 정신을 차리기까지는 힘들어 보인다. 누구나 타고난 복이 있는데, 그걸 인위적으로 넘으려고 하다가 오히려 엄마가 아들에게 접근 금지 소송까지 당하는 것이 우리 현실이다.

제발 자식을 자신의 목적 달성을 위한 수단이나 도구로 생각하지 말고 하나의 인격체로 인정하고 존중해 주었으면 좋겠다. 자식에게는 자식의 삶이 있는 것이다. 물론 교육을 통해 자녀를 바른 길로 이끌어 줄 책임이 있지만 자식의 능력을 넘는 기대는 그 기대만큼이나 큰 실망 아니면 절망을 불러오기도 한다. "나는 너를 위해 내 모든 걸 다 바쳤다" 혹은 "네가 나의 전부다"와 같은 부담을 주는 말로 자녀들을 얽어매지 말자. 그리고 너무 자녀들에게 희생하지 말자. 기쁨보다는 실망이 클 수도 있다.

일본에 살면서 놀란 게 있다. 미국처럼 일본도 자녀가 18세 이상이면 독립한다. 부모는 자녀에게 대학 등록금을 빌려주고 나중에 돌려받는다. 당시에는 조금 지나치다고 여겼는데 지금 생각해 보면 타당한 관행이다. 자식이 귀엽다고 평생토록 먹을 고기를 계속 줄 수는 없지 않은가. 고기를 잡는 방법을 가르쳐 주어야 한다.

남이 장에 간다고 똥장군 지고 따라나서는 짓을 언제까지 따라할 건가. 제발 결혼한 자식에게 밑반찬에 김장김치까지 담가 주며 살지 말자. 그들도 월급 타서 가구 하나씩 장만하는 재미와 성취감을 느끼게 해 주자. 다른 애들은 부모가 아파트까지 장만해 주어서 출발점이 다르다고? 그렇게 시작한다고 평생 잘 산다는 보장이 없다. 집사람한테 야단맞을 말이지만 인생이 어디 그리 간단하던가.

운 나쁘면(?) 100살까지 사는 백세百歲시대다. 내가 굳이 '운 나쁘면'이라고 표현한 것은 삶의 여유를 향유하는 운 좋은 100세를 사는 사람보다, 그렇지 못한 경우가 더 많아서 하는 얘기이다. 평균 수명은 늘어났지만 노후 준비는 아직 충분하지 않은 베이비 붐 세대들이 그나마 남은 재산을 다 털리고 길거리에 나앉아야 정신 차릴 건가. 우리네는 정말 자식에게 관대하다. 성숙된 사회의 사람들은 자식들을 진정으로 사랑하지 않아서 그럴까? 깊이 좀 생각해 볼 일이다.

최근 20년 동안 미국을 움직이는 백만장자들의 성장 과정과 부침의 과정을 연구한 조지아주립대 토머스 스탠리Thomas J. Stanley 교수가 발표한 '부富의 세습'에 대한 연구 결과에 따르면, 미국 재벌 중 80%는 중산층 또는 노동자 출신이었고 부모로부터 기업을 물려받은 부자는 20%에 불과했다.

그런데 자수성가한 사람들의 공통점은 부모로부터 유산 대신 좋은 습관을 물려받았다고 한다. 근면, 성실, 정직, 용기, 신앙 등 정신적 유산을 가장 소중하게 여겼다. 그들은 재산을 자신보다는 이웃을 위한 선한 사업에 사용하였다. 자녀에게 많은 재산을 물려주어도 자녀가 잘못 관리하면 곧 사라지고 만다. 반면에 정신적 유산은 평생의 보물이 된다. 준비가 안 된 자녀에게 물려주는 과분한 재산은 그를 방탕과 향락으로 이끌 가능성이 크다.

최근 경영 준비가 덜 된 재벌 3, 4세대들의 유사한 행태에 관한 보도를 자주 접하게 된다. 오래 전 강의에 쓰던 자료인데, 이 대목에 아주 적절한 말로 여겨져 인용해 본다. '고기'가 아닌 '고기 잡는 방법'을 가르치고, '재물'보다는 '좋은 습관'을 물려주도록 노력하자. 미국인들도 자식 귀하긴 마찬가지였을 테지만, 오랜 시행착오 끝에 터득한 삶의 지혜 아니겠는가. 좋은 것을 받아들이고 수용하는 흡수성吸收性이 중요한 시대이다.

우연히 신문을 보다가 서울대 철학과 백종현 교수님이 칸트의 명저인 《윤리형이상학倫理形而上學》을 국내에 최초 번역하여 출간한다는 내용의 기사를 접하게 되었다. 나는 듣기만 해도 왠지 머리가 복잡해지는 칸트철학에 대해 20년간 번역에 몰두하신 백 교수님은 그 방면의 대가이다.

백 교수님의 기사 중에 무엇보다 〈우리 사회는 바라지 말아야 할 것을 바라는 사람이 많아 시끌〉이라는 제목이 시선을 끌어 지금까지 소중히 보관하고 있다. 교수님은 "중세가 신의 시대였다면 근대는 인간의 능력을 믿는 시대"라고 정의하며 칸트에 대해 인간을 도덕적 능력을 가진 존엄한 존재로 간주함으로써 누구보다 근대의 정점에 있는 철학자였다고 평가하고 있다.

칸트의 시선으로 보면 현대인들은 과연 어떨까. 그에 따르면 현대인은 행복과 유용성을 가져다주는 것만을 최고의 가치로 여기는 편향된 인식을 가지고 있다고 한다.

교수님의 말씀을 빌리자면 현대인은 지나치게 이익에 몰두하려는 경향이 있다. 그 결과 이치理致에 부합한다는 합리合理를 이득利得에 부합한다는 합리合利로 잘못 이해하고 산다고 한다. 사실 인간이 추구해야 하는 것은 진리로, 진리를 추구하다 보면 상대방은 물론이고 나 자신이 손해를 볼 수도 있는데, 이러한 인식이 부족하다는 것이 백 교수님이 가지는 안타까움인 것이다. 곰곰이 생각해 보면 정말 오늘날의 세태를 통렬하게 꾸짖는 말로 가슴에 진하게 다가오는 느낌이다.

덧붙여 백 교수님은 우리 사회에는 공리주의적 생각이 넘쳐

나고 있다며 우려를 제기한다. 이로 인해 인간을 수단이 아닌 목적으로 인식하는 칸트의 정신이 더욱 필요한 시점이라고 강조한다. 예를 들어 공리주의적 입장에서는 한 사람을 희생하여 여러 사람이 살 수 있다면, 한 사람을 죽게 만든 일을 잘한 선택으로 평가한다. 많은 사람들에게 이익을 주는 것도 중요하지만 인간이기 때문에 무엇보다 도덕적으로 정당한 일을 해야 한다는 것이다.

최근 이념 대립이 심해지는 한국 사회의 현상에 대해 교수님은 도덕道德의 상실을 그 원인으로 제시하고 있다. 도덕적인 삶을 진지하게 추구하는 구성원이 있는 공동체의 경우 대부분의 분란은 없어진다며, 사회가 시끄러운 것은 자기가 바라지 않아야 할 것을 바라는 사람이 많기 때문이라고 진단한다. 바로 나의 시선을 끈 기사의 제목이기도 하다.

본인의 행복을 위해 무한 경쟁을 벌이는 작금의 현실에 대해 어떠한 해결책이 있을까? 이에 대해 백 교수님은 계속하여 도덕의 중요성을 강조한다. 칸트는 인간적인 삶을 위해서는 감성적 만족인 행복보다 도덕이 더 필요하다고 한다. 공동체나 그 구성원이 행복제일주의에 빠질 경우 순간의 행복은 추구할 수 있겠지만, 다음 세대가 불행에 빠지는 잘못된 선택을 불러올 수 있다는 것이다.

연금과 증세, 복지 문제 등 다음 세대와 관련되는 국가적 문제로 세대 간 갈등이 초래되는 등 골머리를 앓고 있는 우리에게 올바른 판단 근거를 제시하는 큰 가르침이라고 생각된다. 다소 길어졌지만 우리에게 꼭 필요한 내용으로, 혜안을 주신 교수님께 감사드린다.

이 상황에 어울릴지 모르지만, 《논어論語》의 〈술이편述而篇〉이 생각난다. "반소사飯疏食에 음수飮水하고 곡굉이침지曲肱而枕之라도 낙역재기중의樂亦在其中矣니 불의이부차귀不義而富且貴는 어아여부운於我如浮雲"이라는 문구이다. 행하는 바가 맞으면 거친 음식을 먹고 팔베개를 베고 자더라도 거기에 즐거움이 있고, 불의로 귀해지고 부자가 되는 것은 나에게 뜬구름과 같다는 의미이다.

안빈낙도安貧樂道를 운운하는 것에 대해 지금이 어느 시대인데 '귀신 씻나락 까먹는 소리'냐고 비웃어도 좋다. 사람 사는 이치는 그리 쉽게 변하지 않는다.

이스라엘 잉어

최근 언론보도에 따르면 베냐민 네타냐후 이스라엘 총리가 맹방인 미국의 버락 오바마 대통령과 정면충돌했다고 한다. 네타냐후 총리는 미국 상·하원 합동연설에서 오바마 대통령이 추진해 온 '이란과의 핵 협상'을 강경하게 비판했다. 그는 이란이 북한처럼 핵 개발에 나서고 있다고 주장하며 미국이 진행 중인 이란과의 핵 협상은 아주 나쁜 것이라고 비판하였다. 나쁜 협상보다는 협상을 안 하는 것이 낫다며 현재의 협상은 이란의 핵무장을 막을 수 없고 오히려 이란이 더 많은 핵무기를 갖도록 보장하는 일이라는 것이 그의 논지였다.

여당인 민주당은 백악관과 사전 협의 없는 외국 정상의 초청은 외교 프로토콜 위반이라며 강하게 반발하였다. 그럼에도 민주당 지도부와 56명의 의원이 불참한 이 '반쪽짜리 연설'은 존베이너 공화당 하원의장과의 협의만으로 강행되었다.

이유야 어찌되었든 미국의 심장인 의회에서 대통령의 정책을 비판하는 연설을 할 수 있는 이스라엘이라는 국가의 저력은 무엇일까? 일본 총리는 그렇게 노력했는데도 아직까지 한 번도 초대받지 못한 자리에 백악관의 반대를 아랑곳하지 않고 정부 정책을 비판하는 연설을 할 수 있는 배경은 무엇일까?

그것은 바로 미국 내 유대인의 막강한 영향력 때문일 것이다. 전 세계 유대인 숫자는 약 1,400만 명에 불과하며 절반 가량인 672만 명이 미국에 살고 있고, 그중 200만 명 이상이 뉴욕 주변에 살고 있다.

미국 내 유대인은 전체 인구의 2.1%에 불과하지만, 정·관·재계 등 사회 각 분야에서 주류를 형성하고 있다. 상원의원 100명 가운데 9명, 하원의원 435명 중 19명이 유대인이다. 관계에서는 닉슨 행정부의 헨리 키신저 국무장관과 미국 최초의 여성 국무장관인 메들린 올브라이트 등 수많은 고위직을 배출했다. 세계경제를 한 손에 좌우하는 연방준비제도이사회FRB 의장을 다섯 번이나 역임하고 무려 20년 동안 미국 중앙은행의 수장으로 일한 앨런 그린스펀, 폴 새뮤엘슨, 밀튼 프리드만, 조셉 스티글리츠 등 노벨 경제학상 수상자의 41%를 차지하고, 폴 크루그먼, 로렌스 서머스 등도 유대인 경제학자들이다.

재계에서는 20세기 거부巨富의 대명사로 석유왕국을 일군 록펠러를 비롯하여 골드만 삭스의 창업자인 마르커스 골드만과 새뮤얼 삭스 및 J.P.모건과 리먼 브라더스 등 미국의 대표적 투자은행 설립자를 비롯하여 월가 금융회사 직원의 약 30% 가량이 유대인이다. 대표적 인터넷 기업인 구글의 공동창업자인 세르게이 브린과 페이스 북 창업자인 마크 저크버그를 비롯해 헤지펀드 업계의 조지 소로스와 칼 아이칸, 패션업계의 랄프 로렌과 캘빈 클라인, 리바이스의 레비 스토로스 등이 모두 유대인이다.

전 세계 인구 대비 0.25% 수준에 불과하지만, 현재까지 노벨상 수상자 중 유대인 출신은 그 100배에 달하는 약 25%라니 놀랍다. 언론도 〈뉴욕타임스〉, 〈워싱턴포스트〉, 〈월스트리트저널〉 등 3대 신문과 AP통신 등 통신사, 〈뉴스위크〉 등 잡지사도 대부분 유태인들의 손안에서 움직이고 있다. 우리가 자주 보는 래리 킹과 바바라 월터스 같은 방송가의 전설을 포함해 기자와 칼럼리스트의 30% 이상을 차지하고 있고, 특히 말이 생명인 코미디언은 80% 이상이 유대인이라니 참으로 놀랄 만하다.

삼권三權에 제4의 권력이라는 언론은 물론 재계까지, 다양한 부문에서의 유대인의 활약은 실로 놀라울 정도이다. 그 일례로 연례적으로 열리는 미국·이스라엘 공공정책위원회AIPAC, American Israel Public Affairs Committee의 규모와 참석자의 면면만으로도 알고도 남는다.

AIPAC는 1947년 유대계 미국인과 의회인사들의 친목단체로 출발하였으나 '의원들의 이스라엘 기여도를 놓고 점수로 환산해 발표'하는 등의 활동으로 대표적인 유대인 로비단체로 성장하였다. 뉴트 깅리치 전 하원의장이 "지구상에서 가장 위력적인 로비단체"라고 부를 정도로 그 영향력이 크다. 그들은 조국인 이스라엘의 이해관계가 걸린 사안에 힘을 행사하고 있다.

2015년 3월 1일에 열린 워싱턴 행사장에도 네타냐후 총리의 의회연설 강행에 대한 의사표시로 오바마 대통령이 참석하지 않아, 틈이 벌어지는 와중에도 지난해보다 2,000명이나 많은 1만 6,000명이 참석하였다고 한다. 이런 유대인들의 보이지 않는 결속하에 열린 연례행사에 535명의 상·하원 의원 중 400여 명이 참석하였다니, 미국 내에서 유대인들의 힘을 한마디로 대변해 준다.

A.D. 70년 로마에 멸망한 이후 주권을 잃고, 전 세계에 흩어진 상황 속에서 디아스포라의 유랑생활과 홀로코스트를 이겨 낸 유대인들은 1897년 시오니스트 운동을 시작으로 수많은 우여곡절 끝에 1948년 이스라엘을 건국하였다. 지정학적 위치와 수적 열세에도 불구하고 5차례에 걸친 이웃 중동국가와의 전쟁에서 압도적으로 승리하여 세계를 놀라게 하고 현재의 위치를 굳건히 하였다.

하이테크를 중심으로 한 '창업국가'의 대표적 성공 모델로, 64개의 기업이 미국 나스닥에 상장하여 미국, 중국에 이어 세 번째로 많은 상장기업을 가진 원인을 성서와 성경의 주석인 《탈무드》를 통한 교육에서 많이 찾는다. 물론 그 교육실천의 한 방법이겠지만, 나는 그들의 성인식을 주목했다.

금융위원회 대변인으로 있는 육동인 님이 한국경제 뉴욕 특파원 시절 작성한 기사 내용을 보면 그들의 성인식이 잘 표현되어 있다. 13세에 치르는 성인식, 미쯔바Mitzvah는 원래 남자 아이를 위한 것이었으나, 1921년부터 여자 아이도 받게 되었다. 결혼식과 함께 평생 가장 중요한 날로 꼽는다는 이 날이 특이한 것은 친구들은 물론 가족들도 현금으로 부조를 하는 것이다. 할아버지, 할머니 등 가까운 친척들은 이때 유산을 물려준다는 생각으로 적지 않은 금액을 내기도 한다. 보통 직장인의 경우 초대 받으면 200달러 정도 낸다고 하는데, 200명이 왔다고 계산하면 4만 달러. 그러나 친척들은 조금 더 많은 돈을 내기 때문에, 뉴욕 중산층의 경우 평균 5~6만 달러가 들어온다고 보면 된다.

이날 들어오는 돈은 모두 성인이 되는 주인공의 몫이다. 행사 준비에 들어간 실비를 빼고 나머지는 주인공의 이름으로 예금을 하거나 채권을 사서 묻어 두는 것이 보통이다. 10년 후, 20대 초반에 대학을 졸업하고 사회생활을 시작할 때쯤 되면 적어도 두 배 이상 불어나 우리 돈으로 약 1억 원 안팎의 '쌈짓돈'을 가지고 사회에 나가게 되는 것이다.

이 때문에 사회생활을 시작하는 유대인 청년들의 고민은 '당장 먹고 살기 위해 돈을 버는 것'이 아니라 '이 돈을 불리기 위해 무엇을 해야 하나'이다. 똑똑한 유대인들이 젊은 시절에 창업의 길로 나서거나 쌈짓돈을 눈덩이처럼 굴려 키울 수 있는 금융업에 진출하는 배경이기도 하다. 취업전쟁에서 쓴 눈물을 홀로 삼키는 우리 대졸자들을 생각하면 참으로 부러운 일이 아닐 수 없다.

경제이론을 떠나 어려서부터 자기의 돈이 늘어가는 과정을 지켜 보고, 어떻게 하면 더 많이 만들까 하는 행복한 고민을 하면서 실물 경제의 움직임을 자연스럽게 터득하게 될 것임은 자명하다. 우리가 자녀교육에서 바라는 '편하게 먹을 물고기를 주는 게 아니라 물고기를 잡는 방법'을 가르치는 현명한 관습 같아 이 얘기를 접한 순간부터 '과연 유대인들이구나, 이런 생존의 비법이 있어서 온갖 어려움을 이겨 내고, 괄시받지 않고 사는구나'라고 느꼈다.

마침 이스라엘 총선에서 보수층이 결집하여 네타냐후 현 총리가 이끄는 리쿠드당이 예상을 깨고 30석을 얻어 4선 연임과 이스라엘 역사상 최장수 총리(13년) 기록에 바짝 다가섰다는 보도다. 놀라운 것은 이슬람 세력에 둘러싸인 생존의 어려움 속에서도 크네셋의회 120개 의석 중 아랍계도 14석을 차지하고 10여 개의 정당이 난립하여 종국에는 연립정부 구성으로 유지하는 나라다. 연립정부의 향방이 궁금하다는 보도가 이스라엘에의 궁금증을 더한다.

끝으로 이스라엘에는 자국의 이름을 붙인 '이스라엘 잉어'가 있다. 왜 물고기 이름에 이스라엘이 붙었는지 갈릴리 현지를 안내한 목회자인 가이드에게 물어보니 다음과 같은 답이 돌아

왔다. 유대교 율법상 갑각류나 비늘이 없는 물고기는 먹을 수 없는데, 갈릴리 호수에는 비늘이 없는 메기가 아주 많았다. 이를 어떻게 율법에 어긋나지 않게 먹을 수 있을까 하고 연구한 끝에 '비늘이 조금 붙은 교배종'을 만들었고 그래서 향어를 일명 '이스라엘 잉어'라 부른다고 한다. 아주 재미있는 얘기였고 그 작명이 이해가 되었다. 나중에 '갈릴리 호수에 가면 반드시 먹어야 하는 고기'라고 하여 '베드로 고기'를 주문해 먹었는데, 우리가 아는 베스 고기로 맛은 별로였던 기억이다.

우리의 충남북에 해당하는 4분의 1 크기의 국토지만 누구도 넘볼 수 없는, '작지만 큰 나라인 이스라엘'을 다루다 보니 다소 유대인 예찬처럼 흘렀다. 하지만 물이 부족하다보니 버려진 땅이라고 의지를 꺾지 않고, 오히려 물이 부족하지만 그나마라도 있어 살 수 있음을 신神에게 감사하는 민족성을 가진 사람들이 이스라엘인이다. 고기가 아닌 고기 잡는 법을 가르치는 탈무드 지혜의 일단을 통해 우리 사회가 조금이라도 배웠으면 하는 간절한 바람에서 소개한다.

중동

2009년 중국에서 귀국한 뒤 1년여를 외교안보연구원(현 국립외교원) 글로벌 리더십 과정에서 국장급 고위 공무원들과 함께 공부하는 귀중한 시간을 가졌다. 교육과정에 이집트, 요르단, 이스라엘, 터키를 방문하는 중동연구 모임이 있었다. 중동연구는 물론 다방면의 해박한 지식으로 인기를 모았던 인남식 교수님의 강의를 들은 후 나뿐 아니라 모두의 이슬람과 중동에 대한 관심이 아주 높아졌다. 이 글도 인 교수님의 강의 초안을 많이 활용하였다.

아부심벨 신전을 거쳐 룩소르를 통해 들어가는 여정이었다. 아부심벨 신전은 이집트의 가장 위대한 왕 람세스 2세의 신전으로 1959년 아스완 댐 건설에 따라 수몰위기에 처하자 유네스코의 지원으로 원래 위치보다 더 높은 지대로 이전된 사실로 유명하다. 이집트 최고最古의 유적으로서 거대한 규모와 화려함을 자랑한다. 또한 룩소르를 중심으로 5,000년 역사의 이집트 옛 도시와 사막에 묻혀 있어 잘 보존되었다가 빛을 본 각종 무덤에서 출토된 부장附葬 유물과 신전들을 보면서, 절대적 파라오의 권위와 태양신을 믿으며, 폐쇄적이지만 평화적이고 순응적으로 살아온 그들의 삶의 편린片鱗을 엿볼 수 있었다.

삶의 젖줄과 같은 나일강 유역을 중심으로 비교적 정치적 격변 없이 3,000년을 이어온 31개 왕조시대 애기를 들으며 4대 문명의 하나인 이집트 문명과 그 역사의 무게를 깊이 느꼈다. 3,000년 된 석상들을 특별한 보호조치도 없이 길 옆에서 접할 수 있음에 충격을 받으면서도, 한편으로 수백 년, 길어야 2,000년 정도의 역사를 가지고 우위를 논하며, 도토리 키재기를 하는 여러 현실을 안타깝게 느끼는 계기가 되었다.

이슬람 국가이면서도 비교적 엄격함이 덜하고, 친서구 경향을 계속 유지하면서도 예언자 마호메트의 적통임을 자랑하는 요르단. 공식 국명은 '요르단의 하심왕국The Hashemite Kingdom of Jordan'이다. 하심왕가는 예언자 마호메트가 그 선조로서, 그중에서도 적자계보만 왕위를 계승할 수 있다.

그나마 중동에서는 아름다운 땅이라지만, 일부를 제외하고는 사막과 광야(넓은 들판이 아니라 나무 하나 없는, 사막이 아닌 산악지대)로 이어지는 국토이다. 약 2,500년 전 유럽과 아랍, 중국과 인도를 잇는 대상 무역의 중심으로 막강한 부富를 자랑하던 사막의 고대도시 페트라, 영화 〈아라비아의 로렌스〉에서 아랍 왕 '셰리프 후세인 빈 알리'가 오스만튀르크 제국을 물리친 아랍대봉기 실화의 무대가 항구도시 아카바를 중심으로 한 요르단이었다. 아랍대봉기의 선봉에 섰던 후세인 빈 알리는 현 요르단 국왕 압둘라 2세의 고조 할아버지에 해당한다.

석유가 나지 않아 미국의 원조를 받으면서도 요르단이 중동 역사의 한 중심을 차지하는 이유를 알 것 같다. 여기서 오랜만에 해후한 신봉길 요르단 대사로부터 들을 수 있었던 중동의 살아 있는 얘기와 관저에서의 유쾌한 식사는 나머지 여정의 에너지를 얻기에 충분하였다. 내가 중국지사장으로 일할 때, 공사公使로 근무하던 신 대사로부터 여러 도움을 받았는데 요르단에서 다시 만난 것이다. 언제나 적극적인 자세로 주위에 밝은 기운을 전파하는 신 대사는 한중일 협력사무국의 초대 사무총장으로 큰 역할을 하고 현재는 국립외교원의 외교안보연구소장으로 재직 중이다.

수도 암만 언덕의 고대 유적은 여러 종교가 뒤섞여 있다. 승자가 패자의 성전을 부수고 자신의 신전을 지은 흔적을 보며 많은 생각을 하게 된다. 지금 생각하니 잘 보존된 고대 도시 암만, 세계 7대 불가사의에 들기도 하는 페트라, 붉은 모래와 B.C. 4,000년 전부터 바위벽에 새긴 각종 기록들과 사막에 누워 바라보는 별들의 꿈 같은 향연이 인상적인 와디 럼 사막, 아카바를 거쳐 육로로 이스라엘에 들어 갔으니 역사의 현장을 잠시나마 스친 것이다.

아카바를 거쳐 이스라엘로 가는 검문소는 우선 중무장한 경비 속에서 엄격하면서도 중동국가와는 다른 푸르름과 긴장 속의 여유를 엿볼 수 있었다. 먼저 입국비자 문제로 '여권 본체에 비자를 날인할 것인지 아니면 부전지를 붙일 것인지'를 선택해야 했다. 여권에 이스라엘 입국비자가 있으면 이슬람국가 입국이 거절된다는 것이었다. 그것도 귀신 같이 잘 찾아 낸다는 가이드의 설명이었는데 선택은 자유였다. 대부분 부전지를 사용하였지만, 나는 주권국에 대한 예의가 아닌 같아 여권에 날인을 받았다. 덕분에 몇 차례 UAE 등 아랍국 방문에 별도의 여권을 사용하는 불편은 있었지만, 그래도 잘 했다는 생각이다.

넓고 황량하지만 핵 개발 등 전략적으로 중요한 네게브Negev 사막을 거쳐 A.D. 73년 엘르아잘Eleazar의 지휘하에 960명의 남녀와 어린이들이 동굴에 숨어 '로마에 굴복해 노예로 사느니 죽음을 택하겠다'고 해 두 명의 여성과 다섯 명의 어린이를 제외하고는 모두 순교한 고도 434미터의 험준한 마사다Masada로 갔다. 마사다는 살해 위협에 시달려 온 '헤롯 왕'이 만든 천혜의 요새이다. 이스라엘 장교들이 'Never Again!'을 외치는 선서의 장소라는 사해가 내려다 보이는 마사다에서 비장함과 숙연함을 배우고 예루살렘으로 향했다.

성경과 중동 관련 보도로 익숙한 예루살렘에서 여러 종교를 둘러싼 숙명적 모습과 3대 종교의 발상지로서의 존엄성과 역사와 문화를 느껴 본다. 팔레스타인과 자신들을 분리하는 높은 철책과 모자이크로 푸른 나무와 새를 새긴 둥근 기념패를 5달러에 사 주니 정말 감사해 하던 고된 모습의 팔레스타인 할아버지의 눈빛은 지금도 생생하다. 비록 싼 값에 구했지만 단순한 아름다움이 좋아 지금도 거실 장식품 가운데 중앙을 차지하고 있다.

우리 귀에 아주 익숙한 갈릴리 호수. 그러나 베드로가 그물로 고기를 잡던 한가롭고 조그만 호수가 아니라 수평선이 보일 정도로 넓고, 사람들이 모터 보트와 윈드서핑을 즐기는 현대화된 호수였다. 재림한 예수를 가장 먼저 알아 보고 헤엄쳐 나왔다는 지점에 서 있는 표지가 눈에 띠었다. 밤새 물고기를 한 마리도 잡지 못한 베드로가 '깊은 데로 가서 그물을 던져라'는 예수의 말을 따르자 '그물이 찢어지고 배가 가라앉을 정도로 물고기가 많이 잡혔다'는 성서의 얘기가 있다. 2011년 9월 8일 자 〈동아일보〉에 실린 정호승 님의 〈새벽편지〉에서는 베드로가 누구보다도 고기를 잘 잡는 어부임에도 불구하고 '자신의 부족함을 인정하고 남의 권고를 받아 들이는 겸손한 자세'를 가졌다며 높게 평가하고 있다.

또한 예수가 말한 '깊은 데'의 의미를 새로이 해석하고 있다. "시가 잘 쓰여지지 않거나 창조성이 요구되는 어떤 일이 지지부진할 때는 '깊은 데로 그물을 던져라. 그래야 큰 고기를 잡지'

하고 늘 '큰 것'이라는 외형적 이익을 생각해 왔다. 이처럼 인생의 목표는 '큰 것'이어야 하고 그것을 잡기 위해서는 처음부터 '깊은 데'에 그물을 던져야 한다고 주장하며, 젊은이들에게도 그런 말을 잊지 않았다. 그러나 그것은 인생의 외형적 크기와 물질적 성공에 중점을 둔 것이었다. 그러나 예수가 말한 '깊은 데'는 외형적 목표와 규모에 대한 것이 아니라 인생의 내면적 깊이, 깊은 사랑과 정의가 있는 영혼의 깊이를 의미할 것이다"라고 시인다운 해석을 하고 있다.

중동전쟁의 전장戰場으로 기억하는 골란 고원은 시리아가 한눈에 내려다 보이는 매우 중요한 위치여서 이스라엘이 전력을 다해 차지하려는 이유를 알 수 있었다. 풍력발전을 둘러 보았는데, 초창기의 것으로 내가 중국 근무에서 다뤘던 발전기보다는 훨씬 구형이었지만, 현지에서는 중요한 발전원으로서의 역할을 하고 있었다.

사막과 광야만 펼쳐진 척박한 땅, 풀 한 포기 나무 한 그루가 소중한 중동을 여행하며, 한편으로 우리의 자연이 정말 아껴야 할 금수강산임을 절감하였다. 원전 관련으로 우리나라를 방문하는 UAE 친구들이 올 때마다 북한산을 찾고 우리의 자연을 부러워 하는 이유를 알았다. 당연히 그럴 수밖에 없다. 'UAE에서는 집안에 야자수 한 그루를 키우는 비용이 아이 하나 키우는 것과 같이 든다'는 얘기를 수행하던 직원에게 들은 적이 있다.

아쉬운 것은 그간 교류가 적었고 상호 몰랐기 때문이었을 테지만, 그런 자연환경을 이겨 내며 살아가는 이슬람의 삶의 방식way of life과 전통을 이해함에 있어, 많은 경우 서구적西歐的 사고와 기독교적인 관점에서 왜곡되게 이해하고 있는 부분이 적지 않은 것 같다는 느낌이다. 그곳도 사람 사는 곳이고, 가 보면 왜 그런 삶의 방식과 전통이 나왔는지 쉽게 이해되었다. 이제는 남의 눈이 아닌 우리의 눈으로 이슬람과 중동을 이해해야 하지 않을까. 연세대 이정민 교수의 강연처럼 이제는 우리의 미래가 인도라는 나라를 중심으로 한 'V 벡터'의 우측인 중국, 일본, 동남아에서 좌측인 MENA와 중앙아시아의 '스탄stan, 지방이나 나라를 뜻하는 접미사' 7개국카자흐스탄, 우즈베키스탄, 키르기스스탄, 타지키스탄, 투르크메니스탄, 아프가니스탄, 파키스탄에 있다는 말로 이 글을 마친다.

편집진으로부터 원고 마감 시한을 통보받았다. 처녀 출항의 두려움보다는 이제 오랜 생각 여행의 목적지인 한적한 항구를 밝히는 환한 등대를 만난 것 같은 안도감과 아쉬움이 함께 교차한다. 이제 OK 사인인가 보다. 설렘과 두근거리는 마음으로 나의 민낯을 드러내는 초고를 들고 방문한 매경출판 편집진과의 첫 만남, 평생을 글로 살아온 분들이라 '척 보면 물건인지 아닌지 바로 알 텐데 퇴짜 맞으면 어쩌지' 하는 불안감을 씻고 흔쾌히 출판을 허락해 준 그 순간이 뇌리를 스친다. 에필로그는 독자들에게 어필해 보라는 나에게 주어진 마지막 기회이리라.

35년여를 한 조직에서 숨 가쁘게 달려 왔다. 남들은 한 조직에서 왜 그리 오래 있었냐고 반문할지 모르지만, 짧지 않은 여정을 통해 성취와 그에 따른 보람도 느꼈다.

아마 글에 대한 나의 관심은 대학신문의 주옥 같은 글들로부터였다고 생각된다. 각 학교의 신문을 닥치는 대로 구해 보며, 마음에 드는 글을 모으곤 했다. 그것이 기록에 대한 집착에 가까운 습관을 낳았고, 그 습관이 30여 년 삶의 궤적인 독서카드와 강의 노트, 신문 스크랩으로 오롯이 남아, 언젠가는 기록으로 남겨야겠다는 어렴풋한 표현 욕구를 발현할 큰 자산이 되어 주었다. 요즘 학교신문은 기교에 치우친 글만 넘친 탓인지, 아니면 내 생각이 커져서인지 몰라도 선뜻 손이 가지 않는 게 아쉬움으로 남는다.

지방근무라는, 어쩌면 내 인생에 온전히 주어진 자투리 시간 석달 반. 본사 이전에 따른 부수적 업무로 눈코 뜰 새 없이 바쁜 가운데, 참으로 엄두를 내기 어려웠고 몇 번을 망설이기도 하였지만 결과적으로 '삶의 기록'이란 목적을 향한 여행은 종착역에 다다랐다. 오랜 생각의 편린을 정리하고 나의 것으로 하는 소중한 기회였다.

격려와 인정이라는 귀한 선물과 나의 여행에 동참해 준 귀한 분들이 파노라마처럼 스쳐간다. 고맙다. 기한을 정해 책을 내겠다는 다소 무모한 나의 선언에도 결정을 축하해 주고, 잘할 수 있다고 믿어 주고 격려해 준 가족과 동료, 선배, 이 글을 마무리하는 데 도움이 되어 준, 마음으로 사숙私淑해 온 제현諸賢들에게 감사할 뿐이다.

매화와 동백, 산수유, 목련, 개나리, 끝없이 펼쳐진 청보리 밭. 남도의 꽃 소식도 머잖아 벚꽃, 기대되는 나주의 배꽃과 진달래, 철쭉이 피고 지는 것으로 소란스러움에서 벗어날 것이다.

그것이 자연의 순환이고 이치이고 천리天理이리라.《중용中庸》첫 장에 이르기를 천명지위성天命之謂性이요, 솔성지위도率性之謂道라고 하지 않았던가.

귀하게 갈무리한 씨앗을 정성을 다해 땅을 고른 뒤 씨를 뿌리고, 물 주고 김매는 농부의 고단함이 없이 어찌 풍성한 가을 수확을 기대할 수 있단 말인가. 천명天命을 논할 것도 없이 우리는 자연의 이치를 쫓아 순응하며 살아가야 하는 존재이다.

순리順理에 맞춰 부끄럽지 않게 살려고 나름대로 부단히 노력해 왔다. 그 일단을 나의 자화상으로 그려 낸 것이 이 글의 모음이다. 탈고의 아쉬움과 '조금만 더'라는 욕심도 생기나 이쯤 해서 모두 내려 놓고 일상으로 돌아가고자 한다. 나머지는 이 책을 선택하고 귀한 시간을 내어 읽어 주신 현명한 독자들의 몫이다.

앎에 목말라하고 진정한 배움을 갈구하며 나의 생각 여행에 동참해 주고, 나의 글을 기다려 온 모든 분들에게 지혜와 생각의 지평을 넓히는 조그만 디딤돌이라도 된다면 더 이상의 바람이 없겠다. 이 책에 거는 조그만 소망은 '죽은 지식이 아닌 산 지혜로 독자들의 마음에 남아 실천되는, 스스로 생명력을 가진 책'으로 기억되길 바라는 마음이다.

행복한 '생각의 요리 산책'이었다. 아니 산책보다 조금 멀리 길을 떠난 즐거운 여행이었다. 여행에 함께 해 주신 모든 도반道

과 지혜를 빌려 주신 인생의 선배님들께 재삼 감사드린다.

특히 나를 지도해 주신 수많은 CEO 가운데, 고비마다 격려와 인정, 그리고 정리도 채 안 된 초고를 끝까지 읽으시고 과분한 추천의 글까지 흔쾌히 써 주신 강동석 장관님께 큰 은혜를 입었다. 모든 분들께 삼가 엎드려 큰 절을 올린다.

주요 강연 내용

〈2012년〉

○ First Mover Spirit: Global Business Intensive Course 특강(2012.10.10)

○ Green Energy 시대, 전력사업의 방향: KAIST EEWS 포럼 특강(2012.10.13)

〈2013년〉

○ 나, 그리고 변화: 신임 차장반 특강(2013.3.13)

○ 국민의 한전에서 세계의 한전으로: 전직 사장단 브리핑(2013.3.25)

○ 글로벌 시대, 전력사업의 오늘과 내일: 연세대 신소재 공학과 세미나 특강(2013.4.19)

○ 통섭, 경영 그리고 전력사업: 연세대 융합기술경영 세미나 특강(2013.5.18)

○ Trend Creator와 함께 나누는 비전 스토리 사내 특강(2013.7.1)

○ 글로벌 시대, 전력사업의 오늘과 내일: 대한전기학회 특강(2013.7.10)

○ 전기 부족시대, 에너지 해법 찾기: 제36회 에너지 포럼(2013.9.4)

○ 창조경제 시대, 전력사업의 오늘과 내일: 한국경영과학회 특강(2013.11.2)

○ 나 변화 그리고 에너지 산업: 부산대학교 특강(2013.11.19)

○ 변화와 리더십: 신임 처장반 특강(2013.12.10)

○ 변화와 도전-출발점에 서서: 신입사원 입문반 특강(2013.12.24)

〈2014년〉

○ 글로벌 에너지의 이동과 미래: 서울상대 17 포럼(2014.3.4)

○ 새로운 에너지, 생태계 창출과 전망: 새재 포럼 특강(2014.4.21)

○ 에너지 패러다임 흐름에서 한전의 역할: 한-케냐 경제포럼 특강(2014.5.29)

○ 여성리더십의 변화와 새로운 모색: 여성관리자 워크숍 특강(2014.6.18)

○ 스마트그리드로 여는 전기자동차의 미래: 전기자동차 리더스 포럼 특강(2014.7.10)

○ 미래 에너지신산업 추진과 시사점: 학사장교 경제인 특강(2014.8.22)

○ 글로벌 에너지 변화와 우리의 환경: 서울대 행정대학원 특강(2014.10.10)

○ 에너지산업의 융복합과 한전의 역할: 연세대 정보통신기술연구원 특강(2014.10.14)

<2015>

○ 글로벌 에너지의 이동과 미래 : 연세대 신소재공학과 (2015. 5. 7)

○ 에너지, 거대한 변화와 미래 : 제주대학교 공과대학원(2015. 11. 5)

<2016>

○ 에너지, 거대한 변화와 미래: 한전 신입사원 특강(2016. 3. 4)

○ 에너지의 거대한 변화와 미래: SNU 에너지 CEO 과정(2016. 3. 18)

○ 에너지의 현재와 미래, EV생태계 현안 및 활성화 방안: 대한전기학회 워크숍(2016. 3. 21)

○ 전기차 활성화를 위한 서비스표준화 포럼 발표 및 좌장: 한국표준협회(2016. 3. 24)

○ 수송분야 온실가스감축과 전기차의 미래: 한국신재생에너지학회(2016. 5. 24)

○ 에너지의 거대한 변화와 EV시대: 육군학생군사학교 초급장교(2016. 6. 8)

○ 전기차가 몰고 올 생활 혁명: 연세대 대학원(2016. 6. 8)

○ "그린 스마트 시티, 오슬로에서 배운다." JIBS 특별 대 기획 제주미래 100년의 설계 도민 대 토론회 출연(2016. 7.12)

○ 에너지의 거대한 변화와 EV시대: 서울 공대 TEMEP 세미나(2016. 7. 22)

○ 에너지의 거대한 변화와 EV시대: KAIST 미래자동차학제 세미나(2016. 10. 5)

○ 에너지의 거대한 변화와 EV시대: KAIST 녹색성장대학원 세미나(2016. 10. 19)

○ 전기차가 몰고 올 생활 혁명: 대한전기학회 제주도 세미나(2016. 11.10)

○ 전기차가 몰고 올 생활 혁명: 서울시 교통전문가 세미나(2016. 10.27)

○ 에너지의 거대한 변화와 EV시대: 제주대, 스마트그리드와 청정에너지   CEO 및 전문가 강좌(2016. 11.24)

○ 전기차가 몰고 올 생활 혁명: 인하대 공대 전기공학과(2016. 12.19)

<2017>

○ 전기차가 몰고 올 생활 혁명: SNU 에너지 CEO 과정(2017. 3.17)

○ KEPCO인과 4차 산업혁명 & EV: 한국전력 제주본부 특강(2017. 3. 28)

○ 4차 산업혁명과 成均人 & EV: 성균관대학교 법학전문대학원(2017. 4. 7)

○ 4차 산업혁명과 리더십 & EV: 학생군사학교 특강(2017. 6. 13)

○ 4차 산업혁명과 전기차가 몰고 올 생활혁명: SNU 에너지 CEO 과정(2017. 9. 15)

○ 4차 산업혁명과 전기차가 몰고 올 생활혁명: 제주대학교 스마트그리드와 청정에너지 CEO 및 전
   문가 과정(2017. 9. 21)

○ 4차 산업혁명과 전기차가 몰고 올 생활혁명: KAIST 그린 세미나(2017. 9. 22)

○ 변혁의 시대를 리드하는 삶과 EV시대: 한국전력 부산본부 특강(2017. 10. 27)

○ 변혁의 시대를 리드하는 삶과 전기차 시대: 한전산업개발 특강(2017. 11. 9)

○ 변혁의 시대를 리드하는 삶과 전기차 시대: 한국전력 인천본부 특강(2017. 12. 14)

<2018>

○ 에너지源의 변화와 EV: 2018 제5차 에너지미래포럼(2018. 5. 2)

○ 에너지源의 변화와 EV: 쎄미시스코사 특강(2018. 6. 29)

○ 에너지源의 거대한 변화와 전기자동차(EV): 일본 소프트뱅크 본사 특강(2018. 7. 6)

주요 기고 내용

〈2015〉

여성신문 오피니언

○ 여성과 변혁적 리더십(2015. 10. 28)

○ 새로운 도전과 조직문화를 생각한다.(2015. 11. 3)

○ 올레와 소통(2015. 11. 9)

○ 자연의 메시지(2015. 11. 17)

○ 조성진 신드롬과 우리 교육(2015. 11. 24)

○ 중년기 위기(2015. 12. 1)

○ 회의와 효과적인 의사결정(2015. 12. 9)

○ 길은 연결되어 있다.(2015. 12. 15)

○ 담팔수와 쓰임(2015. 12. 23)

○ 갈등관리, 풀어야 할 숙제(2015. 12. 28)

전자신문

○ 성큼 다가온 전기차 시대(2015. 10. 19)

〈2016〉

여성신문 오피니언

○ 제주와 한라산이 주는 의미(2016. 1. 5)

○ 젖은 낙엽족(2016. 1. 12)

○ 경험전쟁의 시대, 신문을 읽자.(2016. 1. 19)

○ 제주 국제전기자동차 엑스포가 기대되는 이유(2016. 1. 26)

○ 배움에도 타이밍이 있다.(2016. 2. 2)

○ 산림도 세대교체가 필요하다.(2016. 2.15)

○ 칭찬으로 해소하는 한·중·일 갈등(2016. 2. 22)

○ 자녀의 홀로서기를 돕는 부모(2016. 3. 1)

○ 해리의 법칙(2016. 3. 7)

○ 품격 있는 삶(2016. 3. 14)

전기신문 월요객석

○ 전력산업에 대한 小考/전력斷想(2016. 3. 4)

○ 정책의 투명성과 일관성(2016. 3. 17)

○ 문제는 바른 실행이다(2016. 4. 20)

○ 청백리와 시대상(2016. 5. 12)

○ 아름다운 도전- 제주올레를 완주하고(2016. 6. 10)

○ 일상화된 비정상과 신뢰(2016. 7. 1)

○ 발전설비 1억 kw가 주는 含意(2016. 9. 7)

○ 한반도 지진의 내습과 대응(2016. 11. 4)

전기저널

○ 다가올 전기차 시대에 우리는 앞줄에 서야 한다(2016. 3)

전자신문

○ 전기차 충전기 적정 보급방안(2016. 5. 3)

〈2017〉

전기신문

○ CES 단상(2017. 1. 13)

전자신문

○ 매슬로의 욕구단계설과 EV정책(2017. 1. 19)

〈2018〉

전기저널

○ 공공기관에 대한 규제는 공공성 要하는 사항으로 한정되야(2018. 8)

주요 교육 참가 내역

Middle Management Course: Ontario Hydro(Toronto)(1988.1.30~5.31)

교관능력 발전과정: 중앙공무원교육원(1998.11.2~11.21)

Management Training Program: 한국능률협회(1999.5.17~5.20)

Dale Carnegie Course: 데일 카네기 리더십센터(1999.6.23~6.25)

7 Habit 3일 집중 워크숍: 한국리더십센터(1999.8.4~8.6)

지식경영 포럼(野中郁次郞): 매일경제신문, 삼성경제연구소(1999.1.28)

지식경영 세미나: Economist(1999.3.31~4.1)

지식경영 학술 심포지엄: 매일경제신문(1999.5.8)

Stephen Covey 내한 강연회: 한국리더십센터(1999.5.13)

Stephen Covey 리더십 공개강좌: 한국리더십센터(1999.6.4)

인터넷 대상(김종훈) 특강: 조선일보(1999.5.26)

7 Habit Facilitator 양성과정(1999.10.19~10.23)

中村元一 강연회: KPC(1999.12.2)

한국능률협회 인재개발대회(1999.12.6~12.8)

同事攝 법회(2000.1.10~1.15)

MBA(경영학 석사) 교육: 고려대학교(2000.3~2002.7)

지식경영아카데미(19기): 매일경제신문(2000.2.26 등 3회)

4 Roles of Leadership: 한국리더십센터(2001.2.14~2.16)

第16回 エネルギー基礎講座: 日本エネルギー經濟研究所(2003.9.5~9.5)

Toyota Production System 研修: G-MIC(2003.9.21~9.24)

서울대 공기업 경영자 과정: 서울대학교(2004.3.8~2005.1.3)

기업법률 실무과정: 영산대학교(2006.3.27~5.24)

글로벌 리더십 과정: 외교안보연구원(2009.1.9~12.13)

Toyota Production System 5차 연수: G-Mic(2011.3.2~3.4)

미래창조공부모임: 서울대학교(2012~, 월 1회)

원문독파 四書三經, 행복한 인문학당: 휴넷(2013.1.1~2013.12.31)

최고지도자 인문학 과정, 12기(AFP): 서울대학교(2013.3~2013.8)

기술정책협동과정(공학박사): 연세대학교(2014.3~2017.8)

※ 1998년에서 2001년까지 교육이 집중된 것은 교육을 주도적으로 수강하기를 좋아한 면도 있었으나, 사내교육원의 경영관리교육 책임자로서 외부 강의를 집중적으로 받아 교육과정을 개발하고 전수하기 위함이었다. 교육 내용은 결과적으로 자기개발에 큰 도움이 되었다.

이전 언론 기고문 및 인터뷰

[기고문]

- 냉난방용 전기사용 30% 줄일 수 있다 (동아일보, 2014. 5. 23)

- 글로벌 시대, 전력사업의 오늘과 내일 (대한전기학회 〈전기의 세계〉, 2013. 8)

- 밀양 단상 (동아일보, 2013. 8. 30)

- 전기 종가 (한국조세연구원 칼럼, 2012. 9. 21)

- 삶의 정도, 기업경영의 바른 길 (한겨레신문, 2012. 7. 19)

- 북미 大 停電, 타산지석 삼아야 (전기신문, 2003.8.25)

- 전력 멈춰 전력부족사태 심각 (전기신문, 2003.8.11)

- 이기주의 극복이 선진국 지름길 (중앙경제신문, 1991.10.12)

[인터뷰]

- 전기료 인상효과 여름에 극대화 (매일경제, 2013. 4. 2)

- 겨울 난방전력 비중 30% 육박, 전기료 너무 싸 국가적 손실 (한국경제, 2012. 11. 16)

박규호의 울림이 있는 생각 에세이

소담한 생각 밥상

초판 1쇄   2015년 5월 25일
초판 5쇄   2019년 4월 10일

지은이   박규호
펴낸이   전호림
책임편집   김은지
마케팅   박종욱 김선미 김혜원

펴낸곳 매경출판㈜
등록 2003년 4월 24일(No. 2-3759)
주소 (04557) 서울시 중구 충무로 2(필동1가) 매일경제 별관 2층 매경출판㈜
홈페이지 www.mkbook.co.kr
전화 02)2000-2630(기획편집) 02)2000-2636(마케팅) 02)2000-2606(구입 문의)
팩스 02)2000-2609 **이메일** publish@mk.co.kr
인쇄 · 제본 ㈜M-print 031)8071-0961
ISBN 979-11-5542-297-7(03810)